라디오 체조

라디오 체조

오쿠다 히데오
장편소설
이영미 옮김

은행나무

차례

일러두기

* 본문의 주는 모두 옮긴이의 것으로, 괄호 안에 글씨 크기를 줄여 표기했습니다.
* 방송 프로그램명과 곡명을 〈 〉로 표기하였습니다.
* 인명, 지명을 비롯한 고유명사의 표기는 국립국어원 외래어 표기법 규정을 따르되 이미 굳어진 외래어, 한국어 화자 대부분이 관용적으로 사용하는 외래어 표기는 예외로 하였습니다.
* 한글 맞춤법에 따라 표기하되, 어조를 전달하기 위해 입말 표현의 사용이 불가피한 경우는 예외로 하였습니다.(예: 니들(너희들), 그치(그렇지) 등)

해설자

1

오후 회의는 언제나 하타야마 게이스케를 우울하게 만든다. 오후 4시, 프로그램이 끝난 직후부터 시작하는 이 회의의 전반부는 시종 그날 방송 내용에 대한 반성회나 다름없다. 그러나 진행자와 패널들이 돌아가고 스태프만 남으면, 어제 시청률과 관련해서 미야시타 PD가 퍼부어대는 호된 질책에 시달리기 때문이다.

"1.6퍼센트라니, 이게 말이 돼? 대체 몇 명이 보는 거야! 웬만한 유튜버 시청률도 이거보다는 낫겠다! 초대형 볶음 컵라면을 몇 초 만에 해치우거나, 길가에 담배꽁초를 버리는 사람에게 주의를 주고 실랑이를 벌이는 영상에도 밀린단 말이다, 우리 〈굿타임〉이! 야 니들, 아마추어한테 지고도 부끄럽지 않아?"

미야시타가 마스크를 내린 채로 고함을 빽빽 질러대며 회의 탁자를 부서져라 내리친다. 열 명쯤 되는 스태프는 날아오는 침방울을 피하기 위해 몸을 뒤로 빼며 얼굴을 돌린다. 미야시타는 전형적인 꼰대 성향의 방송인이며, 늘 위세가 당당했다. 시청률을 높이기 위해서라면 알몸 댄스도 마다하지 않고 밀어붙일 불도저 같은 체질이다.

"기획이 너무 식상해. 어디서 한 번쯤 봤던 소재들뿐이잖아! 모방이 꼭 나쁜 건 아니지만, 따라 하려면 새로운 관점을 발굴하란 말이다. 니들은 안이해빠졌어! 방송 일이 그렇게 만만해 보이나!"

미야시타의 분노는 가라앉지 않는다. 민간방송국 중 세 곳이 오후 시간대에 뉴스쇼를 방영하는 현 상황에서 중앙텔레비전의 〈굿타임〉은 줄곧 시청률 열세를 면치 못하고 있다. 가장 늦게 출발한 후발 주자인 데다 방영을 시작한 지 아직 1년밖에 안 되었다는 핸디캡은 있지만, 1.6퍼센트라는 수치로 봐서는 프로그램이 당장 사라진다고 해도 이상하지 않을 상황이다.

미야시타는 시청률이 저조한 오후 시간대의 부양책으로 투입된 실력 있는 프로듀서였다. 오랜 세월 버라이어티 프로그램을 제작했고, 높은 시청률을 자랑하는 프로그램을 몇 개나 세상에 선보인 제작부의 에이스다.

한편 게이스케는 중앙텔레비전에 입사한 이래, 5년 동안 다큐멘터리 프로그램만 만들어왔는데, 올봄에 난데없이 뉴스쇼로 이동하라는 명령을 받았다. 어떤 사태로 인해 어쩔 수 없이 방송국 전체가 편성을 크게 바꿀 수밖에 없었기 때문이다. 어떤 사태란 바로 세계적으로 널리 퍼진 코로나바이러스 감염증을 말한다.

재작년 말, 중국 우한에서 발생한 새로운 감염증은 눈 깜짝할 새에 세계 전역으로 확산되었고, 곳곳에서 사람들의 이동을 제한하는 록다운(봉쇄) 정책이 시행되었다. 그 결과, 세계 경제는 나락으로 곤두박질쳤고, 그 여파가 방송업계에까지 미쳤다. 광고 수입이 격감하자, 예산이 많이 드는 프로그램은 잇달아 폐지되는 위기로 내몰렸고, 그 대신 싸게 먹히는 뉴스쇼가 오전과 오후에 각각 몇 시간씩이나 차지하게 되었다. 게이스케는 그에 따른 인력 부족으로 인해 "2년 정도 다녀와"라는 이동 명령을 받은 것이다.

게이스케는 몹시 불만스러웠다. 창의적인 일도 아니고, 애당초 뉴스쇼를 좋아하지도 않았다.

"이봐, 하타야마. 시청률이 안 오르는 원인이 뭘까? 어려워

말고 한번 말해봐."

미야시타의 위협적인 질문에 게이스케가 머뭇머뭇 대답했다.

"저기, 그게…… 우리는 해설자에서 밀리는 게 아닐까요? 코로나 관련 소재에서는 더더욱……."

전부터 느꼈던 부분이다. 변호사, 대학교수, 코미디언 등 달변의 해설자를 얼추 갖추긴 했지만, 개성이 부족했다. 시청자들의 불만을 예방하는 차원에서 아무래도 무난한 인선을 하는 경향이 있기 때문이다. 혹여 차별적인 발언이라도 나온 날에는 윗선과 광고주에게 호된 질책을 듣는다.

"그래. 네 말이 맞아. 우리가 출연을 의뢰해놓고 실례되는 말이긴 하지만, 우리 고정 해설진은 이렇다 할 매력이 없어. 이제 슬슬 싫증도 나고 말이지. 그것도 다 니들이 평소에 안테나를 민감하게 안 세우고 살아서야. 신(新)텔레비전에서 하는 〈요시노야〉에 최근 출연하는 미인 여의사. 그 의사 선생, 정말 섹시하잖아. 슴가(パイオツ, 부적절한 성차별적 표현이라는 공격을 피하기 위해 미디어업계용으로 '가슴(おっぱい)'을 거꾸로 읽는 표현)가 이만해. 근데 우린 왜 그런 사람을 못 데려오냐고!"

미야시타가 양손으로 가슴을 흔들어대는 몸짓을 하며 말했다. 여성 스태프도 있는데.

"신텔레비전은 미인 대회 수상자 목록에서 의사나 변호사 같은 이색 경력을 가진 사람을 역으로 찾아내서 섭외하는 것 같던데요."

다른 스태프가 대답했고, 게이스케는 정말 대단하다 싶어 내심 감탄했다. 해설자 발굴에 어느 방송국이나 필사적이었다.

"그걸 알면 우리도 하란 말이다! 입 다물고 구경만 할 거야?"

미야시타가 소리를 꽥꽥 지르며 탁자를 내리쳤다. 그리고 다리를 달달 떨어대며 눈을 빠르게 깜박거렸다. 이 남자의 버릇이다.

"아니, 하지만 그건 이미 선수를 뺏겼으니, 다른 방법이라야……."

"그럼, 당장 다른 방법을 찾아내!"

미야시타가 급기야 페트병을 벽으로 집어 던졌다. 엄연한 직장 내 갑질이지만, 반쯤은 연기라는 걸 알고 있기에 게이스케는 말없이 지켜볼 뿐이었다.

"다들 잘 들어. 무슨 수를 써서든 새로운 사람을 데려와! 다소 수상쩍은 경력을 가진 인간이라도 상관없어. 예의 따지고 뭐 따지다 보면, 다른 방송국 프로그램에 점점 더 뒤처질 뿐이라고! 알겠나? 뉴스쇼에는 코로나가 천재일우의 기회란 말이다. 이제까지는 뉴스쇼가 할아버지 할머니의 시간 때우기 프로였는데, 지금은 현역 세대까지 달려들고 있어. 재택근무 직종이 이루 말할 수 없이 다양해. 인터넷 반응을 봐도 20, 30대가 확실하게 시청하고 있단 말이지. '〈요시노야〉에 해설자로 나오는 여의사, 괜찮네, 한번 해보고 싶다', 다들 그런 댓글들을 단다고. 우리도 따라 해! 내 말 알겠나!"

미야시타는 줄기차게 고함을 질러댔고, 회의는 그렇게 끝났다. 스태프들은 지칠 대로 지친 표정으로 하나둘 회의실에서 나갔다. 게이스케도 자기 자리로 돌아가려는데, 미야시타가 불러 세웠다.

"이봐, 하타야마. 너, 아자부가쿠인대학 출신이지?"

"아 네, 그런데요."

"그 대학이면 의과대학이 있잖아. 누구 아는 사람 없나? 해설자로 쓸 만한 의사 말이야."

"글쎄요, 저는 경제학부였고, 의대와는 캠퍼스가 달라서 인연이 전혀 없습니다."

게이스케가 고개를 저으며 대답했다. 의대생은 거의 다 부잣집 자녀들이라 애당초 사는 세계가 다르겠거니 하고, 아예 가까이 가본 적조차 없다.

"너의 단점은 바로 그거야, 처음부터 포기하는 거! 내 앞에서 '못 한다'는 말은 안 통해. 미인 의사를 데려와. 감염병 전문가는 이미 다 뺏겼으니까 정신과 의사로 발굴해. 벌써 1년 가까이 코로나 우울증이 사회문제로 대두되지 않았나. 그걸 해설하고, 유익한 대처법을 설명해줄 수 있는 미인 정신과 의사가 필요해. 호박이나 나이 든 아줌마는 용서 못 해! 사흘 안에 발굴해서 출연 섭외를 진행하도록! 알겠나?"

"아니, 그렇게 갑자기……."

"뭐? 너 지금 못 하겠단 소리야?"

"아, 알겠습니다……."

"좋아. 부탁한다. 핑계는 필요 없다, 수치를 올린다. 그게 우리 방송인들의 사명이야."

미야시타는 내심 결정적인 말을 날렸다 싶었는지, 하드보일드하게 어깨를 흔들며 자리를 떠났다. 게이스케는 땅이 꺼져라 한숨을 내쉬었다. 버블 시기를 경험한 매스컴 종사자는 대체로 나르시시스트다. 미야시타는 그 전형적인 예였다. 요즘 세상에도 폴로셔츠 옷깃을 세우고, 여름 니트를 어깨에 걸치고 다닌다.

명령을 받은 이상, 따르지 않을 수 없기에 게이스케는 대학

동기에게 연락을 했다. 졸업 후에 대학 교직원으로 취직한 친구다. 총무처에서 근무한다고 했으니, 분명 의대나 대학병원에도 아는 사람이 있겠지.

전화를 걸어 사정을 얘기하자, 그는 "난 몰라" 하고 퉁명스럽게 대답했다.

"무엇보다 미인 정신과 의사가 뭐냐? 명백한 차별이야. 이러니까 텔레비전은 품위가 없다는 소리를 듣지."

"그러지 마. 인사는 확실하게 할게. 제발 누구든 좀 소개해줘."

게이스케가 비위를 맞추는 목소리까지 내며 매달렸다. 뉴스쇼에 배속된 후부터이긴 하지만, 머리를 조아리는 게 완전히 익숙해졌다.

"소개하려고 해도 대학병원은 교수를 통해서 얘기해야 하고, 이래저래 너무 번거로워. 의국(醫局)마다 파벌도 있고."

"그럼, 개업의 중에서 떠오르는 사람은 없어? 졸업생 중에서 쓸 만한 정신과 의사."

게이스케가 또다시 매달리자, 대학 동기는 "흐-음" 하고 신음을 흘리더니, "있긴 한데……"라고 말했다.

"어디야? 소개해줘."

"세타가야에 이라부 종합병원이라는 곳이 있는데, 그곳이 우리 의학부와 인연이 깊다고 할까. 아들이 정신과 의사고, 우리 학교 졸업생이야."

"오오, 딱 좋아. 그럼, 네가 그쪽에 좀 물어봐줘. 내가 직접 전화하는 것보다는 믿음이 갈 테니까."

"어쩔 수 없네. 다음에 밥이나 사라."

동기는 마지못해 부탁을 들어주었다.

일단 전화를 끊고, 그의 전화를 기다렸다. 30분쯤 지나서 전화가 왔다.

"저기, 이라부 종합병원 쪽에 전화를 걸어서 용건을 전하긴 했어. 원장 아들이라는 정신과 의사랑 연결이 됐는데, 왠지 과하게 흥미를 보인단 말이야."

"아, 그래, 잘됐네."

게이스케는 안도했다. 역시 모교의 연줄은 도움이 된다.

"아니, 그런데 말이야, 아무래도 자기한테 출연 의뢰가 들어왔다고 착각했는지, '나갈래, 나갈래' 하면서 수화기 너머에서 완전 신이 났더라고."

동기가 곤혹스러운 목소리로 말했다.

"뭐? 그럼, 다시 설명해, 필요한 사람은 미인 정신과 의사라고."

"아니, 그런데 나는 좀……. 네가 말해."

"무슨 소리야?"

"이라부 집안은 우리 대학의 유력한 후원자야. 창립 100주년 때, 기념 강당 건설 비용 부족분을 선뜻 내준 것도 이라부 집안이었거든. 기분을 상하게 할 순 없어."

"그게 나랑 뭔 상관이야!"

"일단 한번 만나러 가서 직접 오해를 풀어. 정 뭣하면 한 번쯤은 출연시켜주든가. 알아둬서 손해 볼 건 없을 거다. 아버지인 이라부 원장은 일본의사회에서 높은 직책을 맡고 있고, 어머니는 유니세프인가 적십자인가에서 이사야. 일가가 모두 유명 인사라 매스컴에는 좋은 연줄이 될 거야."

"야, 웃기는 소리 하지 마. 미인 정신과 의사가 없으면 나도 볼일 없어."

"아무튼 잘 부탁한다."

"잠깐 기다려—."

전화는 일방적으로 끊겼고, 게이스케는 혀를 찼다. 일이 풀리기는커녕 쓸데없는 수고만 늘어났을 뿐이다.

무시해버릴까—. 아니, 모교의 인맥을 소홀히 할 수는 없다. 게이스케는 귀찮았지만 만나러 가기로 했다. 오해를 잘 풀면, 미인 정신과 의사를 소개해줄지도 모른다.

벽에 줄줄이 늘어선 텔레비전 모니터에서는 각 방송국의

저녁 뉴스가 방영되고 있었다. 오늘 도쿄의 신규 감염자 수가 사흘 연속 천 명을 넘었다는 소식을 자막으로 전했다. 또다시 비상사태가 선언될 것 같다. 재택근무와는 무관한 직업인 만큼 매번 원망스럽기만 한 숫자다.

이라부 종합병원의 정신과는 본관 지하에 있었다. 1층 로비는 고급 호텔 분위기인데, 지하는 정반대로 살풍경한 분위기였다. 복도를 지나는 사람도 없어서 '정신과' 팻말이 없었으면 창고로 잘못 들어왔나 착각할 정도였다. 다른 무엇보다 복도에는 종이 상자가 쌓여 있고, 벤치조차 보이지 않았다.

머뭇머뭇 문을 노크하자, 안에서 "들어오세요-" 하는 카랑카랑한 남자 목소리가 들렸다. 문을 열고 안으로 들어갔다. 정면으로 보이는 책상에 살이 뒤룩뒤룩 찐 중년 의사가 앉아 있었는데, 의자를 빙그르르 돌려 만면에 미소를 머금고 맞이했다.

"저기, 저는 어제 전화 드렸던 중앙텔레비전의……."

"응, 얘기 들었어. 하타야마 씨지? 아자부가쿠인 졸업생이잖아."

의사가 의자 깊숙이 기대앉아 짧은 다리를 쩍 벌리며 말했다. 흰 가운에 달린 이름표로 눈길이 갔다. '의학박사 · 이라부 이치로'라고 쓰여 있는 걸로 보아 이 인물이 원장의 아들인 듯했다.

"뉴스쇼 해설자 출연 제안, 좋아, 받아들이기로 하지, 크크크."

"아니, 그래서 말인데요……."

"나, 전부터 나가고 싶었거든. 사실은 이제 슬슬 그런 제의가 들어오지 않을까 기다리던 참이었어."

"아아, 그러니까 그게……."

"코로나 때문에 뉴스나 뉴스쇼에 감염병 전문의들이 우르르 나오게 됐잖아? 아는 사람도 몇 명 있었지만, 시시하단 말이지. 하는 말이 다 거기서 거기라 재미도 하나 없고. 애당초 신규 감염자 수에 관해 매일매일 코멘트할 필요가 없단 얘기야. 그냥 숫자일 뿐이니까."

"아니, 뭐 저도 그렇게 생각합니다만……."

"그래서 정신과 의사 입장에서 코로나 재난 사태에 관해 발언해달라는 거지? 맡겨둬. 내가 속 시원하게 말해줄 테니."

"아니, 그게……."

게이스케는 어떻게든 오해를 풀려고 했지만, 이라부는 남의 말을 전혀 듣지 않았다.

"아 참, 일단 백신 접종부터 해둘까. 아직 안 했지?"

"엇, 백신 접종이라면, 코로나 백신요?"

"그야 물론이지. 어-이, 마유미 짱."

이라부가 안쪽을 향해 부르자, 커튼이 걷히고 하얀 미니 원피스 가운을 입은 젊은 간호사가 주사 카트를 밀고 나왔다.

"아니, 근데 맞아도 되나요? 저는 아직 구청에서 백신 접종권도 못 받았고, 직종별 접종도 실시될지 어떨지 불투명한데요."

"무슨 소리야, 맞고 싶지 않아? 어차피 무료야."

"아니, 하지만, 괜찮을까요? 다들 순서를 기다리고 있는 시기에……."

"괜찮아, 괜찮아. 우리 병원에서는 우버이츠 배달원한테도 놔주거든."

"정말요?"

망설이는 와중에 마유미라는 간호사가 폴로셔츠의 소매를 걷어 올렸다. 소독약을 발랐다. 주사기를 손에 쥔 마유미가 몸을 앞으로 숙이자, 게이스케는 자기도 모르게 가슴골로 눈길이 가고 말았다.

주사기가 깊숙이 박혔다. "아야야야!" 생각보다 아팠다. 사람의 숨결이 느껴져서 돌아보니, 바로 코앞에 이라부의 얼굴이 보였다. 콧구멍을 벌렁거리며 흥분한 기색으로 팔에 꽂힌 주삿바늘을 응시하고 있었다. 대체 뭐지, 이 병원은? 게이스케는 이공간(異空間)을 헤매는 듯한 감각에 휩싸였다.

"아, 정말 좋단 말이야, 근육주사는. 각도가 다르거든. 90도로 깊숙이 푹."

이라부가 만족스러운 듯이 얼굴을 무너뜨리며 활짝 웃었다.

"하아……."

게이스케는 대답할 말이 궁했다. 그러고 보니 백신 접종인데 사전 문진이 없었다는 사실도 그제야 알아챘다.

"선생님, 문진 없이 주사를 놔도 괜찮나요?"

"에이 뭐래, 알레르기 같은 거 있어?"

"아뇨, 딱히."

"됐네, 그럼."

이라부가 뻔뻔한 얼굴로 아무렇지도 않게 말했다. 잠시 귀를 의심했다. 주사기를 정리한 마유미는 소파에 걸터앉더니 나른하게 다리를 꼬았다. 검정 스타킹 위로 가터벨트가 드러났다. 여기가 혹시 무슨 가게인가 하는 착각에 사로잡혔다.

"그건 그렇고, 스튜디오에는 언제 가면 돼?" 하고 이라부가 물었다.

"아니, 처음에는 화상 연결 출연으로요. 여하튼 세상이 이렇다 보니, 모이는 건 되도록 피해야 해서……."

"에이 뭐야, 시시하게. 스튜디오에 직접 출연하고 싶었는데."

이라부가 어린애처럼 볼을 잔뜩 부풀렸다. 아니, 이게 아니지. 오해부터 풀어야지.

"그런데 선생님. 출연 건 말인데요……."

"의상은 자기 부담인가? 스타일리스트는 안 붙여줘?"

"일반적으로 해설자에게 스타일리스트는……."

"뭐, 됐어. 옷은 많으니까."

"아니, 그게 아니라, 어느 분이든 여성 정신과 의사를……."

"출연료는 어때? 왕창 나오나?"

제발 남의 말도 좀 들어―! 마음속으로 부르짖었지만, 통하지 않았다.

"아뇨. 의사는 통상적으로 문화인 계열에 속해서 2만 엔 정도……."

"그래? 쩨쩨하네-. 그럼, 줌 회의랑 같은 방식으로 하면 되겠지. 어-이, 마유미 짱. 나중에 컴퓨터 설정 좀 부탁해."

"이제 좀 직접 배워서 하시지."

마유미가 귀찮다는 듯이 말했다. 어느새 일렉트릭 기타를 안고, 줄을 튕기고 있었다.

"모르겠는 걸 어쩌라고."

이라부가 입을 삐죽 내밀었다. 그리고 게이스케를 바라보더니, "기분이 안 좋아"라고 속삭였다.

"으음 그게, 라이브 클럽 영업이 중단돼서 밴드 활동을 못하잖아. 그래서 욕구불만이 쌓였거든."

"무슨 말씀인지?"

"마유미 짱의 밴드 얘기."

"아아……. 아니, 그게 아니라—."

"됐어, 이제 그만 가봐. 나중에 출연 시간만 문자로 알려줘."

이라부가 말했다. "자 그럼, 우리 병원의 백신 접종 현장이나 좀 둘러보고 올까" 하며 일어서더니, 기지개를 켰다.

"아, 좋다. 매일같이 주사 맞는 모습을 알현할 수 있다니. 코로나 만세! 하하하."

이라부가 찰싹찰싹 샌들 소리를 울리며 진찰실 밖으로 나갔다. 마유미와 눈이 마주쳤다. 말없이 턱짓을 해서 게이스케도 퇴실하기로 했다.

대체 뭐지, 이 병원은—. 게이스케는 꿈이라도 꾸는 듯한 기분이었다.

2

“그래, 미인 정신과 의사는 찾아왔겠지.”

다음 날 기획 회의에서 미야시타가 위협적으로 말했다.

“아뇨, 그게. 정신과 의사한테 출연 승낙은 받아왔는데, 여의사를 못 찾아서 남성 의사로…….”

게이스케가 고개를 숙이고, 어제의 경위를 전달했다. 미야시타의 얼굴이 순식간에 험악해졌다.

“그렇다면 사모님들이 푹 빠질 만한 미남이겠지?”

“아뇨, 그게, 개성 있는 의사이긴 합니다만…….”

“내가 뭐랬어? 호박이나 나이 든 아줌마는 용서 못 한다고 분명히 말했을 텐데. 그것조차 못 지키고 못생긴 아저씨야?”

“미야시타 PD님, 호박이니 나이 든 아줌마니 하는 표현은 차별적 발언이에요.”

그냥 듣고 넘어갈 수 없었는지, 여성 스태프 한 사람이 항의했다.

“오오 이런, 미안해서 어쩌나. 그럼, 박호랑 줌마아, 이러면 괜찮나? 이것 봐, 텔레비전은 허울 좋은 소리만 해서는 감당이 안 돼! 방송국 아나운서 중에 박호가 있어? 줌마아가 현역으로 버틸 수 있냐고? 텔레비전에는 화면발이 좋은 비주얼이라는 게 있는 법이야. 못생긴 사람이 화면에 나오면 시청자는 그것만으로도 채널을 돌려버린다고! 너희는 캐스팅 대박을 쳐본 적이 없지? 그러니까 만날 그런 한심한 소리나 하지. 지금 예능인으로 활약하는 곤충 군, 그 남자를 대학 연구실에서 발견하고, 이 녀석은 먹히겠다 판단해서 맨 처음 텔레비전에 내보낸 사람이 바로 나야. 그랬더니 곧바로 아이들에게 인기를 끌었고, 프로그램에서 만든 캐릭터 굿즈까지 완전 대박을 쳤어. 우리는 기획자인 동시에 스카우터야. 그걸 제대로 이해하란 말이다!"

미야시타가 침을 튀기며 떠들어댔다. 말투는 난폭하지만, 핵심을 찌르는 얘기라 아무도 받아치지 못했다.

"그래서 어쩔 거야? 그 선생, 오늘 프로그램에 내보낼 건가?"

"아, 네. 일단은 화상 연결 출연이라 얘기가 재미없을 경우, 진행자가 방향을 틀면 되니까 융통성은 발휘할 수 있을 것 같은데……."

게이스케가 머뭇거리며 대답했다.

"흠. 그럼, 네가 진행자 이시다 씨에게 미리 말해둬. 그나저나 남자 정신과 의사라니, 섹시함이고 뭐고 기대할 게 아예 없겠군."

"저기, 이라부 선생님 아버님이 일본의사회의 중진이라 앞으로 조금은 이점이 있을지도……."

"시끄러워, 변명하지 마! 내가 원하는 건 오늘 시청률이야. 그 선생인가 뭔가는 딱 한 번뿐이니, 그리 알아. 이것도 네 체면 살려주려고 봐주는 거야. 고마운 줄 알라고."

미야시타가 다리를 달달달 떨고, 눈을 빠르게 깜박거리며 내뱉었다. 게이스케는 우울해졌다. 이제는 그 이상한 정신과 의사가 무사히 해설자 역할을 해주기만을 간절히 기도할 뿐이다.

방송 시작 30분을 앞두고 리허설이 시작되었다. 출연자를 대신해서 스태프를 앉히고, 조명과 음향을 점검한다. 이때 화상 연결 출연자의 영상도 점검한다. 스튜디오에 준비된 스크린과 부조정실 모니터에 이라부의 얼굴이 비쳤다.

"이라부 선생님, 하타야마입니다. 오늘 잘 부탁드리겠습니다!"

게이스케가 부조정실에서 큰 소리로 인사를 건넸다.

"응, 잘 부탁해-."

이라부가 해맑게 대답했다.

"선생님, 그 의상은……?"

게이스케가 물었다. 화려한 스트라이프 양복을 차려입고, 빨간 나비넥타이를 매고 있었기 때문이다.

"최근에는 외출할 일이 없잖아. 살짝 멋을 내봤지."

"저기, 흰 가운이 좋을 것 같은데……."

"엇-, 그래?"

"넥타이는 그냥 둬도 되니까, 흰 가운만이라도……."

"어쩔 수 없군."

이라부가 일단 화면에서 사라졌다.

"이봐, 하타야마. 저 사람이 이라부라는 의사란 말이지?"

옆에 있는 프로듀서 자리에서 미야시타가 말했다. 목소리는 낮고, 한숨이 섞여 있었다.

"부모가 의사회의 높은 양반인지 뭔지는 모르겠지만, 저건 그냥 살찐 두꺼비나 깜짝 놀란 복어잖아. 저런 인간은 화면에 나오는 것만으로도 방송 사고야. 너 인마, 오늘 방송 끝나면 제대로 책임을 물을 테니, 각오해!"

흰 가운을 걸친 이라부가 다시 모니터에 나타났다.

"선생님, 뒤에 있는 고질라는……?"

게이스케가 물었다. 이라부 뒤에 사람 키만 한 고질라 모형이 있었기 때문이다.

"아아, 이거? 고질라가 아니라 코질라. 인터넷 경매로 산 중국산 피겨야. 진찰실은 살풍경해서 소도구로 장식하려고."

"선생님, 그건 좀……. 죄송하지만 잠깐 치워주시겠습니까? 프로그램 취지와도 안 맞고, 도호 영화사에서도 그냥 넘어가진 않을 것 같아서……."

"에이 뭐야, 재미없게."

이라부가 못마땅한 듯이 피겨를 치웠다.

"야, 하타야마. 난 자꾸 불길한 예감이 들어서 못 견디겠는데……."

미야시타가 눈썹을 찡그리며 말했다. 게이스케도 걱정이 밀려오기 시작했다.

스튜디오에 진행자 이시다가 모습을 드러냈고, FD와 방송과 관련해 의논을 하기 시작했다. 스크린에 비친 이라부에 관한 설명을 듣고, 인사를 건넸다.

"선생님, 처음 뵙겠습니다. 진행자 이시다입니다. 오늘 잘 부탁드리겠습니다."

이시다는 공채 아나운서 출신이며, 깔끔한 외모와 성실한 인품으로 한창 잘나가는 젊은 진행자였다.

"응, 잘 부탁해요-." 이라부가 스스럼없이 대답했다.

"프로그램 중간에 코로나 시국의 정신 건강과 관련된 특집 코너를 만들었습니다. 그때 선생님에게 코멘트를 부탁드릴 예정입니다. 스튜디오에 출연한 고정 해설자들도 질문할 예정이니, 간결하게 답변해주시면 감사하겠습니다."

이시다가 정중하게 설명했다. 다만, 초등학생처럼 어미를 길게 끄는 "오케이-"라는 답변을 듣고, 유별난 인물임을 알아챈 기색이 느껴졌다.

게이스케는 프로그램을 이끌어가는 이시다의 실력에 매달려보기로 했다. 화상 연결 출연이니, 시간을 할애하지 않으면 그만이다. 만약의 사태가 발생하면 연결을 끊고, 기계 탓으로 돌리며 프로그램에서 제외시키면 된다.

"하타야마. 사전 협의는 했겠지?" 미야시타가 물었다.

"아 네, 물론이죠. 오전에 전화로 얘기를 나눴습니다. 고립으로 인한 코로나 우울증에 어떻게 대응하면 좋을지 여쭤봤더니, 원하는 만큼 각자의 취미에 집중하면 되지 않나-, 라고 했는데."

"시시하긴. 너무 흔해빠졌지만, 뭐 됐어. 저 선생한테 무슨 기대를 하겠나."

미야시타가 나지막이 신음을 흘리며 턱을 긁적였다.

방송 시작 10분을 앞두고 출연자들이 스튜디오로 나왔다. 서로 인사를 주고받고, 자리에 앉았다. 변호사, 전직 국회의원, 예능인, 올림픽 메달리스트 등등 모두 대중에게 널리 알려진 얼굴들이었다.

요즘 정보 프로그램 해설자는 인기 높은 일자리다. 본업에서 조금이라도 실적이 있으면, 그걸 내세워 해설자 자리를 얻을 수 있다. 대중은 권위에 약하기 때문에 일단 한번 텔레비전에서 얼굴이 알려지면 권위는 더더욱 쌓인다. 기본적으로는 우물가의 쑥덕공론 수준이라 전문 지식 따윈 없어도 제 역할을 수행할 수 있다. 현장 분위기를 읽고, 약간의 본심을 보태서 살짝 재미있게 말한다. 그런 조절 감각이 뛰어난 사람이 살아남아서 해설자로 녹봉을 받는다. 말하자면 새로운 유형의 텔레비전 예능인인 셈이다.

텔레비전 방송국 측에게도 출연료가 낮고, 간단히 교체할 수 있는 해설자는 편리한 출연자였다. 진행자가 조금 장난을 쳤다고 매니저가 시끄럽게 따지고 나서는 일도 없다.

시간이 되어 프로그램이 시작되었다. 녹화 프로그램에 익숙한 게이스케에게 생방송은 매번 긴장을 불러일으킨다. 가장 큰 걱정은 방송 사고다.

“여러분, 안녕하십니까? 오늘도 〈굿타임〉 시간이 돌아왔습니다. 끝까지 저희와 함께해주시기 바랍니다. 자 그럼, 오늘의 해설자분들을 소개해드리겠습니다. 가족 문제 전문 변호사 쓰다 하루카 씨, 시드니올림픽 동메달리스트로 현재는 히가

시니혼대학의 유도부 코치를 맡고 계신 야다 시즈카 씨, 자칭 B급 음식평론가인 예능인 나카다이 조지 씨…….”

저마다 카메라를 향해 미소를 지어 보이며 인사를 했다.

“그리고 오늘은 또 한 분, 새로운 해설자가 화상 연결로 출연해주시겠습니다. 이라부 종합병원 정신과 의사, 이라부 이치로 선생님입니다. 선생님, 처음 뵙겠습니다. 진행을 맡은 이시다라고 합니다. 오늘 잘 부탁드리겠습니다.”

“응, 잘 부탁해요-.”

이라부가 천진난만하게 손을 흔들었다.

“선생님, 소탈하신 분이시네요.”

이시다가 웃으면서 한마디 던지자, 출연자들 사이에서도 웃음이 번졌다.

“나비넥타이가 멋진데요.” 곧바로 패널 하나가 말을 거들었다.

“정신과 의사는 일단 환자의 긴장을 풀어주는 게 중요할 테니까요. 보나 마나 환자분들에게도 인기가 많은 의사 선생님이실 것 같군요.”

이시다가 역시나 뛰어난 화술로 분위기를 잘 정리했고, 프로그램이 시작되었다.

연일 가장 큰 화제는 신종 코로나바이러스의 감염 상황이 차지했다. 이미 몇 번이나 긴급사태가 선언되었고, 그때마다 국민은 자숙을 강요당했지만, 긴급사태가 해제되면 바로 감염자가 증가해서 다람쥐 쳇바퀴 같은 양상이 나타나고 있었다. 국민은 모두 자숙 요청에 지쳐서 정부의 말을 듣지 않게 되었다. 이날 틀어준 영상에서도 젊은이들이 번화가나 광장에서 밤늦도록 술을 마셨고, 출연자들이 차례로 자기 의견을 내놓았다. 난처한 상황이군요, 그런 코멘트가 이어졌다.

"그럼, 이쯤에서 이라부 선생님의 의견을 들어볼까요. 선생님 생각은 어떠십니까?"

이시다가 의견을 구했다. 게이스케는 부조정실에서 마른침을 삼켰다.

"어쩔 수 없지-. 술을 파니까. 우리 나라처럼 편의점에서 24시간 술을 살 수 있는 나라가 몇 없을걸-. 오후 6시 이후에는 주류 판매 금지. 그러면 다들 포기하고 집으로 돌아가지 않을까."

이라부가 쾌활하게 답했다. "과연" 하며 놀라는 소리가 스튜디오에 일었다.

"오호, 의외로 정상인데."

부조정실에서 미야시타가 말했다. 게이스케는 마음이 조금 놓였다.

"하지만 선생님. 현재 법률로는 금지하기 어렵고, 판매 자제를 요청하면 또다시 보상금 문제가 발생하겠죠. 실시하려면 시간이 꽤 걸리지 않을까요?"

이시다가 질문을 던졌다.

"그럼, 값을 올리지."

"네?"

"추하이(일본식 소주에 탄산과 과즙을 섞어서 마시기 편하게 만든 술) 한 캔에 만 엔. 그걸 사 마실 수 있는 젊은이는 많지 않잖아? 하하하."

이라부가 입을 활짝 벌리고 웃으며 말했다. 이시다는 뭐라 대답해야 할지 난처해서 FD에게 '이 사람, 뭐야?'라고 눈짓으로 호소했다.

"이봐. 역시 안 되겠어. 저 선생은 오늘로 끝이야."

미야시타가 내뱉듯이 말했다. 게이스케도 마음 깊이 탄식했다.

그 후로도 이라부는 엉뚱하고 파격적인 답변을 연발했다. 예를 들면, "살수차로 물을 뿌려서 쫓아낸다" "우익 단체를 부추겨서 마이크로 위협한다" "최루탄을 발사한다" 등등. 하나같이 다 반응하기 곤란한 발언이라 출연자들은 그저 씁쓸하게 웃을 수밖에 없었다.

"선생님, 시위대 진압이 아니잖습니까?" 이시다가 지적했다.

"뭐, 어때. 러시아나 중국에서는 아무렇지 않게 하잖아?" 이라부가 받아쳤다.

스튜디오에서는 이래도 괜찮을까 하는 근심 섞인 공기가 감돌았다.

"저 선생, 지금 장난해? 개그맨들 나오는 심야 방송이면 몰라도 낮 시간 뉴스쇼에서 저건 아니지. 항의 전화가 빗발치겠군. 이게 다 네 책임이니까, 네가 알아서 처리해!"

"아, 네……."

미야시타가 불만을 쏟아냈고, 부조정실에서 게이스케는 잔뜩 몸을 움츠릴 뿐이었다.

"자 그럼, 선생님, 오늘의 주제로 넘어가겠습니다. 코로나 사태 이후, 통상적인 사회생활을 못 하게 되면서 우울증에 걸리는 사람이 늘어나는 추세라고 하는데, 선생님 병원은 어떻습니까?"

이시다가 물었다.

"우리 병원에는 안 왔는데-. 병원 내 감염이 한 번 발생하는 바람에 한동안 신규 외래는 중단했거든. 게다가 우울증은 불요불급(꼭 필요하거나 급하지 않다는 뜻으로, 코로나 팬데믹에 대응해 가급적 외출을 삼가자는 의미로 많이 쓰인 표현)한 문제이니 말이지-. 다들 집에 있지 않을까?"

이라부가 해맑게 대답했다.

"그렇군요. 자 그럼, 코로나 우울증과 관련해서 정신과 의사의 관점에서 해주실 만한 조언이 있으면 부탁드리겠습니다."

"평상시라고 생각하니까 외식을 못 하네, 놀러 못 나가네, 여자 친구를 못 만나네, 불평들을 하는 거잖아-. 그렇게 생각 안 하면 되겠지?"

"아하. 요컨대 그 말씀은, 항간에서 흔히 말하듯이, 현재 세계는 전시 상황이다, 개개인이 그렇게 인식하라는 뜻이군요?"

"뭐, 그런 셈이지만, 전쟁보다는 좀비 쪽이 더 재밌지 않나?"

"좀비?"

이시다가 미간을 찡그렸다.

"그렇지, 그거야. 집 밖에는 좀비가 득실거린다. 겉모습은 인간이지만, 공격당해 물리면 나도 좀비가 된다. 그렇게 생각하면, 다들 문을 꼭꼭 걸어 잠그고, 집에서 꼼짝도 안 하겠지? 하긴 자기도 좀비가 돼서 거리를 자유롭게 활보하는 선택지도 있긴 해. 다 함께 좀비가 되면 무섭지 않아. 집단면역이라는 게 그런 거지. 아하하."

"아아, 코로나를 좀비에 비유하신 거군요."

이시다가 미소 띤 얼굴을 유지하면서도 FD를 바라보았다. 그 얼굴에는 '이거 괜찮겠어?'라고 쓰여 있었다.

바로 그때, 이라부 뒤에서 흰 가운 차림에 기타를 멘 여자가 모습을 드러냈다. 헤드폰을 썼고, 리듬을 타는 건지 몸을 움직였다.

"검은색 레스폴을 멘 저 씨아가('아가씨'를 거꾸로 부름)는 또 뭐야?" 미야시타가 물었다.

"간호사예요. 지난번에 갔을 때도 있었거든요." 게이스케가 대답했다.

"결국은 방송 사고잖아! 연결 끊어!"

"저기, 선생님. 뒤에 계신 분은……?"

스튜디오의 이시다도 물었다.

"아아, 우리 간호사 마유미 짱. 밴드 활동을 하는데, 인디에서는 꽤 유명한가 봐. 어-이, 마유미 짱. 지금 텔레비전에 나와."

이라부가 돌아보며 손가락으로 화면을 가리키자, 마유미는 몸을 계속 흔들며 렌즈에 얼굴을 바짝 갖다 대더니, 입꼬리만 살짝 치켜올렸다. 흡사 록 뮤지션의 홍보 비디오 같았다.

"아 네, 선생님의 병원은 유니크하군요."

이시다가 식은땀을 흘리면서 적당히 맞춰주었다.

"간호사분이 멋지네. 나, 백신 접종은 선생님 병원으로 갈래요."

출연자인 예능인의 발언에 스튜디오가 웃음소리로 가득 찼다.

"말이 나온 김에, 선생님 병원에서는 백신 접종을 하나요?" 하고 이시다가 물었다.

"응, 하지-. 구청에서 지정한 개별 접종 병원이니까."

"선생님도 의료계 종사자라 이미 접종을 마치셨을 텐데, 부작용은 없었습니까?"

"다음 날, 어깨가 좀 아픈 정도랄까. 나는 전에 코로나에 감염돼서 항체가 생겼으니까 맞든 안 맞든 상관없었지만 말이야-."

이라부가 예상치도 못한 말을 털어놓았다.

"엇! 코로나에 감염되셨었군요. 그건 역시 조금 전에 말씀하신 병원 내 감염 때문에……."

"뭐, 그렇긴 한데, 원인은 뒤에 보이는 마유미 짱. 슬슬 긴급사태가 선언되려는 시기에 시모키타에서 밴드 라이브 공연을 결행해서 비좁은 라이브 클럽이 젊은이들로 북새통이었거든. 거기에서 집단감염이 발생했고, 마유미 짱이 병원까지 가져

온 거지. 그치? 내 말이 맞지—, 아 참, 헤드폰을 써서 안 들리겠네. 하하하."

"그래서 선생님은 괜찮으셨나요?"

"아니지. 열이 39도까지 올라서 죽는 줄 알았어. 마유미 짱은 무증상이었지만 말이야. 코로나는 불공평하더라니까-."

이라부가 입술을 삐죽 내밀었다. 그러는 동안에도 뒤에서는 마유미가 계속 리듬을 탔다.

"야, 이제 그만. 저 아저씨, 카메라에 잡지 마!"

미야시타가 대본을 허공으로 집어 던지며 말했다. 이제부터는 이라부에게 말을 걸지 말라고, FD에게 마이크로 지시를 내렸다.

"야, 하타야마! 너 이 자식, 절대 그냥 못 넘어가니까, 각오해!"

"죄송합니다. 그래도 웃음은 이끌어낸 것 같은데. 일단 프로그램의 분위기는 살렸다고 봐야……."

"이건 예능 프로그램이 아니야. 코로나로 사망자도 나온다고! 웃어도 되는 일과 안 되는 일이 있어. 광고주한테 항의 들어오면, 네가 가서 해명해!"

미야시타의 분노는 가라앉지 않았다. 이시다는 미야시타의 지시에 따라 그 후로는 이라부에게 말을 건네지 않았지만, 이라부의 인상이 너무 강해서 다른 출연자의 답변이 전부 날아가버리는 느낌이 들었다. 텔레비전은 임팩트가 지배하는 미디어인 것이다.

프로그램이 종료될 때, 이라부가 다시 한번 화면에 비쳤다. 씩 웃는 표정이 수족관의 바다표범을 빼닮아서, 뒤에 있는 마유미가 조련사처럼 보였다.

예상했던 대로, 반성회에서는 시청자들의 항의 전화가 거론되었다. 메일로 '의견 · 요망 사항'을 보내는 것이 아니라, 방송국으로 직접 전화를 건 고령 시청자가 많았다. 당연히 농담은 통하지 않았고, 너무 경망스러워서 불쾌했다는 전화들뿐이었다.

"다들 잘 들어. 오늘 들어온 항의는 모두 하타야마 책임이다."

미야시타가 냉담하게 말했다.

"하지만 생방송에는 늘 해프닝이 따라붙게 마련이니까, 그중 하나라고 생각하면, 그렇게 심하게 흠이 될 일은 아니지 않나요? 실제로 잘 먹히기도 했고. 항의는 일부예요."

여성 스태프 한 명이 구원의 손길을 뻗어주었다.

"지금 장난해? 오후 교양 프로그램에 해프닝 따윈 필요 없어. 시청자 대부분은 보수층이야. 광고주 기업의 면면을 보면 알 거 아냐."

"하지만 코로나, 코로나로 매너리즘에 빠지는 중이니까, 일주일에 한 번이라도 코너로 등장시켜도 될 것 같은데……."

다른 스태프도 동조했다.

"니들 뭐야? 그 선생이 마음에 든 거야?"

"그런 건 아니지만, 좀처럼 만나기 어려운 캐릭터 같긴 한데……."

"안 돼, 안 돼! 모두 미인 정신과 의사나 찾아 와!"

미야시타가 테이블을 탕탕 내리쳤고, 스태프들은 입을 다물었다. 낮 시간 뉴스쇼는 악동을 원치 않는다. 그 점을 잘 알고 있기에 아무도 반론을 제기할 수 없었다.

게이스케는 자기 책상으로 돌아와 이라부에게 전화를 걸어 출연할 수 없다고 말하기로 했다. 일단은 감사 인사부터 할 수밖에 없었다.

"선생님, 오늘은 수고 많으셨습니다. 출연자 여러분도 호평이었어요. 그래서 말인데요—."

"아, 그래? 이쪽에도 생방송이 종료되자마자 전화랑 문자가 빗발쳤어. '선생님, 뉴스쇼 데뷔 축하해요' '멋졌어요' '우리 가게는 감염 대책을 철저히 지키니까 한번 놀러 오세요–'

정말 난리도 아니었지."

이라부가 기분이 좋은 듯 얘기했다.

"그랬군요. 그런데—."

"하지만 병원 내 감염 얘기는 살짝 실수였지. 사무국장이 달려와서는 그런 얘기는 제발 하지 말라고 야단을 치지 뭐야."

"그랬군요. 그런데—."

"역시 텔레비전의 영향력은 대단해-. 통원 치료 받고 있는 환자도 '선생님 얼굴, 처음으로 제대로 봤어요'라는 문자를 보냈다니까. 대인공포증이라 남의 눈을 보면서 대화할 수 없는 고등학생이거든. 그리고 또 집 밖으로 못 나가는 공황장애 대학생은 '좀비가 걸어 다닌다고 생각하니, 마음이 좀 편해졌다'는 문자도 보냈더라고. 아하하."

"아니, 그게—."

도대체 이 남자는 왜 남의 말을 듣지 않는 걸까. 게이스케는 땅이 꺼져라 한숨을 내쉬었다.

"다음 출연은 언제야? 이번에는 흰 가운을 새걸로 마련할게. 긴자에 있는 영국당(英國堂)에 특별 주문, 제작할 거야."

"저기, 그 건에 관한 얘긴데……."

"다음 주는 화요일만 빼면 다 괜찮아. 화요일에는 에프회가 있거든."

"뭡니까, 그건?"

"피겨 애호가들의 비밀 집회. 마니아는 코로나 따윈 개의치 않으니까. 하하하."

"하아……." 게이스케는 힘이 쭉 빠졌다. "저기, 다음 출연은 다시 연락드리겠습니다."

도무지 대화가 안 통해서 출연할 수 없다고 밝히지 못한 채 전화를 끊었다. 다시 연락하지 않으면 그만이다. 이라부도 설마 자기 입으로 출연시켜달라는 말은 안 하겠지.

오늘 도쿄의 코로나 신규 감염자 수는 천 명을 넘어섰다. 다들 제발 나돌아 다니지 말았으면 하면서도 정작 자기는 평소와 다름없이 출퇴근한다.

3

다음 날 기획 회의에서 미야시타가 그래프가 인쇄된 종이를 팔랑팔랑 흔들더니, "너희들, 이거 봤어?"라며 심각한 표정으로 입을 열었다.

"어제 〈굿타임〉의 시청률이다. 평균 1.8퍼센트. 뭐, 이건 상관없어. 그저께보다 0.2퍼센트 오르긴 했지만, 그 정도는 오차

범위니까. 문제는 상승 시간이다. 그 이상한 선생이 등장한 시점부터 확 올라갔단 말이지."

미야시타가 손가락으로 허공에 곡선을 그렸다.

"이상하잖아? 그 선생이 프로그램에 나오는 걸 시청자들은 몰랐을 거고, 애당초 무명 정신과 의사야. 하타야마, 네 생각은 어때?"

별안간 질문을 받은 게이스케는 대답할 말이 궁했다. 그 이유를 알 리가 없었다.

"우연 아닐까요? 설령 이라부 선생님이 친구나 지인에게 자기가 텔레비전에 출연한다고 홍보를 했다손 치더라도 그 숫자는 빤할 테고……."

"그렇지. 신흥종교의 교주거나 언더그라운드 아이돌(방송이 아닌 라이브 공연이나 행사 등을 위주로 활동하는 아이돌에 대해 일본에서 사용하는 통칭)이거나 일종의 컬트가 아닌 이상, 시청률이 움직일 까닭이 없지. 그래서 내가 인터넷을 좀 들여다봤지. 무슨 실마리가 나올까 하고……. 그랬더니 있더라고. 그 원인은 바로 기타를 메고 춤을 추며 배경에 등장했던 '씨아가'였어."

"간호사 마유미 짱 말씀인가요?"

"그래, 그 마유미 짱이야."

미야시타가 게이스케를 손가락으로 가리키며 말했다. 그러더니 노트북을 열고, 게시판에 올라온 댓글들을 읽어주었다.

"우아, 대박! 블랙뱀파이어 마유미 짱 강림. 중앙텔레비전 〈굿타임〉. 덕후 부대는 텔레비전 앞으로 전원 집합! ……오, 오, 오, 우리의 여신 마유미 짱이 텔레비전에! 너무 예뻐~☆ ……설마 텔레비전에서 그 모습을 뵙게 될 줄이야. 마유미 짱 만세! ……어때?"

"저기, 블랙뱀파이어라는 건……?" 게이스케가 물었다.

"여성 4인조 록 밴드. 마유미 짱은 그 밴드에서 기타를 담당하는 모양이야. 팬 카페가 있는데, 가입자 수가 약 50만 명이야. 이건 웬만한 메이저 밴드보다 인기가 높다는 뜻이지. 게다가 동영상 사이트를 봤더니, 어제 방송에서 마유미 짱이 나온 장면이 엄청나게 확산됐고, 조회 수도 모두 10만 회 이상이란 말이지. 우리 중에 블랙뱀파이어와 마유미 짱을 아는 사람 있나?"

미야시타가 묻자, 모두 고개를 저었다.

"우리 방송인들이 시대의 흐름에 완전히 뒤처졌다는 뜻이군. 요즘 세상에는 메이저도 마이너도 없어. 젊은 사람들은 모두 인터넷 안에서 살아가고 있고, 거기서 발굴된 재미있는 일이나 사람이 순식간에 전국구로 유명해지는 거지. 이봐, 하타야마. 시험 삼아서 이라부 선생을 한 번 더 등장시켜보자고. 물론 마유미 짱도 포함해서야."

"다시 섭외하라고요? 어제는 저 작자는 두 번 다시 출연시키지 않겠다고—."

게이스케가 미간을 찡그리며 말했다.

"너, 그러고도 방송인이야? 내 머리는 매일매일 업데이트돼! 어제 일을 들먹거리지 마!"

미야시타가 둥글게 말린 시청률 속보 인쇄지를 내던졌다.

"죄송합니다……."

"당장 전화해서 짧은 코너라도 좋으니까 오늘도 출연시켜. 그러면 어제 시청률의 이유가 명확해지겠지."

"알겠습니다."

게이스케는 자기가 얌체 같다고 생각하면서도 이라부에게 출연을 의뢰하는 전화를 걸었다. 그러자 이라부는 갑작스러운 의뢰임에도 불구하고 "오케이-"라며 선뜻 받아주었다.

"그런데 말이죠, 간호사 마유미 씨는 오늘도 계신가요?"

"응, 있지-."

"어제처럼 오늘도 꼭 배경으로 등장해주셨으면 하는데요."

"알았어. 내가 얘기할게-."

이라부의 장점은 다루기 쉽다는 것이다.

그리고 그날 방송에서도 이라부는 기발하고 엉뚱한 답변을 연발했다.

"지금, 코로나로 은둔형 외톨이 젊은이들이 건강을 되찾고 있잖아–."

"오호. 그 말씀은?"

"아 그야, 나라에서 칩거를 장려하는 판국이니, '드디어 우리의 세상이 도래했다–'고 생각하지 않을까? 우리 병원에서도 여러 명을 상담하고 있는데, 다들 기뻐하더라니까–. '선생님, 살아갈 용기가 샘솟기 시작했어요'라면서. 그리고 또 등교 거부 학생 몇 명도 마스크를 쓰면 학교에 갈 수 있겠대. 마스크 한 장이라도 심리적으로 보호받는 느낌이 들어서겠지–. 그들에게는 코로나가 구세주인 셈이지–."

"아니, 선생님, 그건 좀……."

이시다는 당혹스러워했지만, 이틀 계속되자 출연자들도 익숙해졌는지, 고정 출연자인 예능인이 "선생님, 지금 뭔 소릴 하신대유"라며 말참견을 해서 자연스럽게 웃음을 자아내는 데는 아무런 지장이 없었다.

그쯤에서 마유미가 등장했다. 얘기하고 있는 이라부 뒤에서 어제와 마찬가지로 기타를 메고 리듬을 타며 춤을 추었다.

"오–, 나왔다, 나왔어!"

부조정실에서 미야시타가 간절히 기다렸다는 듯이 소리를 높였다. 게이스케의 시선도 빨려 들어갔다. 찬찬히 살펴보니 쿨 뷰티 매력이 상당했다.

"선생님. 오늘도 마유미 씨가 등장했군요."

이시다가 씁쓸하게 웃으며 말했다.

"어-이, 마유미 짱. 텔레비전에 또 나온다."

이라부가 또다시 화면을 가리키자, 마유미는 관심 없다는 듯이 힐끗 한 번 쳐다보더니, 몸을 흔들면서 앰프가 연결되지 않은 일렉트릭 기타를 연주했다.

"저 간호사, 멋지네. 기분이 언짢은 듯한 분위기가 특히 좋단 말이지."

미야시타가 팔짱을 끼며 말했다.

"팬 카페에 따르면, 웃지 않는 캐릭터라고 합니다."

게이스케가 대답했다. 인터넷상에서는 여왕님으로 추앙받는 듯했다.

"내일이 기대되는군. 난 2퍼센트가 넘을 것 같은 예감이 들어."

미야시타의 기분이 좋아서 게이스케도 그 점만은 마음이 놓였다.

다음 날, 평균 시청률 속보가 제작부에 게시되었고, 〈굿타임〉은 2.8퍼센트였다.

"우아-아!"

그 결과에 스태프 전원이 술렁거렸다. 최근 반년 만에 최고의 시청률이었다. 게이스케는 소름이 돋았다. 방송국 직원이면서도 지금까지는 시청률 경쟁을 냉담한 시선으로 바라본 측면이 있었는데, 막상 그 소용돌이 속으로 빨려 들어가자 이유를 막론하고 엄청난 쾌감이 느껴졌다.

"오호, 맞았어! 마유미 짱이었어."

미야시타가 잔뜩 흥분해서 말했다. 분명 그 말대로 인터넷 반응을 보더라도 마유미에 관련된 댓글이 급증한 상황이었다. 다만, 함께 묻어가듯 이라부에 관한 언급도 많았는데, "저 사람이었어, 마유미 짱이 근무하는 병원의 소문난 그 정신과 의사가?" "웩, 이라부 선생님, 극혐! 완전 또라이! 그치만 쫌 좋을지도" "텔레비전에 내보내면 안 되는 사람이 나왔다(^^)" 등등 다들 재미있어하는 반응들이 엿보였다.

"이러다 이라부 선생까지 함께 대박 나는 거 아냐?"

미야시타가 마음이 조급해져서 감당이 안 되는지, 다리를 달달 떨면서 말했다.

"아니, 그런데 미야시타 PD님. 이러면 프로그램이 엉뚱한 방향으로 흘러가지 않을까요? 광고주가 어떻게 받아들일지도 걱정이고, 게다가 일회성 화제에 기대는 건 좀……."

성실하기 이를 데 없는 스태프 하나가 조심스럽게 의견을 내놓았다.

"바보 같은 녀석! 텔레비전은 본래 일회성의 집대성이야. 네가 NHK냐? 방송인이 점잔이나 빼서 어쩔 거야? 빈축을 사더라도 숫자를 따낸 녀석이 승자야!"

또다시 물건을 집어 던져서 스태프는 입을 다물 수밖에 없었다.

"야, 하타야마. 다음에는 중계차를 보내자. 네가 이라부 선생한테 가서 병원에서 생중계해. 그래야 영상이 더 깨끗해."

"생중계라뇨, 그럴 필요까지는 없을……."

"시끄러워. 놓치지 않기 위해서라도 구속이 필요한 거야. 네가 이라부 담당이다."

미야시타가 무섭게 몰아붙였다. 게이스케는 마지못해 시키는 대로 따르기로 했다.

이라부에게 연락하자, "좋아-"라며 흔쾌히 승낙했다. 다만, 출연은 다음 주부터. 지자체에서 이라부와 마유미에게 백신 접종 파견을 의뢰해서 시간이 나지 않기 때문이다. 일단은 의사로서의 직분도 행하는 모양이다.

그리고 이라부와 마유미가 출연하지 않았던 날의 다음 날, 평균 시청률이 발표됐는데, 이전 회차보다 1포인트 하락해서 1.8퍼센트였다. SNS를 봐도 "마유미 짱 출연 안 하는 듯" "그럼, 안 봐" 등등 젊은 층에게 외면당한 분위기였다.

"야, 야, 야!" 미야시타가 고함을 질렀다. "이젠 이걸로 확실해졌어. 시청률을 올린 건 그 두 사람이야. 그들이 사라지자마자 바로 제자리로 돌아갔어. 이젠 어쩔 거야, 이 자식아!"

속보 인쇄지를 둥글게 말더니 게이스케를 향해 냅다 내던졌다.

"그게 제 책임입니까?" 게이스케도 이번에는 화를 참을 수가 없었다.

"네가 스케줄을 제대로 못 잡아서야! 다음 주는 무슨 일이 있어도 출연시켜. 이라부 선생과 마유미 짱은 광맥이야. 코로나 명분이 사라지지 전에 파고, 또 파고, 끝까지 파내!"

미야시타가 눈을 빠르게 깜박이며 말했다. 다른 스태프들은 자기한테 불똥이 튈까 봐 쏜살같이 도망쳤다. 미야시타는 시청률과 연관되면 이성을 잃었다. 게이스케는 그제야 새삼 깨달았다. 쉴 새 없이 눈을 깜박이는 행동은 틀림없는 틱 증상이다. 다리를 떠는 행동도 신경증의 일종이겠지.

한 주가 시작되는 월요일, 촬영 팀을 이끌고 이라부 종합병원을 방문하자, 진찰실에는 화환이 즐비했다.

"선생님, 이건 뭐죠?"

"생방송 출연한다고 알려줬더니, 마유미 짱 밴드의 팬클럽에서 보내줬어. 배경으로 좋지 않나?"

이라부가 기쁜 듯이 말했다.

"아니, 이건 좀……."

화환을 치워달라고 부탁하자, 이라부가 마지못해 한쪽 구석으로 옮겼다.

"그나저나 오늘은 사람이 엄청 많네-. 모처럼 여기까지 왔으니, 다들 백신 접종할래?"

이라부가 말했다.

"엇, 그래도 돼요?"

카메라맨과 음향 담당자가 곤혹스러워하는데, 이라부가 "어-이, 마유미 짱" 하고 큰 소리로 불렀다. 안쪽 커튼이 열리고, 마유미가 주사 카트를 밀면서 등장했다. 지난번과 마찬가지로 하얀 미니 원피스 간호사 복장에 시크한 표정. 마치 무슨 연극이라도 관람하고 있는 듯한 기분이 들었다.

촬영 팀이 차례로 백신 접종을 받았다. 이번에도 역시나 문진은 없었지만, 이라부의 페이스에 휩쓸려서 아무도 의문을 입 밖에 내지 않았다. 이라부는 주삿바늘이 피부를 뚫고 파고 드는 순간을 뚫어져라 바라보았고, 콧구멍을 벌렁거리며 몹시 흥분한 기색이었다.

"선생님, 오늘은 코로나 재난으로 인한 가족 문제와 관련해서 코멘트를 부탁드릴 예정입니다."

게이스케가 대본을 펼치며 설명했다. 재택근무가 계속되는 상황에서 가족 간의 스트레스를 안고 사는 사람이 급증하는 추세였다. 그에 대한 대처법 논의가 오늘의 주제였다.

"그거야 각자의 서재로 들어가면 끝이지."

이라부가 가볍게 내뱉었다.

"아니, 서재가 있는 집이 그리 흔하진 않으니까요."

"말도 안 돼. 서재가 없는 집이 있다고?"

"있습니다."

게이스케가 진지한 표정으로 타이르듯 말했다. 이라부를 다루는 방법을 차츰 터득하게 되었다.

프로그램이 시작되자, 오프닝 때부터 화면에 이라부의 얼굴이 떡하니 등장했다. 미야시타가 지시했기 때문이다. 인터넷에서는 보나 마나 "나왔다!"라며 한껏 고조됐겠지.

진행자인 이시다가 출연자들을 소개하고, 이라부에게도 인사를 건넸다.

"오늘은 중계방송으로 출연을 부탁드렸습니다. 이라부 종합병원의 정신과 의사, 이라부 이치로 선생님입니다. 선생님, 잘 부탁드리겠습니다."

"응, 잘 부탁해요-."

그 말 한마디로도 스튜디오에 웃음소리가 일면서 장내 공기가 부드러워지는 느낌이 무전기까지 전해졌다.

"간호사 마유미 씨도 계신가요?"

이시다가 부르자, 카메라가 이동하며 진찰실 소파에서 기타를 치고 있는 마유미를 잡았다. 이어폰을 끼지 않은 마유미는 진행자 목소리가 들리지 않기 때문에 힐끗 한 번 눈길을 줬을 뿐, 바로 고개를 휙 돌려버렸다. 그 행동만으로도 인터넷에서 한껏 달아올랐을 분위기가 쉽게 상상이 갔다.

"저거야, 저거! 우히힛. 마유미 짱 찐팬 녀석들이 엄청 좋아할걸."

무전기에서는 부조정실의 한껏 흥분한 미야시타 목소리가 들렸다.

프로그램은 오늘도 코로나 화제로 문을 열었고, 아마도 총 방송 시간은 〈굿타임〉이 시작된 이래 가장 길어질 것으로 예상되었다. 그만큼 세계는 전시하에 놓여 있었고, 언제 수습될지도 모르는 상황이었다.

"이라부 선생님. 오늘의 주제는 코로나 사태에 따른 가족 간의 스트레스 대처법인데, 정신과 의사의 관점에서 조언해 주실 말씀이 있으신가요?"

본론으로 접어들어 이시다가 이라부에게 질문을 건넸다.

"음, 글쎄-. 회사 방침을 거스르더라도 출근하는 게 낫지 않나?"

이라부가 또다시 예측도 못 한 엉뚱한 말을 꺼냈다.

"그건 무슨 말씀인가요?"

"재택근무로 가족 간의 스트레스를 떠안느냐, 출근하면서 코로나 감염의 리스크를 떠안느냐, 그건 선택의 문제지. 출근을 선택하는 사람이 있대도 이젠 아무도 공격 못 할 것 같은데."

"오호. 그건 새로운 의견이군요."

"애당초 인류는 서로 모이게 돼 있으니까-. 전 직원이 재택근무를 하기로 결정하고, 사무실까지 해약해버린 IT 기업도 있는 모양인데, 아마 오래가진 못할걸-. 멋 내고 출근하거나 퇴근길에 동료와 한잔하거나, 그런 즐거움 없이 인간은 살아갈 수 없으니까-. 감염증과는 함께 갈 수밖에 없지."

"오호. 의외로 제대로 된 말도 하네."

무전기에서 미야시타가 말했다. 게이스케도 동감했다. 중앙텔레비전도 사무직원에게 재택근무를 장려하고 있지만, 무슨 이유를 붙여서든 모두 출근하는 까닭은 누군가와 만나고 싶기 때문이다.

"인간이란 어차피 죽을 때가 되면 죽으니까"라고 이라부가 말을 이었다.

"역시 안 되겠어. 항의 전화 쇄도야." 미야시타가 처량한 신음 소리를 흘렸다. 정말이지 이라부는 의사라고는 믿기지 않는 말들을 한다.

그 후, 게이스케가 현장에서 지시를 내려서 마유미를 등장시켰다. 기타를 메고 뒤쪽에서 리듬을 탔다. 웬일로 순순히 잘 따라준다 싶었는데, 별안간 품에서 자기 밴드 CD를 꺼내더니 카메라를 향해 들이밀었다. 홍보에 이용된 듯했다.

"용서한다. 마유미 짱은 용서해."

미야시타는 이제 자포자기 상태인 듯했다.

"아하, 오늘도 등장했습니다. 이젠 〈굿타임〉의 명물. 마유미 씨의 에어 기타였습니다."

진행자 이시다는 어떻게든 분위기를 수습하려고 안간힘을 썼다.

다음 날, 시청률이 발표되었는데, 평균 3.7퍼센트였다. 인터넷 댓글을 봐도 많은 젊은이가 〈굿타임〉을 시청했고, 이라부와 마유미는 SNS 인기 검색어에서 상위를 차지했다.

"오늘도 나왔다-! 이라부 선생님 최고-!" "역시 마유미 짱은 달라. 오늘도 볼 수 있어서 행복했어요." "그런데 마유미 짱이 입은 간호사복, 어디서 팔아?" "주문 제작한 거 아닌가?" "가부키초에서 팔 것 같은데."

이미 두 사람은 화제의 인물로 떠올랐다.

"크하하하하."

미야시타의 우렁찬 웃음소리는 멈출 줄을 몰랐다. 프로그램을 시작한 이래 최고의 시청률이라 스태프 전원에게 두둑한 보너스 봉투가 내려왔다. 다만, 불만이나 항의 전화도 그만큼 늘어나서 '장난하느냐?'는 의견도 다수 날아들었다.

"괜찮아. 시청률이 올라가면 항의 전화도 당연히 늘어나는 법이야. 긍정이든 부정이든 둘 다 포함되는 게 인기야. 가장 최악은 관심조차 못 받는 거지. 난 이미 리스크를 각오했어. 한다면 하는 거야!"

미야시타가 거칠게 콧김을 뿜었다. 이 기세로 동 시간대 시청률 1위인 〈요시노야〉를 추월하겠다며 별렀다. 다리 떨기와 눈 깜박임 틱 증상이 한층 심해졌다.

"이봐, 하타야마. 다음 주에 이라부 선생과 마유미 짱을 스튜디오로 부른다. 미리 고지하면, 마유미 짱 팬 카페에서 알아서 인터넷에 확산시켜주겠지."

"아니, 스튜디오 출연은 아무래도 좀 위험하지 않을까요? 그 선생님은 분위기 파악도 못 하고, 상식도 안 통해요."

게이스케가 불안한 마음을 털어놓았다. 스튜디오에서 진행하는 생방송인 만큼 방송 금지 용어라도 툭 튀어나오면 대처할 방법이 없다.

"위험해서 재밌잖아."

"그럴 리가……, 저는 찬성할 수 없습니다."

"그게 바로 너의 단점이야. 설령 빈축을 사더라도 텔레비전은 시청률만 따내면 허물은 저절로 다 덮여. 난 한다! 〈요시노야〉를 제치고 사장상 수상이다. 크하하하."

미야시타가 침을 튀기며 웃어젖혔다. 게이스케는 미야시타의 눈빛에서 어떤 광기 같은 기운을 느꼈다. 이 남자는 시청률 귀신에 씌었다.

하는 수 없이 이라부에게 전화를 걸자, 평소와 다름없이 "좋아-"라는 답변이 돌아왔다. 미야시타를 상대한 후라서 그런지 정말로 뭔가 치유받는 느낌이 들었다. 생각해보면 이라부는 단 한 번도 '노'라고 말한 적이 없었다.

4

엿새 후 생방송이 있는 날, 이라부와 마유미가 방송국에서 보낸 승용차를 타고 중앙텔레비전 본사에 도착했다. 일정에 공백이 있었던 이유는 백신 접종 업무 때문에 출연할 수 없었기 때문이다. 그리고 그동안의 시청률은 모두 1퍼센트대라 높은 시청률의 원인이 두 사람이었다는 게 새삼 입증되었다.

방송 전에 SNS를 확인해보니, "마유미 짱, 오늘 〈굿타임〉 스튜디오 출연!" "위험한 정신과 의사, 이라부 선생님은 과연 어떨지?" 등등 벌써부터 분위기가 한껏 달아올라 있었다. 이제는 기존의 프로그램 홍보가 의미 없다는 것을 게이스케는 통감했다. 시청률을 움직이는 것은 인터넷이다.

게이스케와 미야시타가 현관으로 마중을 나갔다. 이라부는 화려한 양복을 차려입었고, 마유미는 검은색 가죽 원피스 차림이었다.

"이라부 선생님, 마유미 씨, 처음 뵙겠습니다. 프로듀서 미야시타라고 합니다."

평소에는 고압적인 미야시타가 만면에 미소를 머금고, 손을 비벼가며 인사를 건넸다.

"응, 잘 부탁해요~."

한편 이라부는 상대가 누구든 간에 스스럼없는 분위기에는 변함이 없었다.

대기실로 안내하고, 게이스케가 생방송 출연의 주의 사항을 전달했다. 방송 금지 용어, 차별로 해석될 수 있는 언동은 삼가달라고 신신당부를 했다.

"오케이-"

이라부가 너무 가볍게 대답해서 오히려 더 걱정스러웠다.

방송 시간이 되어 스튜디오로 이동했다. 스튜디오에는 고정 출연자들이 늘어앉은 계단식 좌석 맞은편에 이라부와 마유미의 자리가 마련되었다. 무슨 사고가 발생했을 때, 화면에서 배제하기 쉽게 하기 위한 조치였다. 이라부가 앞에 앉고, 한 단 높은 대각선 뒤쪽에 마유미가 앉는 배치였다.

이라부와 마유미가 모습을 드러내자, 출연자들이 "우아-" 하고 소리를 높였다. 흡사 진귀한 짐승이라도 눈앞에 나타난 것 같았다. 이라부는 붙임성 있게 손을 흔들었고, 마유미는 언제나 그렇듯 시크한 표정이었다.

"좋은데-, 저 두 사람. 텔레비전을 고맙게 여기지 않는 점이 특히 좋아."

부조정실에서 미야시타가 흥분한 기색으로 말했다.

프로그램이 시작되자, 순식간에 인터넷도 들썩거리기 시작했다.

"마유미 짱 오늘은 평상복!" "저건 시모키타 록 페스티벌 나왔을 때 무대의상 아닌가?" "너무 예뻐-. 마유미 짱 최고-!"

게이스케는 미야시타 옆에서 노트북을 열고, 실시간으로 게시판을 체크하고 있었다. "어디 봐, 어디"라며 미야시타가 들여다봤다.

"댓글이 어마어마하군. 오늘, 혹시 5퍼센트 넘는 거 아냐? 너 인마, 그럼 〈요시노야〉를 이길지도 몰라. 우히히히."

몹시 흥분한 기색으로 대본을 둥글게 말더니, 게이스케의 머리를 내리쳤다.

프로그램에서는 코로나 사태로 인한 자숙 요청에 지친 국민에 관한 토론이 시작되었다. 감염은 또다시 확대되고 있지만, 국민들은 더 이상 정부의 자숙 요청을 귀담아듣지 않게 되었다. 이날은 전직 국회의원이 해설자로 출연해서 정부를 비판하기 시작했다.

"다들 아무렇지 않게 돌아다닌다? 그야 당연하잖습니까. 영화관도 백화점도 다 열려 있는데, 나가지 말라고 하면 누가 그 말을 따르겠어요? 백신 접종을 신속하게 진행하지 못하는 실정(失政)을 왜 국민 탓으로 돌립니까!"

다음 선거에서 정계 복귀를 노리는 만큼, 기세가 상당했다.

"그렇지만 의료 붕괴 사태를 막으려면 어떻게든 감염자 수를 억누를 수밖에 없고, 그러기 위해서라도 불요불급한 외출은 삼가달라는 부탁을 계속할 수밖에 없잖습니까."

진행자인 이시다가 반문했다.

"그런 문제야 감염자가 비교적 적은 현(県)에서 의사와 간호사를 동원해서 수도권의 의료 붕괴를 막으면 됩니다. 그러면 지방으로 감염이 확대되는 것도 막을 수 있는데, 왜 그런 발상을 못 하난 말이죠!"

전직 국회의원이 열변을 쏟아냈다.

"그럼, 의사 입장에서는 어떤지, 이라부 선생님의 얘기를 들어보죠. 선생님, 지금 나온 제안을 어떻게 생각하십니까?"

이시다가 이라부에게 의견을 구했다.

"미안, 못 들었는데."

이라부가 코를 후비며 멋쩍게 웃었다. 출연자 전원이 뒤로 나자빠질 지경이었다.

"스튜디오가 신기해서 정신이 팔렸어. 하하하."

이라부가 웃으면서 핑계를 댔다.

"선생님, 집중 좀 하세요. 오늘은 중계방송이 아니라고요."

예능인이 재빨리 태클을 걸어, 스튜디오는 폭소에 휩싸였다.

"하하하하." 부조정실의 미야시타도 덩달아 웃었다.

"그럼, 이번에는 간호사인 마유미 씨에게도 여쭤보죠. 실제로 의료진의 상황은 얼마나 어려운가요?"

이시다가 마유미에게 물었다.

"저, 그 전에—."

마유미가 원피스 앞섶에 오른손을 찔러 넣더니, 전단을 끄집어냈다. 그러더니 카메라를 향해 펼쳐 보였다. 그녀가 나른한 말투로 입을 열었다.

"주말에 유튜브에 블랙뱀파이어 라이브 공개하니까, 너희들 꼭 보도록. 부탁한다."

"헉-." 게이스케는 두 눈을 감쌌다.

"괜찮아. 용서한다"라는 미야시타. 그러나 얼굴은 일그러져 있었다.

"마유미 씨, 미리 말씀하셨으면 홍보할 시간 정도는 드렸을 텐데. 갑자기 그러진 마세요."

이시다가 식은땀이 번진 얼굴로 어떻게든 분위기를 수습하려고 애를 썼다.

"아무튼 다시 본론으로 돌아가서, 의료진은 절박한 상황에 처해 있나요?"

"절박하긴 하지만, 어쩔 수 없잖아. 전쟁이나 다를 바 없는 상황 아닌가?"

마유미가 다리를 꼬고, 흥미 없다는 듯이 말했다.

"바로 그겁니다. 마유미 씨가 지금 아주 예리한 지적을 했어요." 전직 국회의원이 자기 생각과 똑같다는 듯이 말을 받아 이어갔다.

"전시 상황이기 때문에 나라가 한 팀으로 똘똘 뭉쳐서 코로나에 맞서야 합니다. 그런데도 지자체마다 대책이 다르고, 온도 차도 있어요. 다른 무엇보다 백신 접종의 경우는 정부가 지자체와 자위대에 모조리 떠넘기지 않았습니까. 오로지 하나밖에 모르는 바보처럼 계속 자숙만 요청할 뿐이에요. 국민들은 좀 더 분노해야 한단 말이죠."

"과연, 분명 정부가 모든 문제를 지자체뿐만 아니라, 경제계나 국민에게까지 고스란히 떠넘기는 경향이 있긴 하죠. 다시 한번 이라부 선생님께 여쭙겠습니다. 그런 점은 어떻게 생각하십니까?"

이시다가 또다시 이라부에게 질문을 던졌다.

"미안-. 이번에도 못 들었어." 이라부가 머리를 긁적이며 말했다. "아 글쎄, 저기 있는 스태프가 자꾸 종이에 이것저것 적어서 진행자에게 보여주니까, 나도 모르게 그쪽으로 정신이 팔려서."

"AD 같은 사람에게 정신을 팔지 마세요!"

이시다가 이번에는 당연하게도 강한 억양으로 주의를 주었다.

"선생님, 첫 출연인데 배짱이 정말 두둑하시네. 요시모토(일본의 연예기획사 이름)에 오지 않을래요?"

예능인이 또다시 스튜디오에 웃음을 이끌어냈다. 부조정실의 미야시타도 "아하하하하" 하며 큰 소리로 웃어젖혔다.

"미야시타 PD님. 지금 웃을 때가 아니에요. 이제 곧 방송 사고가 터질지도 몰라요."

게이스케가 말했다. 사내에서도 문제가 될 것 같았다.

"인터넷 반응은 어때? 엄청나지?"

미야시타의 말을 듣고 살펴보니, "이라부 선생님, 최고-!" "유치원생 수준 집중력" "저런 방법이 있었네. 다음 수업에서 써먹어야지" 등등 외야(外野)의 분위기는 한껏 고조되어 있었다.

"그럼, 마유미 씨. 한 말씀 더 부탁드립니다." 이시다가 기도하는 표정으로 마유미에게 마이크를 넘겼다.

"아 글쎄, 이제 다들 무서워하질 않으니까, 나라가 뭘 해도 소용없어."

마유미가 퉁명스럽게 대답했다.

"그런가요? 무서워하지 않나요?"

"진짜 무서우면 집에 얌전히 있겠지. 밖으로 나다니는 건 리스크와 자유를 저울질해보고 자유를 선택한 거니까."

"바로 그겁니다. 마유미 씨가 정말 좋은 말씀을 하셨어요." 또다시 전직 국회의원이 끼어들었다.

"정부나 매스컴이 아무리 위협해도 더 이상 효과가 없어요. 유행 초기에는 아직 신종 코로나바이러스의 정체를 몰랐고, 유명인들이 픽픽 쓰러져 죽어 나가니 국민들도 두려움에 떨었지만, 이제는 더 이상 두려워할 요소가 없어요. 4, 50대 중년이라도 기껏해야 중증화되는 사례가 늘었다는 정도 아닙니까? 젊은 사람들은 꿈쩍도 안 해요. 그렇기 때문에 의료 체제 정비와 백신 접종률 향상, 그 방법밖에 없어요. 정부는 지금 잘못된 정책을 펴고 있어요."

"그렇지만 젊은 사람들의 협조가 없으면, 감염은 줄어들지 않으니까……. 마유미 씨, 우리 중에서 가장 젊은 당신의 의견은 어떻습니까?"

이시다가 마유미에게 질문을 던졌다.

"자기들 건강을 젊은 사람들한테 지켜달라니, 너무 뻔뻔하지 않나? 쇼와 시대 전쟁에서는 젊은이들이 희생됐고, 레이와 시대 코로나에서는 노인들이 희생된 거야. 우리 세대에도 언젠가는 재앙이 닥치겠지. 역사의 필연이란 건 그런 거 아닌가?"

마유미가 눈썹 하나 까딱하지 않고, 담담하게 말했다.

"으음, 지금 약간 부적절한 발언이 있었습니다. 여기서 잠깐 광고로……."

이시다가 당황한 표정으로 FD에게 눈짓을 보냈다.

"괜찮아, 계속해! 마유미 짱이 하는 말은 진리야!"

미야시타가 마이크에 대고 고함을 질렀다. 헤드셋으로 지시를 받은 FD가 그냥 계속하라고 이시다에게 지시했다.

"아아, 광고로 안 넘어가나요? ……알겠습니다. 그럼, 마유미 씨, 계속 말씀해주시죠."

"더 할 말은 없는데. 목숨이 아까우면 집에 있으면 될 테고, 징병당해서 죽은 젊은이들에 비하면 훨씬 낫잖아? 집 밖으로 한 발짝도 안 나오고 사람들도 안 만나면, 감염되지 않으니까. 간단하지 않나? 타인에게 기대하지 마라. 그것뿐."

마유미가 카메라를 응시하며 말했다. 5초가량 침묵이 흘렀다. 생방송에서는 좀처럼 일어나지 않는 상황이다. 부조정실도 쥐 죽은 듯 고요해졌다.

"아아 네, 자 그럼, 이라부 선생님. 정신과 의사 입장에서 방금 들은 마유미 씨의 의견에 덧붙일 말씀은 없습니까? 이번에는 들으셨죠?"

이시다가 분위기를 수습하려고 이라부에게 말을 건넸다.

"듣긴 했는데, 병원 내 감염의 주범이었던 마유미 짱한테 설교를 듣고 싶진 않은데."

이라부가 미간에 주름을 잡으며, 내뱉듯이 말했다. 바로 그 순간, 뒤에 앉아 있던 마유미가 다리를 반대로 꼬았고, 그 발끝이 이라부의 등을 쳤다. 이라부가 걷어차인 모양새로 앞으로 고꾸라졌다. 바닥으로 데굴데굴 굴렀다.

"어머, 선생님. 죄송해요"라는 마유미.

"일부러 그랬지-!"라고 소리치는 이라부. 빵이 부풀어 올라 복어 얼굴이 되었다.

"자자, 선생님. 마유미 씨. 싸움은 돌아가셔서 하세요."

예능인이 중재에 나섰고, 스튜디오는 와하는 폭소로 뒤덮였다.

"광고!" 미야시타가 마이크에 대고 지시를 내렸다.

"그럼, 잠깐 광고를." 이시다가 안도한 표정으로 말했다.

숨을 멈추고 지켜보던 게이스케는 그제야 잔뜩 힘이 들어간 어깨의 긴장을 풀고 땅이 꺼져라 한숨을 내쉬었다. 뉴스쇼도 나쁘지 않다. 게이스케는 생방송의 참다운 묘미를 처음 깨달은 기분이 들었다.

다음 날 발표된 평균 시청률은 5.5퍼센트였다. 기록 경신

소식에 스태프실은 열광의 도가니였고, 사장상까지 내려왔다. 다만, 그와 동시에 사장실로 불려갔다. 임원의 말에 따르면, 역시나 그 두 사람의 출연은 문제가 많았던 모양이다. 게이스케도 담당자로서 그 자리에 참석했다.

"어제 〈굿타임〉 재미있었어. 그 의사랑 간호사 최고더군. 그런데 말이야, 텔레비전에서는 무리야." 사장이 입을 열자마자 한 첫 마디였다.

"자네들은 텔레비전이야 시청률만 나오면 그만이라고 생각할지 모르지. 분명 그런 측면이 있고, 나도 툭하면 수치를 높이라고 매섭게 몰아붙이지. 하지만 텔레비전의 기본은 거실의 최대공약수를 추구하는 거야. 자극적인 소재를 상용하는 건 반칙 기술이야. 비유하자면 도핑이겠지."

도핑이라고 지적받은 게이스케는 답변할 말이 없었다. 미야시타도 눈을 빠르게 깜박거리며 듣고 있었다.

"잘 알고 있겠지만, 항의 전화도 빗발쳤다더군. 장난하느냐, 늙은이는 죽으라는 말이냐, 부득이 외출해야 하는 노인도 있는데, 어떻게 말을 그따위로 하느냐—. 실로 지당한 의견이지. 다른 무엇보다 광고주가 난색을 표하고 있어. 앞으로 그 두 사람은 출연시키지 않도록."

사장이 온화한 말투로 얘기했다. 호된 질책도 예상했던 터라 살짝 맥이 빠지는 기분이었다.

"미야시타 씨. 지금까지 쌓아온 자네의 공적은 인정하지만, 그렇게까지 매일매일 시청률에 연연할 필요는 없어. 뉴스쇼는 긴 시간을 들여서 완성하는 거야. 버라이어티나 드라마하고는 달라. 마라톤이니까. 나도 긴 안목으로 지켜보지."

"네……."

"자네 별명이 시청률 귀신이라고 하더군. 뭐, 방송인답고 좋긴 한데, 숫자에 너무 일희일비하다 보면 전체를 놓치게 돼. 무슨 일이든 지상주의는 안 좋아. 힘을 빼는 자세도 필요하지. 그 의사 선생한테 가서 진찰이라도 한번 받아보는 게 어때? 이라부 선생이라고 했나? 여하튼 그 선생이 나오면 묘하게 치유가 되더군. 생각해보면, 사람들의 긴장을 풀어주는 거겠지. 코로나 우울증의 특효약은 힘을 빼는 걸지도 몰라. 역시 정신과 의사는 달라. 어쩌면 대단한 명의가 아닐까. 하하하!"

사장이 그렇게 말하며 유쾌하게 웃었다. 일단은 기분이 좋아 보여서, 게이스케는 놀란 가슴을 쓸어내렸다. 미야시타는 틱 증상이 멈추지 않아 계속 바닥만 바라보고 있었다.

새로운 한 주가 시작되고 게이스케는 이라부의 진찰실을 방문했다. 2차 백신 접종을 하기 위해서였다. 미야시타도 동행했다. "진찰을 한번 받아보겠다"라는 말을 꺼낸 것이다.

"어서 와요-."

매번 밝은 목소리로 맞아주었다.

"어라, 미야시타 씨도 왔어? 그럼, 두 사람 다 백신 접종을 해볼까. 어-이, 마유미 짱."

이라부가 부르자, 안쪽 커튼이 열리고, 주사 카트를 밀며 마유미가 등장했다. '아, 진짜 귀찮네-' 하는 듯한 그 태도가 몇 번을 봐도 신선했다.

둘이 차례로 백신 접종을 끝냈다. 주삿바늘이 피부에 꽂히는 순간을 이라부가 잔뜩 흥분한 얼굴로 뚫어져라 쳐다보았다. 늘 그렇듯이, 이공간으로 빨려 들어가는 시간이었다.

"선생님, 상담을 좀 드리고 싶은데, 저는 자꾸 프로그램 시청률에 일희일비하며 이성을 잃는 경향이 있는 것 같습니다. 스태프들도 딴사람처럼 변한다고 하고……."

미야시타가 이라부를 마주 보며 말했다.

"아, 그래. 그건 그렇고, 다음 출연은 언제지? 우리 입원 환자들 반응이 엄청나거든. 다들 기대가 큰 것 같아서 말이야."

"아니, 출연 건은 나중에 다시……. 그래서 시청률 건 말인데, 숫자 지상주의에 빠져서 감정이 심하게 흔들리는 것은 역시 병의 일종일까요?"

"어어, 의존증이네. 그리고 주의력결핍, 과잉행동장애. 차분하게 가만 못 있는 아이나 마찬가지지. 조만간 나을 거야. 그건 그렇고, 난 사실 코로나 이외의 뉴스에 관해서도 코멘트하고 싶거든. 예를 들면 중국 문제. 한정판 피겨를 중국인들이 독점적으로 거의 다 사들여서 인터넷에서 되파는 행위는 용서가 안 되잖아~. 그리고 또 분슌포(文春砲, 일본 주간지 〈주간분슌〉이 갖고 있다고 간주되는 무기. 독자적인 취재를 통해 얻은, 유명인의 스캔들 정보로 특종기사를 쓰는데, 이 일격을 당한 사람은 높은 확률로 치명적인 영향을 받는다). 굳이 주간지에까지 떠들어댈 건 없잖아, 돈만 받아내면 끝이지?"

"아니, 그건 오히려 텔레비전에서 더 편리하게 써먹는다고 할까……. 선생님, 그보다 병에 대한 이야기를 나누고 싶어요. 지금 말씀을 듣고 알아챘는데, 저는 분명 의존증이 맞습니다. 시청률 없이는 살아갈 수가 없어요. 그리고 또 주의력결핍, 과잉행동장애라는 말도 맞고요. 집에서 아내한테 제발 좀 가만히 있으라고 매일 야단을 맞아요."

"아, 그래. 큰일이네. 그런데 프로그램 출연 말인데, 마유미짱 출연료 좀 올려줘. 스타일리스트를 붙여주지 않을 거면 의상비를 지불하라고 난리를 치더라고."

"선생님, 제 말은 안 들립니까?"

미야시타가 얼굴을 일그러뜨리며 말했다.

게이스케는 두 사람의 대화를 옆에서 듣고 있었는데, 불현듯 뭔가를 알아챘다. 미야시타의 틱 증상이 멈춘 것이다. 최근 며칠은 매초마다 눈을 깜박였는데, 지금은 정상적으로 눈을 뜨고 있었다. 아래를 내려다보니, 다리도 떨지 않았다.

"그리고 다음은 대기실 도시락 얘기를 해야겠지. 나다만(일본의 고급 음식점)의 마쿠노우치 도시락(깨소금을 뿌린 주먹밥에 달걀부침, 어묵, 생선 구이, 야채 절임 등의 반찬을 곁들인 도시락)을 희망한다고 할까."

"선생님, 제발 제 말 좀 들으시라고요."

미야시타가 처량한 목소리로 말했다. 게이스케는 갑자기 날아갈 듯 마음이 가벼워졌다.

라디오 체조 2

1

현도(県道, 현의 비용으로 만들어 유지하는 도로) ×호선을 달릴 때마다 예외 없이 우울해진다. 사무기기 회사에서 일하는 후쿠모토 가쓰미는 회사 소유의 경차를 타고 하루의 절반 이상을 밖으로 돌며 영업을 다니는데, 이 도로를 달리다 보면 대부분은 뒤차가 바짝 몰아붙이며 위협하기 때문이다.

그 주요한 원인은, 현도가 편도 1차로인 데다 중앙선은 추월 금지인 노란색이라는 것, 달리 간선도로가 없다는 것, 그리고 가쓰미가 타고 다니는 차가 경차라는 것이다.

갈 길이 바쁜 운전자에게는 법정 속도로 달리는 가쓰미의 자동차가 그저 훼방꾼일 뿐인지, 아니면 경차니 적어도 험상궂은 남자는 아니겠지 싶어 무시하는 건지, 아무튼 위협적으로 몰아붙였다. 한번은 덤프트럭이 3킬로미터 이상 주행 방해를 하며 몰아붙이더니, 전망이 트인 직선 도로로 접어들자마자 무리하게 앞질러 갔는데, 일부러 바짝 붙으며 위협하는 바람에 하마터면 가드레일에 부딪칠 뻔했다.

가쓰미는 간담이 서늘해지는 동시에 맹렬한 분노가 솟구쳤지만, 경적도 안 울리고 길을 내주었다. 그는 되도록 언쟁을 피하는 성격이었다. 처자식이 딸린 서른다섯 살에 35년 장기 대출로 집을 막 샀기 때문에 지키고 싶은 것이 많았다.

이날은 검은색 미니밴이 몰아붙였다. 백미러로 보니, 한눈에도 질이 나빠 보이는 남자가 운전하고 있었다. 전방에 다른 차가 없으니, 뒤차 입장에서는 꾸물대지 말고 빨리빨리 가라고 하고 싶겠지.

가쓰미가 속도를 조금 올렸지만, 그걸로 난폭 운전을 멈출 리 없었고, 오히려 더 차간거리만 좁혀올 뿐이었다. 교차로 신호가 노란색으로 바뀌어서 정차하자, 노란불이면 그냥 가라는 듯이 경적을 울려댔다. 도대체 무슨 놈의 성질머리인지 분개하며 가쓰미가 뒤쪽 유리 너머로 후속 차량에 시선을 던진 순간 눈이 마주쳤고, 그게 거슬렸는지 난폭 운전은 더더욱 심해졌다. 거의 꽁무니가 닿을락 말락 한 상태까지 몰아붙여서 신변에 위험이 느껴질 정도였다. 그리고 맞은편 차로에 차량

이 보이지 않자, 추월 금지 구역인데도 불구하고 무리하게 앞지르더니, 보복성으로 별안간 속도를 확 줄였다. 붉은 브레이크 램프가 눈으로 날아들었다.

"으아아악!"

가쓰미는 자기도 모르게 소리를 지르며 브레이크를 밟았다. 가까스로 추돌은 피했지만, 등줄기가 얼어붙었다. 최근 몇 년, 난폭 운전이 사회문제로 떠올라서 텔레비전 뉴스에서도 빈번하게 다뤄졌다. 그런데도 사라지지 않는 것은 상식이 통하지 않는 인간이 일정 수 존재하기 때문이다.

"저런 바보 새끼, 확 죽어버려."

운전석에서 중얼거렸지만, 고함을 지른 것은 아니었다. 그리고 어떤 행동으로 옮기지도 않았다. 가쓰미의 머릿속에는 앞차를 쫓아가서 신호 대기에 걸린 시점에 운전자를 끌어내려 흠씬 두들겨 패는 자기의 모습이 떠올랐다. 가쓰미는 어린 시절부터 온순한 성격이라 싸움 같은 걸 해본 적은 없지만, 그렇기 때문에 상상만은 언제나 구체적으로 떠올랐던 것이다.

난폭 운전 차량은 실컷 위협해서 기분이 풀렸는지, 맹렬한 속도로 달리며 멀어졌다. 머지않아 시야에서 사라져버렸다. 저 모자란 인간. 보나 마나 옛날에 폭주족으로 요란하게 경적을 울리며 내달렸거나 양아치였겠지. 아내도 같은 부류일 것이다. 금발 염색 머리에 칠칠치 못한 운동복 차림인 데다, 슈퍼마켓에서 직원에게 컴플레인이나 해대는 인물로 유명할 것이다. 아이에게는 희한한 이름을 지어주고, 머리 스타일은 소프트 모히칸으로 해놓은, 모두가 사회에서 겉도는 별 볼 일 없는 가족일 게 틀림없다.

불현듯 블랙박스 영상을 인터넷에 올려버릴까 하는 생각이 들었다. 틀림없이 자동차 번호도 찍혔을 것이다. 올리면 정의감에 불타는 네티즌들이 인물을 특정해서 응징해줄지도 모른다. 하지만 회사에서 블랙박스 영상을 멋대로 반출하지 말라고 지시했으니, 실행으로 옮길 수는 없고…….

아아, 아까 그 운전자에게 꼭 복수하고 싶다. 가쓰미는 저절로 콧김이 거칠어졌다. 지금이라도 따라잡아 미행해서 집을 알아내고, 밤중에 그 검은색 미니밴에 '바보' '양아치 죽어라'라고 스프레이로 낙서라도 해버릴까. 아침에 그것을 본 남자는 불같이 화가 나겠지만, 그래봐야 범인은 짐작조차 할 수 없으니, 발만 동동 구를 수밖에 없다.

머릿속은 복수의 망상으로 점령되었다. 그 순간 갑자기 현기증이 났다. 순식간에 눈앞이 뿌예졌다. 가쓰미는 큰일이다 싶어 서둘러 갓길에 차를 세웠다.

손가락 끝이 마비되고, 호흡이 갑갑해졌다. 또 시작이다. 과호흡 발작이다. 몇 개월 전부터 이따금 발작이 일어나곤 했는데, 오늘은 유난히 심했다. 도무지 숨을 제대로 쉴 수가 없었다. 오한이 나고, 심장이 두근거렸다. 가쓰미는 이대로 호흡곤란으로 죽어버릴지도 모른다는 공포에 휩싸여 차에서 내렸다. 가드레일을 짚고 어떻게든 호흡을 해보려고 입을 뻐끔거렸다. 한동안 발버둥을 치자, 목에 막혀 있던 코르크 마개가 뻥 하고 빠진 듯이 갑자기 공기가 통했다.

아아, 살았다―. 가쓰미는 눈물을 흘리며 그 자리에 털썩 주저앉았다. 얼굴빛이 어지간히 나빴는지, 자전거를 타고 가던 아주머니가 "괜찮아요?"라며 말을 건넸다.

심장박동이 가라앉을 때까지 10분 정도 그 자리에 머물렀다. 차가워진 손가락 끝은 좀처럼 원래대로 돌아오지 않았다.

그날 밤, 집으로 돌아오자, 아내가 마을 안내문을 보여주었다. '공지 사항'으로 내려온 그 글은 최근에 마을 공원에서 금지된 스케이트보드를 타는 젊은이들이 있으니, 보면 주의를 주라는 내용이었다.

"고등학생이나 대학생인 것 같은데, 밤 10시가 넘어서 스케이트보드를 타며 놀아서 소음으로 인한 민원이 상당한 모양이야."

아내가 눈썹을 찡그리며 말했다.

"우리 동네 애들인가?"

"아마도. 굳이 다른 데서 오진 않겠지, 이런 주택가까지."

"부모들은 주의를 안 주나?"

"글쎄. 마을 회장님은 그 애들을 발견하면 다 함께 주의를 주자고 하지만, 그게 쉽진 않을 텐데."

"뭐, 그렇지. 다들 문제는 피하고 싶어 하니까……."

가쓰미가 어깨를 움츠리며 대답했다. 같은 동네 안에서 복잡하게 얽히고 싶지 않은 마음이 더 크다.

"애들 목욕 좀 시켜."

"알았어."

신나게 뛰어다니는 네 살과 두 살짜리 딸을 겨우 달래서 목욕탕에 들여보내고, 자기도 같이 욕조에 몸을 담갔다. 가쓰미에게는 아이들과 함께하는 순간이 치유의 시간이었다. 내 집을 장만했고, 부양할 가족이 있고, 회사에서는 계장이라는 직책에 올랐고, 부하 직원도 생겼다. 책임이 크다 보니 날마다 느끼는 압박감도 그만큼 크다. 그렇기에 건강에 남들보다 훨씬 더 신경을 썼다. 낮에 졸도할 뻔했던 일은 마음속에 적잖이 그늘을 드리웠다.

저녁 식사를 마친 후, 가쓰미는 개를 데리고 밤 산책에 나섰다. 저녁 9시 이후, 드넓은 단지 내 길을 40분가량 걷는다. 운동보다는 혼자 생각에 잠기는 게 목적이다. 내일 업무 절차를 시뮬레이션하고, 신규 사업 기획안을 짜내고, 본사에 어떻게 보고할지 고민한다. 혼자만의 시간을 좀처럼 갖기 어렵기 때문에 매일 거르지 않는 일과였다.

그때 바로 앞 공원에서 젊은이들의 웃음소리가 들려왔다. "드르륵 드륵드륵", 콘크리트 긁히는 소리도.

가쓰미는 "저거였군" 하며 혀를 찼다. 마을 안내문에 언급된, 밤중에 스케이트보드를 타는 젊은이들이다. 들은 바로는, 경찰에 신고도 여러 번 했고 그때마다 경찰차가 와서 주의를 줬지만, 그때만 잠깐 듣는 척하다 경찰이 돌아가면 다시 타기 시작하는 듯했다.

공원 쪽으로 접어들자, 역시나 스케이트보드에 푹 빠진 젊은이들이었다. 헐렁헐렁한 스트리트 패션 차림으로 벤치 모서리나 돌계단 난간을 이용해 기술을 연습하고 있었다. 그 옆에는 페트병과 과자 봉지가 널브러져 있었다. 보나 마나 치우고 갈 생각은 없겠지. 그들이 어질러놓는 쓰레기 또한 동네 문제로 떠올랐다.

정말 한심하군, 저 애송이 녀석들—. 가쓰미가 속으로 내뱉듯 말했다.

야 니들, 여기서 스케이트보드 타는 거 아냐. 캐치볼이나 스케이트보드는 금지라는 주의 사항이 안내판에 똑똑히 쓰여 있잖아—.

마을 회장은 주민들이 그들에게 주의를 주길 원하는 모양이지만, 지금 여기서 뭐라고 한마디하면, 과연 어떻게 될까.

죄송합니다, 라며 물러날 리는 만무하다.

시끄러워! 저리 꺼져!

이렇게 전개될 가능성이 훨씬 높겠지. 애당초 착실한 인간이라면, 공원에서 스케이트보드를 탈 리가 없다. 규칙 위반임을 알면서도 내 알 바 아니라며 노는 것이다.

공원은 평소 산책 코스 중 일부였지만, 녀석들 가까이 가고 싶지 않아서 그냥 스쳐 지나기로 했다. 그때 급속도로 미끄러져 내려온 젊은이가 높낮이 차이를 이용해 날아오르며, 보드를 한 바퀴 빙그르르 회전시켰다. 하지만 착지에 실패해서 보드가 이쪽으로 날아왔다. 반려견 마메시바(일본 토종개인 시바견을 애완용으로 교배시킨 종)가 소스라치게 놀라며 펄쩍 뛰었다.

젊은이들은 미안하다는 말도 없이 가쓰미를 완전히 무시하고, 보드만 집어서 돌아갔다.

"다쿠, 점프가 부족해."

"좀 더 강하게 반동을 줘야 보드가 돌지."

친구들끼리 그런 얘기를 주고받았다.

야, 위험하잖아! 조심해야지—. 가쓰미는 입 밖으로 소리 내서 말하고 싶었지만, 결국 말을 삼켰다. 찬찬히 보니 그들은 판에 박힌 불량소년 같았다. 만약 되받아치기라도 하면 말문이 막혀버릴 것이다. 그러면 화만 더 부글부글 끓어오르고, 속이 뒤집힌 채로 잠자리에 들게 될 것이다.

내가 마이크 타이슨이나 마에다 아키라였다면 얼마나 좋을까. 가쓰미는 머릿속으로 부질없는 상상을 했다. 저 애송이 녀석들의 멱살을 틀어잡고, "야, 공원에서 스케이트보드 타는 거 아니야, 알겠어?"라고 위협하며 머리라도 한 번 쥐어박는 것이다. 젊은이들은 파랗게 질린 얼굴로 고개를 떨어뜨리고 맥없이 물러날 것이다. 아니면 아무 말도 없이 엉덩이를 냅다 걷어차도 좋다. 그리고 모두 나란히 늘어세우고, 보드를 들어 머리를 순서대로 내리치는 것이다.

그런 상상을 하며 산책을 하다 보니, 갑자기 얼굴이 뜨거워지며 현기증이 났다. 곧이어 호흡이 곤란해졌다. 또다시 과호흡 발작이다. 가쓰미는 그 자리에 웅크려 앉아 숨을 쉬려고 안간힘을 다했다. 그러나 마개로 목을 막아놓은 것처럼 공기가 들어오지 않았다.

주인의 이상 상태를 알아챈 강아지가 캉캉 짖어댔다. 이대로 죽어버릴지도 모른다는 공포가 몰려왔고, 의식이 점점 멀어져갔다.

"왜 그래요? 괜찮아요?"

누군가의 목소리가 머리 위에서 내려왔다. 올려다보니 양복 차림의 남자였다. 귀가 중이던 같은 단지 주민이겠지.

"구급차를 부를까요?"

반사적으로 고개를 저었다. 그대로 웅크린 자세로 양손을 코와 입에 대고, 토해낸 숨을 코로 들이마시는 동작을 되풀이했다. 바로 그때 뻥 하고 기도가 뚫리며, 공기가 목을 타고 내려갔다. 살았다—.

"실례했습니다. 잠깐 현기증이 나서……."

가쓰미는 길 가던 사람에게 감사 인사를 하고, 서둘러 그 자리를 떠났다. 정신을 차려보니 온몸이 땀투성이였다.

과호흡 발작이 하루에 두 번. 이제는 병원에 가봐야겠다는 생각이 들었다. 본사 총무부에 동기가 있으니, 부탁하면 회사와 제휴된 병원을 소개해주겠지.

두근거리는 가슴은 좀처럼 가라앉지 않았다. 여전히 공포에 지배당한 상태였다.

며칠 후, 가쓰미는 유급휴가를 내고 병원에 갔다. 회사가 직원 건강검진 등으로 제휴를 맺은 곳은 도쿄 세타가야 구에 있는 이라부 종합병원이라는 대형 병원인데, 사무기기를 납품하는 단골 거래처이기도 했다. 집에서는 전철로 한 시간쯤 걸리지만, 대신 회사에서 지정한 병원이라 불안감 없이 진료를 받을 수 있다.

일류 호텔의 로비처럼 환하고 청결한 접수처에서 간단한 문진을 하고, 지하에 있는 정신과로 가라는 안내를 해줬다. 계단을 내려가자, 그곳은 분위기가 완전히 달랐다. 어스름하고 소독약 냄새가 떠다니는 공간이었는데, '정신과' 팻말이 걸려 있지 않았으면 창고로 잘못 들어왔나 의심할 정도였다.

머뭇머뭇 문을 노크했다. 그러자 안에서 "들어와요-"라는 생뚱맞은 밝은 목소리가 들려왔다. 안으로 들어서자, 눈앞에는 뒤룩뒤룩 살이 찐 동년배로 보이는 의사가 1인용 소파에 앉아 있었다.

"어서 와요-."

술집 점원 같은 목소리로 맞아들이며 빙그레 웃었다.

가슴에 달린 이름표에 '의학박사·이라부 이치로'라고 쓰여 있는 걸 보니, 이 병원 경영자의 가족인 듯했다. 의자를 권해서 스툴에 살며시 앉았다. 이라부가 문진표를 보고 입을 열었다.

"후쿠모토 씨, 과호흡 발작이 일어난다고 했는데, 과호흡이라는 말을 다 아네."

이라부가 스스럼없는 말투로 얘기했다.

"아, 실은 인터넷으로 검색해봤습니다. 별안간 호흡곤란을 일으키는 증상이 뭔지 궁금해서. 그랬더니 과호흡증후군이라는 증상이 가장 잘 들어맞는 것 같아서……."

"그랬구나~. 뭐 하긴, 요즘에는 다들 인터넷으로 먼저 알아보니까~. 얼마 전에는 단순한 어깨 결림인데, 심근경색 전조 증상이라고 확신하고 검사만 숱하게 받다가 결국 정신과를 찾은 환자가 있었거든. 후쿠모토 씨야말로 심근경색 전조 증상으로 의심해봐야겠는데."

"엇, 그래요?"

가쓰미는 순간 핏기가 가셨다. 심장 관련 병이라고는 생각해본 적도 없었다.

"농담이야, 농담. 과호흡은 공포 영화를 보고 발작을 일으키는 사람도 있을 정도니까, 너무 신경 쓰지 마, 신경 쓸 거 없어. 하하하."

이라부가 큰 소리로 웃어젖혔다.

"농담이라고요?"

가쓰미는 미간을 찡그렸다. 의사가 환자를 위협하다니, 이게 대체 말이나 되나?

"그건 그렇고, 후쿠모토 씨는 어떨 때 과호흡 발작을 일으키지?"

이라부가 짧은 다리를 꼬며 물었다.

"음, 그건 말이죠……."

가쓰미가 며칠 전에 있었던 일을 이야기했다. 도로에서 난폭 운전 피해를 당하고 화가 가라앉지 않아 씩씩거리던 중에 별안간 호흡이 힘들어졌다. 그리고 그날 밤, 개를 데리고 산책을 하던 중에 스케이트보드를 즐기는 젊은이들과 마주쳤고, 무례하고 건방진 그들의 행동거지에 화가 치솟았는데, 또다시 돌연 숨을 쉴 수 없게 되었다. 과호흡 발작은 전에도 몇 번쯤 있었지만, 하루에 두 번은 처음이었다—.

"흐음. 그래서 반격은 안 했어?"라고 이라부가 물었다.

"반격, 요?"

"그래. 난폭 운전 하는 미니밴을 쫓아가서 신호 대기에 걸렸을 때, 차에서 끌어내려 흠씬 두들겨 팼다거나? 스케이트보드 꼬맹이들은, 집에 가서 골프채를 들고 공원으로 돌아가 박살을 내버렸다거나?"

"아뇨……." 가쓰미는 순간 말문이 막혔다.

"그런 짓을 했다가는 체포되잖아요. 저는 가족이 있는 평범한 회사원입니다. 애당초 폭력으로 대응할 생각은 없어요."

"그럼, 화를 억누르다 보니 서서히 머리로 피가 끓어오르고, 과호흡 발작이 일어나고, 공황장애가 나타나는 거네."

"아 네, 그렇죠. 현기증이 나고 가슴도 두근거리니까, 지금 말씀하신 공황장애라는 걸지도 모르겠네요."

가쓰미는 이라부의 지적에 고개를 끄덕였다. 최근 증상의 특징은 과호흡에 이어서 죽을지도 모른다는 공포에 휩싸이는 것이다.

"덧붙여서, 후쿠모토 씨는 옛날부터 규칙을 잘 지키는 타입인가?" 하고 이라부가 물었다.

"그렇죠. 중학교, 고등학교 시절에도 교칙은 잘 지켰던 것 같습니다."

"그래서 규칙을 안 지키는 사람을 보면 화가 난다?"

"아 네, 그렇죠."

"그런데 뭐라고 주의를 주지는 않는다."

"아 네……. 하지만 대부분의 사람들이 그렇지 않나요? 담배를 피우며 활보하는 사람에게 '당신, 길거리 흡연은 규칙 위반이야'라고 주의를 줘본들 적반하장 격으로 오히려 화를 내서 싸움만 날 테니까."

"크흐흐. 알았다." 이라부가 기분 나쁜 웃음소리를 흘렸다.

"후쿠모토 씨의 과호흡증후군의 원인. 알아냈어."

"뭡니까?"

"말하자면 분노 조절이 안 되는 거야, 후쿠모토 씨의 경우는."

가쓰미는 그 지적에 고개를 갸웃거렸다. 분노 조절은 최근에 매스컴에서도 자주 듣는 말이긴 하지만, 툭하면 화를 내는 사람들에 대한 상담의 차원에서 쓰이는 말일 터였다.

가쓰미의 의문을 눈치챘는지, 이라부가 "금방 화를 내는 것도 문제지만, 제대로 화를 안 내는 것도 문제거든"이라고 덧붙였다.

"이건 일본 사람에게 특히 많이 나타나지. 타인의 규칙 위반이나 부도덕한 행동을 봐도 대립을 피하기 위해 입을 다물어버린다. 그렇게 계속 분노가 쌓여서, 결국은 자기 안에서 폭발해버리는 거지. 후쿠모토 씨의 과호흡이나 공황장애는 거기에서 온 거야. 그러니 쉽게 고칠 수 있어. 화를 내면 돼."

이라부가 황당한 소리를 가볍게 풀어놓았다. 가쓰미는 말없이 듣고 있었다.

"해외 같은 데 가보면, 사람들이 길거리에서 서로 고함치는 모습을 자주 보게 되잖아. 그런 모습은 일본 사람이 보면 굉장히 놀랍겠지만, 그들 입장에서는 자기주장이나 비난도 당연한 권리라 일상다반사인 셈이지. 그래서 하고 싶은 말을 다 하면, 그다음에는 아무 일도 없었다는 듯이 일상으로 돌아가. 다시 말해 화내는 게 익숙한 거지."

"아하, 과연……."

그 설명은 가쓰미도 이해가 갔다. 전에 베이징에 출장을 갔을 때, 점원과 손님이 격하게 언쟁을 벌이는 장면을 목격하고, 이 나라에서는 불만 고객은 상대도 안 해주겠구나 하며 부러워했던 적이 있다.

"다툼이 많은 나라는 한편으로는 관대하잖아. 평소 자기 생각을 말하니까, 타인이 말해도 발언권만은 존중하지."

"분명 그렇긴 하네요. 하지만 화내면 된다고 하셔도……."

"연습이야. 뭐든 시도해보는 게 중요해. 단련과 수행으로 인간은 변할 수 있어."

"아, 네……."

가쓰미는 고개는 끄덕이긴 했지만, 구체적으로 뭘 어떡해야 좋을지 짐작조차 할 수 없었다.

"일단은 당분간 병원에 다니도록. 그쪽 회사 총무부에는 통원 치료가 필요하다고 말해둘게."

"통원 치료요……?"

"그래. 여러 가지 치료 프로그램을 짜볼 테니까."

"알겠습니다."

"그럼, 주사를 맞을까."

"주사요?"

"그래. 기운이 나는 비타민 주사. 어-이, 마유미 짱."

이라부가 진찰실 안쪽을 향해 부르자, 커튼이 휙 열리고 하얀 미니 원피스 가운을 입은 젊은 간호사가 카트를 밀며 나타났다. 언짢은 표정으로 껌을 질겅질겅 씹고 있었다.

어리둥절해서 보고 있는데, 주사대에 왼팔을 올리더니 이렇다 할 설명도 없이 주사를 바로 찔렀다. 문득 인기척이 느껴져서 옆으로 시선을 돌렸다. 이라부가 콧구멍을 벌름거리며 피부에 꽂힌 주삿바늘을 응시하고 있었다. 어어, 난 지금 어디 있는 거지? 가쓰미는 이공간에서 헤매고 있는 듯한 착각에 휩싸였다.

주사를 다 놓더니, 간호사가 씹던 껌을 입에서 꺼내 가쓰미의 이마에 붙였다. "자, 이제 끝!" 코웃음을 치며 말했다.

헉! 지금 대체 무슨 일이 벌어진 거지? 너무 황당해서 소리조차 나오지 않았다. 이라부와 간호사는 그런 가쓰미를 가만히 지켜보았다. 한동안 이어진 침묵. 가쓰미의 이마에는 껌이 그대로 붙어 있었다.

"저기, 후쿠모토 씨, 왜 화를 안 내?" 이라부가 얼굴을 들여다보며 물었다.

"아니, 그게 너무 갑작스러운 일이라 놀라서……."

"중증이네. 보통은 이런 짓을 당하면 주사대를 뒤엎고 맹렬하게 항의하지 않나?"

"아니, 그렇지만……."

"아냐, 됐어. 길게 보고 느긋하게 치료하자고. 화를 쌓아두지 않는다. 참지 않는다. 그 점은 명심하고."

"네……."

마유미라는 간호사는 가쓰미의 이마에서 껌을 떼더니, 미안하다는 말도 없이 카트를 밀며 그 자리를 떠났다. 의사를 보나 간호사를 보나, 너무나 이상한 정신과였다.

결국 아무것도 해결하지 못한 채 진찰실을 나오게 되었다. 1층 접수처에서 수납을 마쳤다. 진료비가 2만 엔이라 깜짝 놀랐다. 뭔가 잘못됐겠지 하며 상세 항목을 살펴보니, 상담료가 1만 8000엔이라고 적혀 있었다. 말도 안 돼. 30분 정도밖에 안 됐는데……. 가쓰미는 뜻밖의 액수에 불만스러워하면서도 진료비를 냈다. 얼토당토않게 바가지요금을 씌우는 병원이다. 두 번 다시 안 오겠다고 마음속으로 내뱉었다.

그리고 병원에서 나와 10미터쯤 걸어가는데, "잠깐만요-"

라고 부르며 수납 담당 여직원이 뛰어왔다. "진료비 계산이 잘못됐어요. 초진료와 주사, 2000엔입니다"라고 말했다.

"그런 거죠? 너무 비싸서 깜짝 놀랐어요."

가쓰미는 안도했다. 아무리 비싸도 2만 엔씩이나 나올 리가 없다.

"이라부 선생님이 2만 엔을 청구하고 환자분이 어떤 반응을 보이는지 보고하래서……. 그런 업무 명령을 받아서 어쩔 수 없었어요. 죄송해요. 그 선생님이 좀 특이해요."

직원이 미안한 듯이 씁쓸하게 웃었다.

가쓰미는 힘이 빠졌다. 이라부가 두꺼비 같은 얼굴로 씩 웃는 모습이 눈앞에 떠올랐다. 장난을 치는 건지, 치료의 일환인지—. 다만, 한편으로는 자신이 한심하게 느껴졌다. 이의를 제기하지 않고 얌전히 계산을 마친 자신은 이라부가 지적한 대로 제대로 화를 못 내는 병에 걸린 것이다.

2

병원에서 분노 조절에 관해 지적받은 탓일까, 가쓰미는 전보다 훨씬 더 자기 성격을 의식하게 되었다. 이라부의 말대로,

분명 화내는 데 서툴고, 그래서인지 상관없는 일에까지 화를 내며, 날마다 불쾌감을 맛보는 것이다.

지난번에는 젊은 여자가 전철 노약자석에 뻔뻔하게 앉아, 앞에 노인이 서 있는데 양보도 안 하고 스마트폰만 만지작거리는 상황을 맞닥뜨리고 몹시 화가 났다. 한마디 해야 하나 말아야 하나 망설이는 사이, 다른 자리가 비어서 노인이 앉기는 했지만, 부끄러워하는 기색도 없이 자리를 차지하고 있는 여자를 보자 여전히 속이 부글부글 끓었고, 머릿속에서는 그 여자를 응징하는 자신의 모습이 떠올랐다.

여자가 전철에서 내릴 때, 재빨리 뒤쪽에 서서 문이 열리는 순간, 엉덩이를 냅다 걷어찬다. 여자는 승강장에 넘어지고, 기겁한 표정으로 뒤를 돌아본다. 그 여자를 향해, "이 멍청한 여자야, 노인에게 자리 양보도 할 줄 몰라? 부끄러운 줄 알아!"라고 소리친다. 여자는 분노로 바르르 떨며 뭐라고 받아치려 하지만, 그 말을 하기도 전에 문이 닫히며 전철은 출발한다—.

아아, 저 여자를 있는 힘껏 걷어차고 싶다. 그런 공상을 하고 있자니, 현기증이 나면서 과호흡 발작이 시작되어 오히려 자기가 전철에서 내리는 신세가 되어버렸다.

어젯밤에는 텔레비전 뉴스 프로그램을 보다가 발작이 일어났다. 화면에서는 강변에서 바비큐를 즐기는 시민들 사이에서, 술 취한 젊은이 무리가 음악을 크게 틀어놓거나 수영이 금지된 강으로 뛰어들며 소란을 떨어 주위에 피해를 끼친다는 뉴스가 흘러나왔다. 팔뚝에 문신을 한 남자에게 마이크를 내밀자, 뻔뻔하게도 "완전 신나요-"라고 당당하게 말했다. 그리고 그들이 떠난 자리에는 빈 캔과 음식물 쓰레기가 널브러져 있었다.

가쓰미는 자기가 강변으로 뛰어들어 그자들을 응징하는 모습을 상상했다. 상대는 여러 명이니 맨손으로 맞설 수는 없다. 게다가 짐승이나 다를 바 없는 패거리다. 이 상황에서는 화염방사기를 쓰고 싶다. 군용차에 싣고 가서, 주위 사람들이 무슨 일인가 하고 지켜보는 와중에, 느긋하게 화염방사기를 꺼내 멍청한 놈들을 향해 발사한다. 슈우욱, 슈욱! 헐레벌떡 도망치는 바보들. 그 모습을 보며, "우하하하하!" 큰 소리로 웃어젖힌다—.

"어머 당신, 왜 그래?"

아내가 얼굴을 들여다보며 물었다. 딸들도 이상하다는 듯이 바라보고 있었다.

"아니, 아무것도 아니야……."

가쓰미는 기침을 하며 얼버무리려 했지만, 얼굴이 갑자기

화끈거렸다. 그리고 다음 순간, 숨이 쉬어지지 않았다. 허겁지겁 양손으로 입과 코를 막고, 토해낸 숨을 코로 들이마셨다. 의식이 멀어져 소파에서 몸부림을 치며 괴로워하자, 딸들이 무서워서 울음을 터뜨렸다.

"여보. 진정해. 천천히 숨을 내쉬고, 들이마셔."

이미 사정을 알고 있던 아내가 열심히 등을 문질러주었다.

가쓰미의 하루하루는 늘 공황이 함께하는 것이다.

"이젠 텔레비전 뉴스를 보고도 과호흡 발작이 일어나는구나. 그건 중증인데-."

두 번째 진찰을 받으러 갔을 때 사정을 얘기하자, 이라부가 기쁜 듯이 말했다. 가쓰미의 증상이 회사에 어떻게 전달됐는지, 영업소장은 "후쿠모토, 회사 일은 걱정하지 마. 다 함께 협조할게"라고 말했다. 그래서 큰 부담 없이 통원 치료를 할 수 있었다.

"말이 나온 김에, 혹시 인터넷을 봐도 화가 나?"

"그야 당연하죠. 원하지도 않았는데, 고자질 비슷한 뉴스나 동영상이 스마트폰으로 마구 날아들어서 무심코 보게 되니까."

"그렇긴 해-. 연예인 아무개가 SNS에서 이런 말을 했다. 그에 대한 누리꾼들의 반응은……. 그런 뉴스를 하루에도 몇 개씩 읽게 되잖아. 유튜브만 해도 난폭 운전이나 민폐 행위 동영상이 연일 올라와서 시청자의 분노를 유발하니 말이야. 예전에는 타인과 접촉하지 않으면 스트레스 따윈 없었는데, 지금은 집에 있어도 스트레스가 제멋대로 날아들지-."

"그렇다니까요. 바로 그겁니다."

가쓰미는 자기 생각을 그대로 말했다는 듯이 손가락을 세워 흔들었다. 현대사회에는 스트레스가 끊임없이 날아드는 것이다.

"한동안 입원하는 건 어때? 텔레비전도 인터넷도 없는 병실을 준비할 테니까. 여기 있으면 모든 스트레스에서 해방될 텐데."

"선생님. 그건 무리예요. 회사도 있고, 가정도 있는데."

"회사는 괜찮아. 그쪽 회사 총무부에는 후쿠모토 씨가 심신질환인 과민대장증후군이라 갑자기 설사를 하기 때문에 요양병원용 기저귀를 채울 거라고 말해뒀거든."

이라부가 태연하게 말했다.

"선생님, 지금 그 말씀은 농담이죠?"

"아니. 그 정도는 말해둬야 해. 회사라는 데는 직원의 불안까지 염려해주진 않으니까. 그래서 내가 대신 겁을 좀 줬지."

이라부는 움츠러드는 기색도 없이 툭 튀어나온 배를 문지르며 말했다. 가쓰미는 영업소장이 지었던 안쓰러워하는 표정을 떠올리고 한숨을 내쉬었다.

"자 그럼, 오늘부터는 행동요법을 시작해볼까."

"행동요법요?"

"응, 그래. 후쿠모토 씨에게 적용하는 방법은 일종의 충격요법인데, 분노를 폭발시켜서 본인이 어떻게 되는지를 경험시키는 거지. 후쿠모토 씨의 경우는, 분노 감정을 언어나 행동으로 표출하지 못하고 안에 쌓아두는 게 문제니까, 일단 나가서 고함부터 쳐볼까?"

"저더러 고함을 치라고요?"

"물론이지. 내가 해봐야 아무 소용 없잖아."

"하지만 어디에 대고 고함을 치죠?"

"후쿠모토 씨가 지난번에 말했던, 늘 난폭 운전 피해를 당한다는 도로로 가볼까. 거기서 위협을 당하면, 차를 세우고 나가서 운전자에게 고함을 쳐보는 건 어때?"

"정말로 한다고요?"

가쓰미가 물었다. 도저히 의사가 할 치료로는 여겨지지 않았다.

"걱정 마. 나도 같이 갈게. 내 차로 가자."

"선생님 차는 뭔데요?"

"포르셰"라고 대답하는 이라부.

"포르셰를 상대로 난폭 운전을 하진 않죠."

가쓰미가 코에 주름을 잡으며 말했다.

"그럼, 벤틀리라도 상관없어. 아버지 차야."

"그럼, 더 안 하죠. 위협당하는 건 경차나 고물 중고 자동차 같은 거예요. 다시 말해 약한 사람을 괴롭히는 거라고요."

"그럼, 병원에 있는 낡은 환자 이송차로 해보자. 외관은 평범한 왜건이니까."

"하지만 선생님, 다른 환자들 진료는 안 보셔도 돼요?"

"괜찮아, 괜찮아. 어차피 아무도 안 올 텐데, 뭐."

가쓰미는 자기 귀를 의심했지만, 이라부는 천진난만하게 웃었다.

"그럼, 나가기 전에 주사부터 맞아야지. 어-이, 마유미 짱."

이름을 부르자, 커튼 안쪽에서 간호사 마유미가 모습을 드러냈다. 지난번과 마찬가지로 껌을 씹으며, 나른하게 카트를 밀며 다가왔다. 주사대에 가쓰미의 팔을 올린 마유미가 손으로 껌을 끄집어냈다. 그러더니 껌을 쥔 손을 가쓰미의 이마를 향해 뻗었다. 가쓰미는 몸을 뒤로 빼며 오른손으로 이마를 덮었다. 둘은 한동안 서로를 응시했다.

마유미가 흥 하고 코웃음 치더니, 다시 자기 입 속으로 껌을 집어넣었다. 그 후 주사를 놨고, 이라부가 또다시 코를 벌름거리며 바늘이 꽂히는 순간을 넋 놓고 바라보았다. 가쓰미는 또다시 현실감이 옅어져갔다. 나는 대체 뭘 하고 있는 걸까.

병원에서 나와 흰 가운을 그대로 걸친 이라부와 함께 환자 이송차인 왜건에 올라탔다. 운전은 이라부가 했다. "자, 출발-!" 하고 외치며, 마치 드라이브라도 가는 분위기로 왜건을 출발시켰고, 익숙한 손놀림으로 운전대를 돌리며 간선도로로 나갔다.

"선생님, 운전 잘하시네요."

가쓰미가 말했다.

"그치? 몇 번인가 포르셰로 아마추어 레이스에 나갔거든."

칭찬에 기분이 좋아졌는지, 이라부가 액셀러레이터를 힘껏 밟았다. 엔진이 으르렁거리는 소리를 내며 왜건이 급가속을 시작했다.

"선생님. 너무 빨라요!"

가쓰미가 바닥에 발을 번디디며 말했다.

"그런가? 마력이 안 높아서 별거 아닌데."

앞서 달리는 자동차와의 거리가 순식간에 좁혀졌다. 가쓰미는 놀라서 허둥거렸다.

"선생님, 차간거리. 차간거리!"

"괜찮아. 추돌하진 않아."

"그런 문제가 아니라, 난폭 운전으로 오해받아요."

"그런가?"

이라부가 차로를 변경했다. 속도를 더욱 올리며, 또다시 앞차에 바짝 붙었다.

"으-악!" 가쓰미가 엉겁결에 소리를 질렀다.

"거참, 시끄럽네."

"선생님, 운전을 늘 이렇게 하세요?"

"응. 뭐 잘못됐어?" 이라부는 주눅 드는 기색조차 없었다.

가쓰미는 생각했다. 바로 이런 남자가 사회를 혼란스럽게 하는 것이다.

"선생님, 제가 운전하겠습니다."

"그래? 그럼, 부탁해. 왜건은 도무지 운전하는 맛이 안 나네."

일단 갓길에 차를 세우고, 운전을 교대했다.

"선생님, 사고나 위반은 없었나요?" 하고 가쓰미가 물었다.

"없어. 골드 면허(과거 5년간 무사고, 무벌점이면 나오는 우량 운전자 면허증)야."

"그건 그저 운이 좋았을 뿐이겠죠. 운전을 그렇게 했다간 면허가 몇 개라도 부족해요."

"호들갑 떨긴. 1차로뿐인 도로에서는 흐름에 따라 평범하게 운전해. 다만, 수도 고속도로나 간나나(環七, 제7도심 순환선) 같은 도로에서는 나도 모르게 게임 버릇이 나온다고 할까."

"게임 버릇?"

"그래. 플레이스테이션 레이싱 게임."

"……선생님, 앞으로는 그러지 마시죠. 다른 자동차는 게임의 장해물이 아니에요."

가쓰미가 진지한 표정으로 타일렀다. 조수석의 이라부는 어느새 스마트폰으로 게임을 하고 있었다.

차는 다마가와강을 건너 가나가와 현으로 접어들었다. 평소에 난폭 운전 피해를 당하는 도로는 잠시 후면 도착한다.

"그런데 선생님, 난폭 운전은 왜 뿌리 뽑히질 않을까요? 그렇게 시끄럽게 사회문제가 되고, 몇 명이나 체포됐는데, 오늘도 여전히 일본 어딘가에서는 난폭 운전이 벌어지고 있어요."

가쓰미가 차를 운전하면서 물었다. 모처럼의 기회인 만큼 정신과 의사의 의견을 들어보고 싶었다.

"그야 자기중심적이고 공격적인 무리는 늘 있게 마련이니까~. 박멸하긴 어려울 것 같은데."

이라부가 게임을 하면서 대답했다.

"분노 조절로는 해결이 안 될까요?"

"그건 다른 상담이 필요해. '비켜, 비켜!'라며 몰아대는 막무가내 운전은 화가 난 게 아니라, 단순한 유아성이니까. 다시 말해 바르게 성장하질 못한 거지."

"그럼, 어떻게 대응해야 하죠?"

"예의범절을 가르칠 수밖에 없지. 따끔한 맛을 봐야 고칠 수 있거든. 아잇, 자꾸 말 시켜서 죽었잖아. 간만에 4스테이지까지 갔는데."

이라부가 얼굴을 찡그리며 안타까워했다.

"뭐 하시는 거예요?"

"배틀 게임."

가쓰미는 바르게 성장하지 못한 사람은 바로 당신 아니냐고 말하고 싶었지만, 애써 그 말을 삼켰다.

얼마쯤 달린 후, 평소 다니는 현도로 들어섰다. 아침저녁을 제외하면 정체가 없는 경로라 오늘도 차들은 순조롭게 달리고 있었다. 하지만 이럴 때일수록 '좀 더 빨리 달려'라고 위협해대는 차가 나타난다.

사이드미러를 주의 깊게 관찰하자, 역시나 다음 차 뒤로 검은 미니밴이 보였는데, 끊임없이 앞차를 몰아대며 위협했다.

“선생님, 나타났어요. 우리 뒤차 뒤에 오는 미니밴. 자주 보는 차예요. 상습 난폭 운전자일 겁니다.”

가쓰미가 말하자, 이라부가 조수석에서 몸을 비틀어 돌아보더니, “유후-, 나타났네, 나타났어. 여기까지 나온 보람이 있구나”라고 신이 나서 말했다.

이윽고 미니밴은 앞차를 추월하고, 가쓰미가 운전하는 왜건에 바짝 따라붙었다. 노란색 중앙선이 그려진 도로니, 그건 명백한 교통법규 위반이었다.

“후쿠모토 씨, 속도 낮춰. 여기는 제한속도가 40킬로미터잖아? 그러니까 40킬로미터로 달리자. 그렇게 난폭 운전을 유도하자고.”

이라부가 지시를 내렸다.

“정말로 해요?”

“빨리, 빨리.”

이라부는 한껏 신이 나서 스마트폰을 꺼내더니, 뒤쪽 유리 너머로 뒤차를 촬영했다. 그것을 눈치챈 미니밴 운전자가 발끈했는지, 갑자기 차간거리를 확 좁혀왔다. 한술 더 떠서 좌우로 오락가락하며 위협했다.

“좋아, 좋았어. 이게 바로 ‘궁둥이 공격’이라는 거지? 실제로는 처음 봐."

이라부가 신이 나서 말했다. 가쓰미는 사고가 날까 걱정되어 제정신이 아니었다. 운전대를 잡은 손에 땀이 번졌다.

"선생님, 지금 좋아하실 상황이 아니잖아요. 위험하니까 어디 넓은 갓길이 나오면 차를 세우고 먼저 보낼게요."

"안 돼, 안 돼. 그럼, 치료가 안 되잖아. 난폭 운전이 절정에 달했을 때, 급브레이크를 밟을 거야."

"네에?"

가쓰미는 자기 귀를 의심했다. 그런 짓을 했다가는 추돌당한다.

백미러 가득히 검은 미니밴이 들어찼다.

"좋아, 여기서 급브레이크!"라고 소리치는 이라부.

"안 돼요!"라고 가쓰미가 거절했다.

"한심하긴. 이런 겁쟁이."

이라부가 안전벨트를 풀더니, 운전석 쪽으로 몸을 내밀었다. 뭘 하나 봤더니, 짧은 다리를 뻗어 있는 힘껏 브레이크를 밟았다.

"으아아악!"

가쓰미는 엉겁결에 비명을 내질렀다. 동시에 급제동이 걸리면서 자리에서 몸이 붕 떠올랐다.

콰광쾅 하는 소리와 함께 등을 걷어차인 듯한 충격이 느껴졌다. 차는 앞으로 고꾸라졌고, 가쓰미와 이라부는 차 안에서 심하게 흔들렸다. 추돌당한 것이다.

"아야야야……."

가쓰미가 신음을 흘렸다. 안전벨트의 도움으로 큰 부상은 없는 듯했지만, 머리와 등으로 격통이 훑고 지나갔고, 눈앞에서 은가루가 반짝거렸다.

"으으으윽……." 이라부는 조수석과 운전석 사이에서 뒤집혀 있었다.

"선생님, 대체 뭐 하는 겁니까!" 가쓰미는 자기도 모르게 말투가 거칠어졌다.

"아 글쎄, 이렇게 안 하면 만날 위협만 당하고 손해잖아."

"지금 뭔 소릴 하는 거냐고요!"

차 안에서 웅크리고 있으니, 추돌한 차의 운전자가 내려서 다가오며, "야, 이 새끼야!"라고 고함을 질렀다. 운전석 쪽의 차창을 쾅쾅 두드리며 벌겋게 달아오른 얼굴로 "죽고 싶어서 환장했어?"라고 아우성을 쳐댔다.

"후쿠모토 씨, 창문 열어"라는 이라부.

"열라고요? 저 사람, 지금 화가 나서 제정신이 아니에요."

"괜찮으니까 열어."

하는 수 없이 전동 창문을 내렸다.

"야, 이 새끼들아! 내려!"

흥분한 남자가 차 안으로 팔을 집어넣어, 가쓰미의 멱살을 움켜잡았다.

"구급차. 구급차 불러!" 이라부가 남자를 향해 말했다. "머리 아파! 편타 손상(갑작스러운 움직임이나, 머리가 척추와 상대적으로 뒤로 또는 앞으로 가속될 때 발병하는 손상)이 확실해. 아아, 너무 아파."

"까불지 마! 내 차, 어떡할 거야!"

"부딪친 건 그쪽이야. 그보다 구급차. 아프다고-! 너무 아파-!"

이라부가 손으로 목을 부여잡고, 연극 같은 말투로 과장스럽게 호소했다.

"아이참, 후쿠모토 씨도 빨리 같이 해. 아파-, 너무 아파-."

귓속말로 지시를 내려서 가쓰미도 그 말에 따랐다.

"아파요-! 아파요-!"

"너희가 급브레이크를 밟았잖아!"

"그쪽이 위협하니까 무서워서 브레이크를 밟았을 뿐이야. 우린 잘못 없어-."

"이 자식들이……."

남자는 다음 말이 나오질 않는지, 입술만 바르르 떨었다.

그렇게 실랑이를 벌이는 사이, 뒤쪽에서는 차량 정체가 발생했다. 차에서 내려서 상황을 살피는 운전자도 있었다. 남자는 그 모습을 보고 정신이 조금 돌아왔는지, 자기 차의 손상 정도를 확인하고, "됐어, 빨리 꺼져!"라고 가쓰미에게 고함을 쳤다. 경찰이 오면 난폭 운전이 문제가 되어 자기가 불리해질 거라고 판단한 듯했다.

"꺼지라고 해도 꺼질 수가 없어-. 부상당했잖아. 그쪽도 도망치면 안 돼. 동영상도 찍었으니 뺑소니로 체포될 거야."

이라부가 동요하는 기색도 없이 태연하게 말했다.

"이것들이 미쳤나!"

남자가 으르렁댔지만, 조금 전의 기세는 아니었다.

"자, 후쿠모토 씨, 110번에 신고해. 추돌 사고. 구급차도 요청하고."

지시를 받은 가쓰미가 110번에 전화를 걸었다. 남자는 그 자리에 꼼짝 못 하고 서서 "말도 안 돼-"라고 계속 중얼댔다.

"아파-, 너무 아파-."

이라부가 끈질기게 고통을 호소했다. 연기인 걸까, 천성인 걸까?

정체는 더욱 길어졌고, 구경하는 차들 때문에 반대편 차로까지 정체가 발생했다.

"아파-, 너무 아파-."

남자는 할 말을 잃고, 어찌할 바를 몰랐다.

결국 추돌한 남자는 위험 운전 치사상죄로 불구속 입건되어 사고가 아니라 사건으로 다뤄지게 되었다. 이라부는 재빨리 변호사를 내세워 자동차 수리비와 치료비, 그리고 위자료까지 청구했다고 한다. 남자는 건축 관련 자영업자로 체포 이력이 없으며, 지극히 평범한 가장이라고 한다. 그렇다 보니 재판 사건으로 커져서 파랗게 질린 듯했다.

"자기는 잘못이 없다고 끝까지 우겼는데, 경찰에서 증거 동영상을 내미니까 조용해진 모양이야. 그리고 위자료를 1인당 100만 엔씩 청구했더니, 바로 태도가 바뀌어서 눈물로 호소했다지. 뭐, 절반 정도로 깎아줄 순 있지. 그 남자한테는 좋은 약이 되지 않았을까. 이번 일로 난폭 운전에 질렸으면, 사회에도 도움이 될 테고."

목 보호대를 찬 이라부가 빨대로 커피를 마시면서 만족스럽다는 듯이 말했다.

"하지만 거기서 급브레이크를 밟다니, 선생님도 정상은 아니에요. 무섭지 않았어요?"

똑같이 보호대를 찬 가쓰미가 얼굴을 찡그리며 물었다. 편타 손상은 사흘 만에 나았지만, 이라부가 전치 4주 진단을 내리고 풀어주지 않았다.

"전혀. 속도도 별거 아니었으니, 기껏해야 타박상 정도라고 생각했지."

"아무리 그래도 굳이 사고까지 낼 건 없는데……."

"그런 사람은 한번 제대로 교훈을 주지 않으면 깨닫질 못해. 그보다 후쿠모토 씨, 이번에는 과호흡 발작도 공황장애도 없었으니까 행동요법이 효과 있었던 거 아닌가?"

"선생님 급브레이크 때문에 공황에 빠지긴 했죠."

"그건 당황한 것뿐이잖아? 그때 위협을 당한 채로 그냥 넘어갔으면, 보나 마나 분노가 체내에서 폭발해서 과호흡 발작을 일으켰을 거라고. 그러진 않았으니 효과는 있었던 거지."

이라부가 자기 멋대로 해석했다. 그러나 가쓰미는 그 말에도 일리는 있다고 생각했다. 끔찍한 경험이긴 했지만, 난폭 운전에 한 번쯤 반격을 가한 느낌이라 속이 후련했던 것이다.

"자 그럼, 다음에는 진짜로 화내봐."

"또 한다고요?"

"아 글쎄, 후쿠모토 씨는 아직 화를 안 냈잖아. 내일부터 거리의 민폐 행위에 일일이 주의를 주면서 돌아다니자. 틀림없이 상대가 외려 적반하장 격으로 화를 낼 테니까, 어떻게 받아칠지 생각해둬. 쌓인 것들을 모조리 쏟아내자고."

이라부가 그렇게 말하며 두 팔을 활짝 벌렸다. 가쓰미는 그게 정말로 행동요법이 맞느냐고 따지고 싶었지만, 이라부의 페이스에 휘말려서 반론도 못 했다.

"위험하지 않을까요?"

"걱정 마. 인스트럭터를 붙여줄 테니까."

"인스트럭터?"

"그래. 화를 잘 내는 사람이 있거든."

"하아……."

또다시 이라부가 시키는 대로 휩쓸려갔다. 이 정신과 의사는 흡사 종교 지도자 같다.

3

이라부가 불러온 인스트럭터라는 사람은 야쿠자 출신이었다. 요즘에는 보기 드문 핀스트라이프 양복 차림에 머리는 올백 스타일. 옛날 야쿠자 영화에서 튀어나온 듯한, 거리를 걸어가면 사람들이 모두 슬금슬금 피해 갈 풍채였다.

"이쪽은 이노 씨. 전직 야쿠자로 지금은 착실하지만, 채권 회수나 개인 사채업자의 경호 같은 일을 한다니, 현역이나 다를 바 없지. 아하하."

이라부가 이노라는 전직 야쿠자의 어깨를 두드리며 소개했다.

"선생님, 나도 바쁜 사람이니, 이런 부탁은 적당히 하시죠."

이노가 언짢은 듯이 위협적으로 말했다.

"아이, 왜 이래. 도산한 병원의 채권 회수 건도 늘 맡겨주잖아."

이라부는 조금도 개의치 않았다.

"별수 없군. 그런데 이 환잡니까? 제대로 화를 못 낸다는 사람이?"

"맞아, 맞아. 이노 씨가 잘 지도해서 제대로 화낼 수 있는 남자로 만들어줘."

이라부가 사정을 설명하자, 이노가 가쓰미를 노려보며, "오늘, 껍데기를 깨버려"라고 낮은 목소리로 말했다. 그 박력에 압도되어 엉겁결에 침을 꿀꺽 삼키고 말았다.

곧바로 이라부가 운전하는 포르셰를 타고 시부야로 향했다. 학창 시절에는 자주 놀러 다녔던 거리지만, 사회인이 된 후로는 인연이 전혀 없었고, 그저 텔레비전으로만 볼 뿐이었다. 직접 가보니, 스크램블교차점은 여전히 젊은이들로 북적였고, 서른다섯 살인 가쓰미는 완전히 다른 세상 사람이었다.

일단은 셋이서 역 주변을 걸어 다니며 민폐 행위를 찾아보았다. 흡연자들이 눈에 띄었는데, 흡연 부스가 버젓이 있는데도 그 밖에서 아무렇지 않게 담배를 피우고 있었다. 가쓰미는 그 모습을 보는 것만으로도 화가 치밀었다. 그들은 규칙을 지킬 생각이 애당초 없는 것이다.

"자, 후쿠모토 씨. 우선 스타트로 저자들에게 한마디하고 와."

이라부가 턱짓으로 가리키며 말했다. 목 보호대를 차고 있어서 바다사자가 고개를 갸웃거리는 것처럼 보였다.

"뭐라고 말해요?"

"담배 연기가 매캐하니, 부스 안에서 피워줄래? 뭐, 그런 느낌? 저기 봐, 코 피어싱을 한 펑크 녀석이 있으니, 일단 저 남자부터 해봐."

이라부의 말을 듣고 쳐다보니, 모히칸 머리를 바큇살처럼 곧추세운, 인상이 흉악한 남자가 나른하게 부스 벽에 기대어 담배를 피우고 있었다.

"괜찮아, 괜찮아. 근처에 파출소도 있어. 그리고 혹시 위험해지면 우리 둘이 도와주러 갈 거야."

이라부에게 등을 떠밀린 가쓰미는 각오를 다졌다. 이노의 말대로 자기의 껍데기를 깨부수고 싶은 마음도 있었다. 이런 기회라도 없으면, 타인의 민폐 행위에 주의를 주는 시도는 아예 불가능하다.

가까이 다가가자, 남자가 얼굴을 들었다. 목 보호대를 찬 가쓰미를 수상쩍다는 듯이 바라보았다. 눈이 마주친 순간, 가쓰미는 결심을 굳히고 입을 열었다.

"저기, 으-음, 연기가 매캐한데, 안에서 피워줄 수 있을까?"

말투가 너무 부드러웠지만, 어쨌든 할 말은 했다.

"뭐?" 남자의 얼굴빛이 변했다. "뭐야, 넌? 저리 꺼져!"

"흡연 부스가 있으니까 안에서 피우면 좋잖아."

말을 하면서도 가슴이 콩닥콩닥 뛰었다. 남자가 이마에 핏대를 세우며 얼굴을 바짝 들이댔다.

"지금 한판 붙자는 건가, 아저씨?"

"연기 나니까 안에서 피워달라. 그냥 그 말을 한 것뿐인데."

"이 새끼야, 당장 꺼져, 박살 나기 전에!"

남자가 벌겋게 달아오른 얼굴로 위협했다. 자 그럼, 이젠 어떻게 해야 할까. 싸워본 적이 없으니 짐작조차 할 수 없었다.

"안에서 피워줘. 연기 나."

'에이, 이젠 될 대로 돼라'는 식으로 다시 말했다. 눈에 핏발이 선 남자가 가쓰미의 발밑으로 꽁초를 던졌다.

“위험하잖아. 주워”라고 가쓰미가 말했다.

“네가 주워!”

결국 폭발해버린 남자가 무릎으로 가쓰미의 허벅지를 공격했다.

“아야! 뭐 하는 거야?”

“닥쳐! 그 목도 손봐줄까?”

남자가 팔을 뻗어왔다. 가쓰미는 급기야 신변에 위험을 느끼고, 뒤를 돌아보며 이라부 일행에게 도움을 요청했지만, 거기에는 두 사람이 없었다.

어엇-. 어디로 사라진 거야—. 속으로 비명을 질렀다.

남자가 멱살을 움켜쥐었다. “저기, 으-음, 죄송합니다.” 가쓰미는 자기도 모르게 사과하고 말았다.

“어라? 사과할 거면 애당초 따지지 말았어야지!”

남자는 분이 풀리지 않는지, 다시 한번 무릎 차기를 먹였다. 그리고 가쓰미의 발밑에 침을 퉤 뱉더니, 교차점 쪽으로 걸어갔다. 길 가던 사람들이 멀찍이 둘러싸고 그 모습을 지켜보았다. 이게 무슨 비참한 꼴이람. 가쓰미는 쥐구멍이라도 찾고 싶은 심정이었다.

일단 이라부 일행을 찾아보니, 두 사람은 빌딩 그늘에 숨어서 배를 잡고 웃어대고 있었다.

"너무한 거 아닙니까!"

가쓰미가 항의했다. 이라부는 움츠러드는 기색도 없이, "후쿠모토 씨, 정말 한심하네-. 된통 당하기만 했잖아"라며 놀려댔다.

"후쿠모토 씨인지 뭔지, 당신 거시기는 달린 거 맞아? 저런 애송이한테 당하다니."

이노의 안쓰러워하는 눈빛에 가쓰미는 가슴이 찔리는 듯했다. 이노는 "뭐, 그건 됐고, 잘 봐둬"라고 말하더니 성큼성큼 걸음을 내디뎠다. 그리고 조금 전 남자를 따라잡아, 등에 대고 큰 소리로 불렀다.

"야, 거기 모히칸! 닭 볏 머리 한 너!"

지나가던 사람들이 일제히 시선을 돌렸다. 이노는 개의치 않고, 계속해서 소리를 높였다.

"안 들리나! 거기 형씨!"

남자가 돌아보았다. 이노의 인상과 풍채를 보더니, 순식간에 얼굴이 굳었다.

"형씨, 잊은 물건이 있는데! 어이, 이쪽으로 와!"

이노가 손짓을 하자, 남자는 당혹스러워하면서도 머뭇머뭇 되돌아왔다.

"너, 뭘 잊어버렸는지 알아?" 이노가 정면으로 마주 서며 물었다.

"아뇨." 조금 전과는 정반대로 정중한 말투로 대답했다.

"너, 담배를 흡연 부스에서 안 피우고, 밖에서 피웠지?"

"아, 네……."

"그리고 담배꽁초는 어떻게 했어?"

"아, 그게……."

"어떻게 했냐고 묻잖아!"

이노가 벼락같은 노성(怒聲)을 지르자, 남자는 거북처럼 목을 움츠리고 아무 말도 하지 못했다.

"넌 불도 다 안 끈 담배꽁초를 길가에 버렸어. 그게 바로 잊어버린 물건이야. 주워."

이노가 명령하자, 남자는 허옇게 질린 얼굴로 담배꽁초를 주웠다.

"이 주변에는 꽁초가 많이 떨어져 있으니까, 이왕 하는 김에 같이 주워."

"네?"

"왜? 불만 있나?"

이노가 무시무시하게 생긴 얼굴로 노려보았다. 남자는 재난이라 여기고 포기했는지, 순순히 그의 말에 따랐다.

"너, 조금 전 사람이 주의를 주니까, 적반하장으로 발끈했지. 멱살을 잡고 무릎 차기까지 했어. 엄연한 폭행죄야. 저분은 우리 조직의 친척 되시는 분이라 나도 모른 척 넘어갈 순 없다. 뒷감당을 어떻게 할래? 위자료냐?"

이노가 청산유수로 기세 좋게 몰아세우자, 남자의 얼굴은 점점 더 핏기가 가셨다. 남자는 이제 더할 나위 없이 고분고분해져서 관계없는 쓰레기까지 주웠다.

가쓰미는 속으로 나에게도 저런 기량이 있었으면 얼마나 좋을까 하며 그와 자신의 격차에 한숨을 몰아쉬었다. 위세 좋게 큰소리를 땅땅 치며, 상대를 말로 제압한다. 꼭 그 정도까지는 아니더라도, 겁먹지 않고 되받아칠 수 있는 것만으로도 가쓰미는 한없이 부러웠다.

남자는 5분가량 이노에게 위협당하고, 설교를 듣고, 가쓰미에게 사과하는 선에서 해방되었다. 어쨌든 속은 후련해졌다. 그대로 당하고만 끝났다면, 나중에 부글부글 화가 치밀어서 과호흡 발작을 일으켰을 것이다.

"자 그럼, 다음 단계로 가보자." 이라부가 기관사처럼 출발 수신호를 하며 말했다.

"선생님, 또 한다고요?" 가쓰미가 얼굴을 찡그리며 이의를 제기했다. "저는 안 되겠어요. 이노 씨랑은 외모가 달라도 너무 다르니까요. 치와와가 짖어봐야 아무도 안 무서워하지만, 도베르만이 송곳니를 드러내면 다들 도망치잖아요. 훈련으로 해결될 문제는 아닌 것 같은데."

"잘 들어, 이건 이기고 지는 문제가 아니야. 제대로 화를 낼 수 있느냐가 중요해."

그 말을 들으니, 맞는 말 같다는 기분도 들었다.

"이봐, 후쿠모토 씨." 이노가 어깨에 손을 얹으며 말했다. "선생님을 믿어. 선생님이랑 같이 놀다 보면 신경증은 저절로 좋아져. 나도 그랬어. 예전에 첨단공포증(날카롭거나 뾰족한 물체를 보고 공포 등 감정적 동요를 느끼는 증상) 때문에 젓가락도 못 잡았던 시기가 있었는데, 선생님에게 상담받고 어느새 깨끗이 나았어."

"하아, 그렇군요……."

잘은 모르겠지만, 전직 야쿠자가 주치의로 삼을 정도니, 이라부에게 뭔가가 있긴 하겠지.

시부야 거리를 걷다 보니, 이번에는 언덕길 계단에 앉아 있는 질이 안 좋아 보이는 젊은이 세 명이 보였다. 통행에 방해가 됐지만, 정작 본인들은 민폐 행위라는 자각조차 없는지, 피해서 지나가는 사람들에게 눈길도 주지 않고 얘기만 나눴다. 게다가 대낮부터 캔 맥주를 마시고 있었다.

"자, 후쿠모토 씨. 가서 따끔하게 한마디해. 너희들, 통행에 방해된다고."

"말 안 들으면 걷어차버려."

두 사람이 지시를 내렸다. 가쓰미는 이건 치료라고 스스로를 설득하며 젊은이들이 있는 곳으로 향했다.

"너희들, 여기 앉아 있으면 통행자들에게 방해되잖아."

상대가 세 사람이다 보니 긴장돼서 목소리가 아까보다 더 높고 떨렸다.

"허? 아저씨, 뭐야?" "옆으로 가면 되잖아!" "지금 싸우자는 거야?"

낯빛이 바뀐 그들이 한마디씩 던지며 위압적으로 나왔다. 예상한 반응이었다. 자, 이제 어떡해야 하나. 조금 전과 같은 실패를 되풀이하는 건 불 보듯 훤하겠지. 가쓰미는 다음 말도 꺼내지 못하고, 왔던 길로 맥없이 물러났다.

"뭐야, 저 아저씨." "머리가 돌았나?"

등 뒤에서 그런 목소리가 들렸고, 스스로 생각하기에도 한심하기 그지없었다.

"말도 안 돼. 그게 다야?" "이봐, 상대는 꼬맹이들이잖아?"

이라부와 이노가 도무지 답이 없다는 듯이 하늘을 올려다봤다.

"그럼, 이번에는 선생님이 시범을 보여주세요. 이노 씨가 나서면, 저 녀석들이 위축될 게 틀림없으니까, 선생님이 가보시라고요."

가쓰미가 입을 비죽거리며 말했다. 이라부는 "어쩔 수 없군" 하고 중얼거리더니, 종종걸음으로 젊은이들이 있는 곳으로 갔다.

"너희들, 방해되는데 좀 비켜줄래?"

이라부가 밝은 목소리로 말을 건넸다.

"넌 또 뭐야?" "이번에도 목 보호대네." "뭔 일 있는 거야?"

그들이 험악한 표정을 지으며 받아쳤다.

"방해된다니까. 비켜, 비켜!"

이라부가 쫓아내는 손짓을 했다. 그들은 조롱당했다고 느꼈는지, 한층 더 성난 기색으로 이라부를 노려보았다.

"자 얼른, 일어나, 어서."

"우리 맘이야." "못 일어나." "빨리 꺼져, 이 돼지 새끼야!"

그야말로 불량배 같은 태도로 욕설을 퍼부었다. 조금 떨어진 곳에서 지켜보던 가쓰미에게 그들의 대화가 다 들리진 않았지만, 위태위태한 분위기만은 고스란히 전해졌다.

"이노 씨, 도와줘야 하는 거 아니에요?"

"괜찮아, 괜찮아. 저 선생님은 상식 밖의 인간이니까. 괜한 걱정할 거 없어."

이노가 태평스러운 말투로 대답하며 고개를 저었다.

"아무리 그래도 상대가 세 사람이에요. 게다가 불량하고."

"아냐, 됐어. 애당초 보통 사람들과는 주파수가 달라서 싸움이 안 돼."

이노의 설명에 가쓰미는 무심코 "허어" 하고 탄성을 흘렸다. 대화 자체가 통하질 않으면, 싸움이 안 되는 건 분명하다. 손바닥도 마주쳐야 소리가 나니까.

이라부는 젊은이들의 위협에도 아랑곳 않고, "어쩔 수 없네-"라고 말하더니, 계단을 몇 칸 올라가서 배를 깔고 엎드렸다.

"선생님이 지금 뭘 하시는 거죠?"라며 놀라는 가쓰미.

"난들 아나"라고 대답하는 이노.

둘이 밑에서 지켜보고 있으니, 이라부가 드러누운 자세로 젊은이들을 향해 구르기 시작했다. "데굴데굴, 데굴데굴" 자기 입으로 의태어까지 내뱉었다.

"선생님이 구르고 있는데요."

"어어, 구르고 있군."

젊은이들이 화들짝 놀라 뛰어올랐다. 좌우로 길을 내주며, 이라부가 굴러가는 모습을 멍하니 바라보았다. 그리고 서로 얼굴을 보더니, 희한한 생물이라도 목격한 듯이 미간을 찌푸렸다.

"너희들이 계단을 점거하면, 또 와서 구를 거야-!"

이라부가 일어서서 큰 소리로 외쳤다. 많은 통행자가 걸음을 멈추고, 무슨 일인가 하며 바라보았다.

젊은이 하나가 이라부에게 말을 건넸다. 두세 마디 주고받더니, 그들의 표정이 부드러워졌다. 이라부가 어느 빌딩 하나를 손가락으로 가리키자, 그들이 그쪽을 올려다봤다. "우아-" "진짜야-" 하는 소리가 들렸다. 긴장감이 없는 분위기였다.

"웃으면서 무슨 이야기를 나누는데요."

가쓰미는 여우에 홀린 기분이었다.

"그치? 저게 바로 선생님이 선생님인 이유야. 누구하고든 허물없이 친해지지. 처음 진찰을 받을 때 느꼈는데, 저 선생님은 인간에 대한 선입견이 전혀 없어. 겉모습으로 판단하지 않아. 그래서 야쿠자인 나를 두려워하지 않았고, 그게 내게는 신선했던 거지."

이노의 말을 들은 가쓰미가 고개를 끄덕였다. 이라부는 분명 모든 세상사에 경계선을 긋지 않았다.

"쉽게 말하자면, 갓난아기랑 똑같지."

이노가 말을 덧붙였다. 그 말이 가장 와닿았다.

이야기가 끝나고, 남자들은 가볍게 손 인사를 하더니 멀어져갔다. 돌아온 이라부에게 가쓰미가 물었다.

"무슨 얘기를 나눴어요?"

"혹시 무슨 몰카 같은 거냐고 묻기에, 나도 '어, 들켰나?' 하며 적당히 맞춰줬지. 카메라가 빌딩 옥상에서 찍고 있네 어쩌네 대충 둘러대면서. 저 녀석들도 목 보호대를 한 아저씨가 연달아 와서 무슨 기획인가 생각했던 모양이야."

"하아……."

"시부야의 매너 향상 운동으로 하는 거니까 너희들도 협력해, 안전한 거리 만들기에 다 같이 동참해달라고 했더니, 순순히 말귀를 알아듣던데."

이라부가 자랑스러운 듯이 말했다. 그러나 이노가 말없이 씁쓸하게 웃기만 하는 걸 보면, 실제로는 이상한 중년 남자랑 얽혀서 피해버린 거겠지.

"알겠어. 후쿠모토 씨? 위축되면 안 되는 거야."

"하지만 선생님, 그럼 저도 계단에서 구르란 말인가요? 이노 씨도 그렇고, 선생님도 그렇고, 너무 특이해서 흉내 낼 수가 없어요."

가쓰미가 말했다.

"후쿠모토 씨는 툭하면 그렇게 핑계만 대더라."

"맞아, 껍데기를 깨라니까."

두 사람의 말에 대꾸할 말이 없었다.

"치료야, 치료."

이라부가 포대화상(큰 포대를 멘 배불뚝이 모습으로 그려지는 중국 후량 시대의 승려)처럼 빙긋이 웃었다.

4

그 후에도 과호흡 발작과 공황장애가 개선될 징후는 보이지 않았다. 인터넷도 텔레비전도 되도록 안 보려고 애는 썼지만, 집 밖으로 한 발짝만 나가도 스트레스투성이였다. 횡단보도에서 신호를 무시한 자전거와 부딪칠 뻔하고, 만원 전철에서 조심성 없는 승객의 가방에 얼굴이 짓눌렸다. 그럴 때마다 화가 솟구쳤지만 아무 말도 못 했고, 시간이 지날수록 분노가 부글부글 치밀어 올라 숨이 안 쉬어졌다.

게다가 망상까지 점점 심해졌다. 머릿속에서는 미친 자전거를 걷어차 넘어뜨리고, 가방을 멘 남자를 역 계단에서 밀어서 떨어뜨리고, 크하하핫 너털웃음을 터뜨렸지만, 현실과의 차이가 머리로 피를 더 솟구치게 만들며 증상을 악화시켰다.

가쓰미는 새삼스럽게 자기 성격이 한심스러웠다. 이라부라면 주저 없이 항의하고, 상대가 말을 안 들으면 장소 불문하고 뒹굴어버리겠지. 품위를 지키기 위해서라고 핑계를 대지만, 사실은 한낱 겁쟁이에 불과하다.

그러던 어느 날, 단골 거래처와의 매매 계약 건으로 가마쿠라에 가게 되었다. 영업소의 경차를 타고 복잡하게 얽힌 쇼난(湘南, 가나가와 현의 해안 지대)의 도로를 달려, 에노시마 전철선의 건널목으로 접어들었을 때였다. 경보가 땡땡땡 울리기 시작하며 차단기가 내려와서 가쓰미는 차를 세웠다. 그러자 어디에선가 성난 고함 소리가 들려왔다.

처음에 가쓰미는 누구 목소리인지 몰라서 그냥 앞만 바라보고 있었는데, 차츰 목소리가 커졌고, 게다가 여러 사람이 동시에 고함치는 소리로 들려서 힐끗 옆을 바라보았다. 거기에는 카메라를 든 젊은 남자들이 여럿 있었고, 눈에 쌍심지를 켜며 고함을 질러댔다.

"물러나-! 이 멍청이야!"

"방해되잖아-! 빨리 꺼져-!"

무슨 일인가 싶어서 순간적으로 머릿속이 하얘졌다. 아무래도 그들이 가쓰미 자신에게 욕설을 퍼붓는 듯했다.

"빨리 비켜-! 전철 오잖아!"

가쓰미는 어떻게 해야 할지 몰라 뒤에 자동차가 없는 걸 확인하고 후진했다. 경보가 계속 울리는 가운데, 클래식한 2량짜리 에노시마 전철이 건널목을 통과해 갔다. 남자들은 일제히 셔터를 눌렀다. 개중에는 선로에 들어선 남자도 있어서 전철 경적이 요란하게 울렸다.

아아, 그런 거였구나, 가쓰미는 그제야 사태를 파악했다. 그들은 철도 사진 마니아, 이른바 '토리테쓰(撮り鉄)'인 것이다. 난생처음 봤다. 그건 그렇고 멍청이라니, 이런 막말이 어디 있나.

전철이 달려간 후, 남자들은 길에 서서 서로 찍은 사진을 확인했다. 좁은 도로를 가로막고도 미안해하는 기색조차 없었다. 한술 더 떠서 천천히 옆을 지나는 가쓰미의 차를 노려보며 보란 듯이 혀를 차기까지 했다. 찬찬히 보니 10대 청소년들인 듯했다.

이 무슨 방자하고 막돼먹은 행동인가. 저 녀석들에게는 상식도 없단 말인가. 화가 부글부글 끓어오른 가쓰미는 녀석들을 응징하는 자신의 모습을 상상했다. 자동차 트렁크에서 자동소총을 꺼내 허공을 향해 위협사격을 한다. 허둥지둥 달아나는 녀석들. 가쓰미는 그들을 쫓아가 몇 명쯤을 붙잡아 아스팔트에 무릎을 꿇린다—. 그렇게 한창 상상을 하던 중, 역시

나 또다시 숨이 가빠졌다. 허겁지겁 차를 세우고, 양손으로 코와 입을 막았다. 발작이 진정될 때까지 10분이 넘게 걸렸다.

단골 거래처에 가서 토리테쓰의 개념 없는 행동을 이야기하자, 담당자도 얼굴을 찡그리고 "너무 심해요, 그 녀석들"이라며 실정을 알려주었다.

"흥행에 성공한 애니메이션 영화에서 에노시마 전철선 건널목이 무대가 됐어요. 헤어지는 장면인 모양인데, 반짝반짝 빛나는 바다를 배경으로 건널목 앞에 남녀가 서 있을 때, 에노시마 전철이 지나가는 신이 멋지다고 하대요. 그 장면에 감동받은 젊은이들이 그 장소를 사진에 담아서 SNS에 올리니까 어느새 성지가 되어버렸죠. 그래서 토리테쓰까지 몰려들게 된 거죠."

"성가시게 됐군요."

"정말 그래요. 철로로 들어오질 않나, 교통을 방해하질 않나, 쓰레기를 버리질 않나. 게다가 촬영에 방해된다면서 통행자들에게 욕설까지 퍼부어대니, 정말 끔찍하죠."

"사실은 저도 욕먹었어요. 비키라느니, 꺼지라느니."

"오늘은 그나마 나은 편이에요. 기기 납품일이 일요일이죠? 그때 다시 와보세요. 훨씬 많을 테니까. 그러면 고등학생처럼 보이는 애들이 일제히 욕설을 퍼붓는단 말이죠. 예삿일이에요. 정말 너무 화가 나서—. 아마 다들 10대일 겁니다. 사회 경험이 부족해서 선악도 구별하지 못하는 거겠죠."

"누가 주의를 주긴 합니까?"

"가끔 경찰이 순찰을 돌면서 눈에 띄면 주의를 주는 것 같긴 한데, 말을 듣는 건 그때뿐이에요. 지역 주민들은 아무 말도 안 할걸요. 적반하장으로 덤벼들 게 뻔하니까."

"그러겠죠. 좀처럼 말하기 힘들죠."

가쓰미는 어디나 마찬가지라며 자기변호를 했다. 일본인은 모두 참아가며 사는 것이다.

다음 날, 병원에 가서 이라부에게 얘기하자, "왜 아무 말도 안 했어?"라며 야단을 쳤다.

"절호의 행동요법 상황이었는데. 후쿠모토 씨, 거기서 무례한 토리테쓰 녀석들에게 고함을 쳤으면, 과호흡 발작이 나았을지도 몰라."

이라부가 눈을 휘둥그레 뜨고, 손짓까지 해가며 몰아세웠다.

"하지만 상대는 여럿이에요. 싸움으로 번지면 어떡합니까?"

"싸움으로 안 번져. 아무리 위협해도 실제로 폭력을 휘두르는 건 10퍼센트 이하야. 그리고 만약 폭력을 휘두른다고 해도 후쿠모토 씨는 피해자니까 위자료를 왕창 청구할 수 있고, 상대는 그저 파랗게 질릴 뿐이라니까."

"아무리 그래도, 막상 실제로 그 자리에 있으면 소리를 못 지른다고요."

"겁쟁이."

그날 이라부는 웬일인지 신랄했고 깔보듯 얘기했다.

"선생님, 곤란에 처한 환자한테 무슨 말씀을 그렇게 하세요?"

가쓰미가 발끈해서 받아쳤다.

"그야 사실이니까."

"아무리 사실이라도……."

"그럼, 자기에게 핑계나 대면서, 껍데기 속에 숨어서 평생 남의 민폐 행위를 참고 살면 되겠네."

"어떻게 그런 말을……."

가쓰미는 가망 없다고 버림받은 느낌이 들어서 약간 충격을 받았다. 이러니저러니 해도 내심 이라부에게 의지했던 것이다.

"이젠 안 돼, 틀렸어. 오늘이 마지막이라도 좋아. 나도 더는 상대할 수 없어. 어-이, 마유미 짱."

이라부가 간호사를 불렀다. 언제나 그렇듯이, 마유미가 커튼 너머에서 카트를 밀며 나타나더니 주사 준비를 했다.

마유미가 씹고 있던 껌을 손가락으로 꺼냈다. 가쓰미를 응시하며 이마에 붙이려고 손을 뻗었다. 가쓰미는 머릿속이 텅 비어서 그대로 내버려두었다.

이라부와 마유미가 서로 얼굴을 마주 보았다.

"이건 중증이야-. 기가 너무 약해졌어. 입원할래? 1인실 싸게 해줄게."

"됐습니다."

가쓰미는 힘없이 대답하고, 주사를 맞은 후 진찰실에서 나왔다.

수납과에서 기다리자, 또다시 진료비가 2만 엔이 나왔다. 직원이 가쓰미의 표정을 살폈다. 가쓰미는 지갑에서 1만 엔짜리 지폐 두 장을 꺼내 카운터에 내동댕이치고 병원에서 뛰어나왔다. 직원이 "잠깐만요-"라며 따라왔지만, 무시하고 계속 뛰었다. 이마에는 여전히 껌이 붙어 있었지만, 자포자기 심정이었다.

일요일, 주문받은 기기를 납품하기 위해 다시 가마쿠라로 향했다. 지난번과 같은 도로를 달려 건널목에 다다르자, 오전 9시도 안 됐는데 토리테쓰가 열 명도 넘게 모여 자리를 잡고 있었다. 커다란 접이사다리까지 들고 온 사람도 있어서 도로 폭이 절반 가까이 좁아졌다. 건널목 신호에 멈춰 서자, 예외 없이 욕설이 날아들었다.

"비켜-!" "꺼져-!"

찬찬히 살펴보니 그들 대부분은 가냘파 보이는 고등학생인데, 군중심리가 작용해서 담력이 커진 것 같았다. 스쳐 지날 때도 흥분한 기색으로 "죽여버린다!"고 험한 말을 내뱉었지만, 필시 평소에는 싸움도 못하는 얌전한 고등학생이겠지. 철도를 찍을 때만 스위치가 눌려서 흥분하는 것이다.

그렇다면 이쪽도 마냥 물러설 수만은 없다. 그들에게 사회 규칙을 가르치는 것은 어른의 역할이자 도리다. 이럴 때, 이라부라면 어떻게 할까. 망설임 없이 데굴데굴 구르겠지—.

물건을 가져오는 트럭이 도착하길 기다렸다 무사히 납품을 마쳤다. 거래처 담당자와 잠깐 대화를 나눌 때, "오늘은 날씨가 좋으니, 토리테쓰가 엄청 몰려들 겁니다. 좀 돌아가겠지만, 해안선은 피해 가시는 게 좋을 거예요"라는 조언을 들었다.

가쓰미는 그럴 생각이 없었다. 여기서 스스로 껍데기를 못 깨면, 과호흡 발작은 못 고칠 것 같은 예감이 들었다. 늦긴 했지만, 결심을 굳힌 것이다.

가쓰미는 경차에 올라 왔던 길을 되짚어갔다. 그러자 아까보다 토리테쓰 숫자가 늘어서 전신주를 타고 올라간 사람까지 보였다. 통행자들은 미간을 찌푸리면서도 아무 말 없이 잰걸음으로 스쳐 지났다.

가쓰미는 바로 앞 갓길에 차를 세우고, 조금 떨어진 곳에서 그들의 모습을 관찰했다. 건널목 경보가 울리고, 차단기가 내려왔다. 2량짜리 전철이 통과해 갔다. 태양을 들쓴 휘황찬란한 바다가 차량 창문 너머로 보였다. 그 아름다운 광경이 가쓰미의 시선을 사로잡았다. 마니아들이 사진에 담고 싶어 하는 것도 당연하겠지. 그러나 그것이 민폐 행위의 면죄부가 될 수는 없다.

다음 경보가 울렸을 때, 가쓰미는 건널목을 향해 성큼성큼 걸음을 내디뎠다.

"야, 멈춰!" "방해되잖아!" 등 뒤에서 빗발치듯 욕설이 쏟아졌다.

가쓰미는 개의치 않고 계속 걸어갔고, 막 내려온 차단기 막대 앞에 섰다. 그리고 뒤로 돌아선 후, 라디오 체조(NHK를 통해 퍼져나간 일본의 국민 체조로 총 네 종류가 있다) 2의 도입부를 큰 소리로 노래했다.

"라디오 체조 2, 준-비! 탄타라탄, 탄타라탄, 타타타타탄, 탄타라탄, 탄타라탄, 타타타타—."

"너, 지금 뭐 하는 거야!"

"까불지 마!"

"전철 오잖아!"

토리테쓰들이 분노에 휩싸인 표정으로 소리쳤다.

"두 발 뛰기로 전신을 가볍게 흔드는 운동. 자, 하나, 둘, 셋, 넷—."

가쓰미는 스스로 구령을 붙이며, 점프를 반복했다. 어린 시절, 여름방학이 되면 매일 아침 모여서 했던 체조라, 멜로디도 동작도 몸이 기억하고 있었다.

"왜 여기서 라디오 체조를 해!"

"너, 지금 우릴 골탕 먹이려는 거야!"

욕설이 난무하고, 주위가 시끌벅적해졌다. 그러나 가쓰미는 포커페이스를 유지하며 체조를 계속했다.

"팔다리 접었다 펴기. 위로 들어 접었다 펴고, 접었다 펴고, 아래로 내리고. 다섯, 여섯, 일곱, 여덟—."

"아저씨, 저리 비키라고!"

"난 지바에서 왔단 말이야!"

급기야 토리테쓰들이 달려와서 가쓰미를 에워쌌다. 가쓰미는 태연하게 정면을 응시하며 라디오 체조를 계속했다. 동요되지 않았다. 동요는커녕 신비로운 황홀감이 느껴졌다.

"팔을 앞에서 옆으로 크게 벌렸다 다시 앞으로. 하나, 둘, 셋, 넷—."

"빨리 비켜! 바다가 반짝이는 시간대는 지금뿐이야!"

"대체 왜 여기서 체조를 하냐고!"

토리테쓰들은 벌겋게 달아오른 얼굴로 분통을 터뜨렸다.

"다리를 옆으로 벌리고, 가슴 운동. 천천히 가슴을 젖혔다 풀어주기. 다섯, 여섯, 일곱, 여덟—."

"동영상 찍는다. 유튜브에 폭로해버릴 거야!"

"개인 정보 흘려서 직장에서도 악플에 시달리게 해주마!"

위이잉 하는 소리와 함께 뒤에서 전철이 지나갔다. 경보가 멈추고, 차단기가 올라갔다. 가쓰미는 그것을 확인한 후, 라디오 체조를 멈췄다.

"지금 뭐 하자는 거야!"

"이렇게 화창한 날씨는 거의 없단 말이야!"

토리테쓰들의 분노는 좀처럼 가라앉지 않았다.

"너희가 거리를 점거하고 사진 찍을 권리가 있다면, 나에게도 여기서 라디오 체조를 할 권리가 있다. 다음 주에도 올 거야. 잘 부탁한다!"

가쓰미가 한 손을 들고, 토리테쓰들에게 말했다. 떨지도 않고, 당당하게 말할 수 있었다. 마지막에는 자연스럽게 웃는 표정까지 나왔다. 가슴속에 막혀 있던 뭔가가 단번에 배출된 느낌이 들며, 마음이 가벼워졌다. 돌발적인 행동이 부끄럽다는 생각도 들지 않았다. 무섭지도 않았다. 해냈어. 껍데기를 깼어. 스스로를 칭찬했다.

"말도 안 돼."

"저러고도 어른이야?"

일방적이고 이기적인 그들의 항의를 가쓰미는 개운한 마음으로 흘려 넘겼다.

토리테쓰 무리를 방해한 가쓰미의 라디오 체조 2는 그들의 예고대로 동영상 사이트에 올라갔고, 순식간에 화제로 떠올라 인터넷에 퍼졌다. 재생 횟수는 일주일 만에 100만을 넘어섰고, SNS에서도 확산되어 다양한 사람의 댓글이 인터넷에 어지럽게 오갔다. "별 바보가 다 있네" "빵 터짐" "새로운 관종?"—. 관종이라는 말은 인터넷 용어로 '관심 좀 가져줘'라는 의미인 듯하다.

한편으로 가쓰미의 행위를 칭찬하는 목소리도 많아서, "잘했다!" "속이 후련하다" "다음에도 해줘요"라는 댓글들이 달렸다. 다들 속으로는 화가 났던 것이다.

그리고 개인 정보도 유출되었다. 인터넷에 얼굴이 알려지고, 100만 명 이상이 열람하면, 개인 정보 유출은 시간문제였다. 회사 동료가 기이한 눈빛으로 쳐다봤고, 아내는 "당신 괜찮아?"라며 걱정했다. 나아가 매스컴에서도 다뤄져서 뉴스쇼에서 출연 의사를 타진해왔다. 물론 거절했지만, 가쓰미는 난생처음 시대의 인기를 맛보았다.

"그런데 왜 하필 라디오 체조 2였어?"

이라부에게 찾아가니, 맨 먼저 그것부터 물었다.

"아니 그게, 저도 그걸 잘 모르겠어요. 뭔가를 해야겠다는 생각은 들었지만, 그렇다고 뒹굴 계단도 없었고, 춤을 추자니 아는 안무도 하나 없고, 그렇다면 몸이 기억하고 있는 라디오 체조 2를 할 수밖에 없겠구나. 뭐, 그냥 지극히 자연스럽게 몸이 움직였던 겁니다."

"흐음. 후쿠모토 씨도 참 독특하네."

어라, 당신이 할 말은 아니잖아. 가쓰미는 그 즉시 마음속으로 받아쳤다.

"그렇지만 진솔한 분위기가 전해져서 더 좋지 않았을까? 오타게(オタ芸, 열성 팬들이 콘서트나 라이브 공연에서 펼치는 춤이나 응원법) 같은 거였으면, 같은 부류 간의 분쟁으로 받아들여졌을 테니까."

"아하, 분명 그러네요……."

그런 지적을 받자, 가쓰미는 그제야 납득이 가는 느낌이 들었다. 마치 조종당한 듯이 라디오 체조 2를 했던 것은 젊은 무법자들과 다른 가치관으로 대항하려는 무의식의 발로였는지도 모른다.

"어쨌든 후쿠모토 씨의 행동은 옳았어. 애당초 규칙을 지킬 마음이 없는 인간은 규칙을 설명하고 타일러도 듣질 않으니까. 그렇다면 '눈에는 눈, 이에는 이' 논법밖에 효과가 없어. 일종의 정당방위인 셈이지. 내가 말한 행동요법이란 게 바로 그런 거야."

"아하, 과연……."

가쓰미는 고개를 끄덕였다. 이라부는 괴짜지만, 그가 하는 말은 일리가 있는 듯하다는 생각도 들었다.

"유행할걸-. 라디오 체조 2. 무언의 항의의 상징이 되지 않을까? 거리 곳곳에서 민폐 행위에 대한 항의 체조가 퍼져나가는 거지. 아하하."

이라부가 기분이 매우 좋은지 호탕하게 웃어젖혔다. 아무래도 가쓰미 자신이 많은 사람에게 웃음을 제공한 듯했다.

그날은 마유미도 붙임성이 좋았다. 가쓰미를 보더니 옅은 미소를 머금으며, "체조, 멋지던데요"라고 말했다. 껌도 씹지 않았다. 찬찬히 살펴보니 미인이었다.

"또 와-"라는 이라부의 배웅을 받으며 진찰실을 나왔다. 가쓰미는 이제 과호흡 발작이 고쳐진 기분이 들었다. 발걸음도 가벼워서 자기도 모르게 깡충거리며 걸어갔다.

그날 밤, 가쓰미는 개를 데리고 산책을 나갔다. 늘 지나는 공원에 다다르자, 안쪽에서 드르륵거리는 요란한 소리와 함께 스케이트보드에 푹 빠진 젊은이들의 목소리가 들렸다. 벤치나 난간을 이용해 보드를 타며 놀고 있었다. 예전 같았으면 피해서 돌아갔겠지만, 망설임 없이 걸음을 멈추었다.

가쓰미는 심호흡을 한 번 하고, 공원으로 발을 들여놓았다. 젊은이들에게 가까이 다가가 말을 건넸다.

"너희들, 여기가 스케이트보드 금지 구역이라는 건 알고 있겠지? 시끄럽고, 벤치도 까지고, 다들 피해가 이만저만이 아니야. 그만해줄 수 있겠니?"

더할 나위 없이 온화한 말투였다. 나는 어른인 것이다. 젊은이들은 말이 끝나자마자 불쾌해하는 표정으로 바뀌었고, 그 중 하나가 "아 참, 시끄럽네-"라고 중얼거렸다.

"다시 한번 말한다. 스케이트보드는 그만 타렴."

젊은이들은 가쓰미를 무시하고 스케이트보드를 계속 탔다. "예-이" "유훗-" 보란 듯이 괴성을 질러댔다.

가쓰미는 개 목줄을 놀이 기구 기둥에 묶고, 다시 한번 젊은이들에게 다가갔다. 그리고 한가운데로 들어가서 소리 높여 외쳤다.

"라디오 체조 2, 준-비! 탄타라탄, 탄타라탄, 타타타타탄, 탄타라탄, 탄타라탄, 타타타타—."

젊은이들이 동작을 멈췄다. 서로 얼굴을 마주 보면서 '혹시……' 하는 표정을 지었다.

"두 발 뛰기로 전신을 가볍게 흔드는 운동. 자, 하나, 둘, 셋, 넷—."

가쓰미가 체조를 시작했다. 젊은이들은 한동안 우두커니 서 있었지만, 이윽고 어깨를 움츠리며 공원을 떠났다.

어쩌다 억만장자

1

오전 7시에 맞춰둔 자명종이 띠리릭띠리릭 전자음을 울렸다. 그 소리를 들은 가와이 야스히코는 눈을 비비며 침대에서 내려왔다. 원룸 맨션의 반대편 벽에 놓인 기다란 책상 앞에 앉아 부채꼴 형태로 늘어선 컴퓨터 세 대의 전원을 차례로 켰다. 전날 미국 주식시장을 체크하기 위해서다. 가벼운 현기증을 이겨내며 화면을 응시했다.

큰 변화는 없었다. 미국의 주가 변동은 곧바로 일본 주가에 영향을 미치기 때문에 매일매일 주의 깊게 살펴야 한다.

커피를 내리고, 비타민과 식이섬유가 함유된 쿠키를 베어 물고, 〈닛케이신문〉을 펼쳤다. 기업 동향이나 신제품 정보를 읽어 내려가며 동시에 컴퓨터로 주식 사이트도 살핀다. 한 번에 텍스트와 그래프를 몇 개씩이나 확인하는 게 완전히 습관으로 굳어졌다. 눈앞에 보이는 게 하나뿐이면, 오히려 더 마음이 불안해질 정도다.

암막 커튼 틈새로 하얀 빛줄기가 새어 들었다. 일기예보에 따르면, 오늘은 쾌청하고 따뜻한 가을 날씨인 듯하다. 벌써 반 년이 넘도록 방 커튼을 열지 않았다. 외출할 일이 없는 인간에게 맑은 날은 그저 원망스러울 뿐이다. 비 오는 날이 마음이 더 놓인다. 스물여섯 살 야스히코는 회사를 그만둔 지 2년이 됐지만, 집 근처 말고는 거의 외출을 하지 않았다. 최근 1년 동안은 친구나 지인도 만나지 않았다.

오전 8시. 도쿄 증권거래소가 열렸고, 곧바로 전날 크게 움직인 종목을 체크했다. 미리미리 주식창을 점검해서, 매매 개시 직후의 주가 변동을 예측하는 것이다. 주식창이란 매수 주문과 매도 주문 상황을 실시간으로 볼 수 있는 게시판을 말한다.

영양 보조 식품만으로는 배가 부르지 않아서 감자 칩 봉지를 뜯었다. 조금만 먹으려고 했는데, 멈출 수가 없어서 다 먹어버렸다. 페트병 생수를 마시고, 호흡을 가다듬었다. 운동을 전혀 하지 않으니 식사만 했는데도 피로감이 몰려왔다.

오전 9시. 드디어 매매가 시작된다. 맨 처음 매매로 하루의 리듬이 결정 난다. 미리 골라둔 종목을 척척 처리해간다. 매수는 스피드 싸움이다.

이제 슬슬 천장권이겠지 예측한 IT 기업주가 잇따라 하락했다. 급락을 우려하는 투자자들의 매도가 쇄도하는 것이다. 야스히코도 10만 주에서 절반은 홀딩하고 나머지는 팔기로 했다. 20만 엔을 손해 봤지만, 손절매(주가가 떨어질 때 손해를 보더라도 팔아서 추가 하락에 따른 손실을 피하는 기법)는 빠를수록 좋다. 그리고 추이를 지켜본다. 이어서 주가 상승 순위를 알아본다. 원윳값 상승으로 갑자기 인기를 끌게 된 석탄회사의 주가가 점점 상승했다. 아무래도 수상쩍은 동향이지만, 호기심이 생겨서 230엔에 5만 주를 샀다.

변의가 느껴져서 화장실에 갔다. 최근에는 계속 복통과 함께 설사를 한다. 야스히코는 아마도 신경성일 거라고 자각하고 있었다.

방으로 돌아오자, 석탄회사 주가가 '소폭 하락'해 있었다. 이게 무슨 일인가. 이럴 때는 기계적으로 손절매하는 게 최고다. 225엔에 전부 팔아버리고, 25만 엔 손실. "멍청이." 화면에 대고 욕설을 퍼부었다.

이제 갓 상장된, 정체도 모를 외래어 이름의 회사 주가가 오늘은 상한가 흐름이었다. 허둥지둥 45만 엔에 40주를 샀다.

신경이 쓰여서 아까 절반을 팔아버린 IT 기업을 확인해보니, 급격하게 하락하며 20엔이나 떨어져 있었다. 으악! 속으로 절규하며, 나머지 5만 주를 팔았다. 100만 엔 손실에 얼굴이 후끈 달아올랐다.

오전 10시. 마더스('고성장주와 신흥 주식의 어머니'란 뜻으로 도쿄 증권거래소의 1·2부 시장에 포함되지 않은 벤처·신흥 기업들이 상장된 시장) 지수 상승에 동반해서 신흥 전자업체의 주가가 오르기 시작했다. 95만 엔에 30주를 샀다.

매도가 늘어난 부동산 회사의 주식을 서둘러 팔아치워서 마침내 그날 30만 엔의 이익을 냈다. 다른 회사의 주식도 팔아서 가까스로 손실을 100만 엔 이내로 수습했다.

또다시 변의가 느껴졌다. 하는 수 없이 스마트폰을 화장실까지 들고 들어갔다. 볼일을 보면서 화면을 지켜봤다. 1분만 늦어도 파멸을 초래하니 주식 시황에서는 한시도 눈을 뗄 수가 없다.

오전 10시 30분. 전자업체의 주가가 쑥쑥 올라갔다. 이렇게 되면 매도할 타이밍이다. 한편, 하락했던 석탄회사가 갑자기 오르기 시작했다. 작전 세력이 일반 투자자를 떼어내려고 한차례 연기를 한 걸까. 서둘러 다시 매수하기로 했다.

전자업체의 주가가 더 상승했다. 98만 엔이 되어, 이쯤에서 팔기로 했다. 90만 엔의 이익을 얻었다. 석탄회사가 또다시 무너지기 시작했다. 도대체 누가 움직이는 걸까. 무서운 마음이 들어 팔았다. 그래도 조금 전 손실은 회복했다.

오전 마지막 거래로 제약회사 주식을 77만 엔에 10주를 샀다. 이걸로 크게 만회하고 싶었다.

오전 11시 30분. 오전장이 종료되었다. 손익을 계산해보니 플러스 12만 엔이었다.

피로가 물밀듯 몰려왔다. 월평균 2000만 엔 수익을 유지해왔기에 '패배'나 다를 바 없었다.

야스히코는 30분 정도 침대에 누워 긴장된 신경을 진정시켰다. 그 후, 잠옷을 청바지와 스웨터로 갈아입고, 밖으로 나가기로 했다. 밖이라고 해봐야 근처 슈퍼마켓이다. 반찬 코너에서 도시락을 사는 게 일과다. 외식하는 일은 없었다. 돈은 있으니 초밥이든 돈가스든 사 먹으면 될 테지만, 혼자 식당에 가는 게 내키질 않기 때문이다.

판매대에서 가장 비싼 특선 도시락을 골랐다. 비싸다고 해봐야 780엔이다. 이왕 나온 김에 저녁 식사용으로 마블링이 좋은 스테이크 고기와 채소 샐러드를 장바구니에 담았다. 계산을 마치고, 슈퍼마켓에서 나왔다.

모처럼 쾌청한 날씨라 근처 공원으로 갔다. 그곳은 택시 기사들이 휴식 삼아 도시락을 먹는 곳이라 야스히코 혼자 벤치에 앉아 있어도 수상쩍게 보이진 않는다.

특선 도시락을 펼치고, 새우튀김을 베어 물었다. 맛은 뻔하다. 맛있다고 느낀 적은 없다.

열여덟 살에 호쿠리쿠 지방의 도시에서 상경한 야스히코는 그런대로 이름이 알려진 대학의 경제학부를 졸업하고, 업계 최대 기업인 생명보험회사에 취직했다. 합격했을 때, 고향에 계신 부모님은 이웃에 과자 선물을 돌릴 정도로 기뻐했다. 야스히코 자신도 자랑스러웠다. 이제는 장래가 보장된 기분이 들었다.

그런데 막상 입사해보니, 좀처럼 업무에 적응할 수가 없었다. 배정받은 영업소에서 올린 실적이 영 신통치 않았기 때문이다. 치열한 경쟁을 따라가지 못했고, 툭하면 보험 설계사 아주머니들에게 속수무책으로 휘둘렸다. 상사에게 이동시켜달라고 부탁하자, "신입은 누구나 영업부터 시작해"라며 무서운 얼굴로 꾸짖었다.

야스히코는 난생처음 자신의 적성을 깨달았다. 공부는 자신 있지만, 타인과의 교섭은 서툰 것이다. 취직 면접은 매뉴얼대로 해 통과했을 뿐이다.

너무 힘들어서 2년 만에 퇴사했다. 대졸 신규 채용의 30퍼센트가 3년 이내에 이직하는 시대적 흐름 탓인지, 딱히 붙잡지도 않았다. 붙잡기는커녕 직장에서는 '거추장스러운 짐이 사라져줬다'는 말까지 들려왔다. 한동안 몸져누울 정도로 상처를 받았다. 다시 취직할 때까지 입을 다물기로 하고, 고향집에도 알리지 않았다.

아직 젊으니 조바심을 낼 필요 없다는 마음으로 느긋하게 구직 활동을 했지만, 이렇다 할 회사는 좀처럼 찾을 수가 없었다. 처음부터 내근을 희망하는 인간은 기업에서도 선호하지 않는다. 그럭저럭 시간을 보내는 사이, 주식을 시작해볼 마음이 들었다. 지식이 좀 있었고, 세상은 주식 붐이었다. 정부의 제로 금리 정책은 개인투자가를 선동한다고밖에 여겨지지 않았다. 게다가 시간은 얼마든지 남아돌았다.

카탈로그를 몇 개 받아서 수수료가 싼 증권회사에 계좌를 개설하고, 저축해둔 50만 엔으로 시작해보았다. 리스크는 각오했다. 어설픈 희망은 품지 않았다.

처음 사흘 만에 50만 엔이 반토막이 났다. 손절매를 못 하고, 회복을 기대한 탓이다. 다음 사흘 동안 또다시 10만 엔이 줄어들었다. 손실을 메우려고 도박을 걸어버렸기 때문이다. 핏기가 가셨지만, 교훈은 얻었다. 시장의 흐름을 따라 상승장에서 매수하는 게 기본이고, 손절매가 생명선이다.

무일푼이 돼도 상관없다고 대담하게 마음먹고, 착실하게 데이 트레이딩(초단기 주식 매매)을 거듭해갔다. 그러자 2주째에 원금을 되찾았고, 3주째에 수십만 엔의 이익을 얻었다. 그리고 한 달 만에 투자금의 두 배인 100만 엔이 되었다.

요령을 터득하자, 완전히 빠져버렸다. 컴퓨터 앞을 벗어날 수 없어서 오전 9시부터 오후 3시까지 주식 시황과 마주하게 되었다. 손절매는 초를 다투는 싸움이기 때문에 그 감각은 게임과 다를 바 없었다. 그러고 보니 어린 시절에 게임만 하면서 시간을 보냈던 기억이 떠올랐다. 기본적으로 혼자 노는 걸 좋아하는 것이다.

3개월 만에 자산이 1억 엔을 넘어섰다. 시세 변동이 큰 신규 종목이나 공모주에서 연승을 거듭한 덕분이다. 1억 엔을 손에 쥐면 투자 금액이 달라지니, 손절매만 잘하면 재미날 정도로 자산이 불어났다.

1년 만에 3억 엔을 돌파했고, 2년이 지난 지금은 10억 엔의 자산을 보유하고 있다. 10억 엔. 평생 놀고먹을 수 있는 금액이다.

그러나 억만장자가 되었다는 실감은 없었다. 돈을 쓸 여유도 에너지도 없었고, 언제 모든 걸 잃을지 모른다는 공포심이

들었기 때문이다. 돈을 벌었을 때의 기쁨은 크지만, 손해를 봤을 때의 타격은 그 이상으로 크다.

이런 생활이 언제까지 계속될지 스스로도 알 수가 없었다. 고독은 익숙해졌지만, 일말의 허무함이 들러붙어 떨어지질 않았다. 남들이 보면, 은둔형 외톨이 청년이라고 생각하겠지.

도시락을 먹고 있는데, 어디선가 개 한 마리가 종종거리며 다가왔다. 대형 서양견이었다. 장난기가 발동해서, 소시지를 눈앞에서 흔들며 놀려주었다. 개가 번개 같은 속도로 소시지를 베어 물었다. 그 바람에 손가락까지 물렸다.

"아야야야!" 야스히코가 비명을 질렀다. 주인으로 보이는 초로의 부인이 허옇게 질린 얼굴로 달려왔다.

"죄송해요. 괜찮아요?" 부인이 야스히코의 손을 잡고, 상처 부위를 들여다봤다. "어머나, 피가……. 큰일 났네. 병원에 같이 가요." 품위 있게 양손으로 뺨을 감쌌다.

"아뇨, 저, 저, 저기……."

괜찮습니다, 밴드 붙이면 나을 겁니다—. 그 말이 나오지 않았다.

그 대신 야스히코는 고개를 저었다. 큰 상처도 아니고, 이쪽에도 잘못은 있었다.

"얘, 팬지. 대체 무슨 짓을 한 거야?" 부인이 엄한 말투로 개를 야단쳤다. "기노시타 씨. 잠깐 와보세요." 이어서 중년 남자를 불렀다. "이분을 병원에 모셔다드려요."

"알겠습니다." 집사나 운전기사처럼 보이는 남자가 나타나서 야스히코를 일으켜 세웠다.

"아니, 그게, 저는……." 혀가 제대로 돌아가질 않았다.

"부탁이에요. 치료를 받아줘요. 우리는 병원을 해요. 이라부 종합병원. 아시죠? 철길 반대편에 있는."

부인이 애원했다. 찬찬히 보니 값비싼 옷을 입고 있었다. 챙이 넓은 모자가 귀족 같은 분위기를 풍겼다. 좋은 향수 냄새도 났다.

"아니, 그게. 시, 시, 시간이……." 손목시계를 봤다. 이제 곧 12시 반이다. 오후 매매가 시작된다.

"업무? 이제 회사에 들어가나요?"

"아니, 저기, 저는 무직이라고 할까……."

"그럼, 치료받으세요. 상처는 응급처치가 중요해요. 20분이면 끝날 거예요. 물론 치료비는 모두 우리가 부담할 거예요."

"아니, 하지만……." 이쪽은 그 20분이 치명적인 손실을 초래할 수 있다. 오전에 매수한 종목이 모조리 하락하면, 단번에 수백만 엔이 날아간다.

"기노시타 씨. 부탁해요."

"알겠습니다."

남자가 팔을 붙잡고 끌고 갔다. 저항하고 싶어도 하체가 약해졌는지 버틸 힘이 없었다. 공원을 벗어나자, 어마어마하게 큰 롤스로이스가 서 있었다. 다짜고짜 뒷좌석에 떠밀리다시피 했다. 개도 차에 탔다. 재롱을 부리며 덮쳤다. 얼굴을 마구 핥았다. "안 돼! 팬지-." 부인도 올라타서 뒤쪽은 만원이 되었다.

자동차가 출발했다. 미끄러지듯 도로를 힘차게 달려갔다. 윽, 어쩌다 이렇게 됐지? 손목시계를 봤다. 12시 반에서 1분이 지났다. 큰일 났다—.

"저기요, 전 내릴게요."

"안 돼요."

"그렇지만 들어가야 하는데."

"누구 기다리는 분이라도?"

"아니, 그런 건 아니고……."

머릿속에서 주식 시황 게시판이 깜박거렸다. 숫자가 잇달아 변해갔다. 주가가 오르락내리락. 오전장 마지막에 제약회사 주식을 770만 엔어치나 사놨다. 그게 지금쯤…….

핏기가 가시며 온몸이 떨렸다. 차 문손잡이를 달각달각 당겼다.

"잠깐만, 이봐요. 지금 뭐 해요?"

"저, 저, 저, 내려야 해요."

초조함이 격렬하게 몰려왔다. 가만있을 수가 없었다.

"진정해요. 금방 병원에 도착할 거예요."

"그게 아니라, 저, 저는……."

개가 머리를 물었다. "아야야야야!"

"안 돼! 팬지-."

온몸의 떨림이 점점 더 심해지고, 호흡도 곤란해졌다. 심장이 사정없이 뛰었다. 땀이 비 오듯 쏟아졌다. 대체 왜 이럴까? 이런 경험은 처음이었다. 무엇보다 하고 싶은 말이 제대로 나오질 않았다. 타인이 갑자기 말을 걸자, 공황 발작이 일어났다. 혀가 꼬이는 자신의 상태가 당황스러워서 점점 더 허둥거렸다.

다음 순간, 소리가 사라졌다. 개의 코, 부인의 모자, 운전기사의 뒤통수, 그런 것들이 다 일그러져 보였다. 서서히 색깔이 사라졌다. 개가 얼굴을 날름 핥았지만, 피부에 감각이 없었다. 아아, 기절하면 안 돼, 신기하게도 매우 객관적으로 그런 생각을 했다.

야스히코는 나선을 그리며 추락하는 소형 비행기처럼 빙글 빙글 어둠 속으로 떨어져 내렸다.

눈을 뜨자, 빛이 보였다. 만화경처럼 이중 삼중 흔들리며 천천히 돌았다. 이윽고 그것이 천장에 달린 형광등 불빛이라는 걸 알았다. "아아, 깨어났네." 옆에서 목소리가 들렸다. "정말 다행이야. 정신이 들어서." 모자를 쓴 부인의 얼굴이 시야에 불쑥 나타났다. 이어서 하마 콧구멍 같은 게 다른 각도에서 쓱 비집고 들어왔다.

"이치로 짱. 꼼꼼하게 진찰해드려. 엄마는 지금부터 모임이 있거든."

"엇-. 나보고 진찰하라고?"

"아 글쎄, 공황장애잖니. 외과에 부탁할 순 없잖아."

"뭐, 어때. 오늘은 아키하바라에서 피겨쇼가 열려서 지금 나가야 해."

"안 돼. 진찰 제대로 안 하면, 용돈 안 줄 거야."

"쳇."

두 사람이 대화를 주고받았다.

여기는 어딘가? 고개를 살짝 들었다. 하얀 가운을 입은 뚱뚱한 의사와 미니 원피스 차림의 간호사가 시야로 날아들었다. 개도 보였다. "병원이에요. 진찰실. 걱정 말아요." 예의 그

부인이 상냥한 미소를 지으며 말했다.

"손가락 상처는 소독하고 붕대로 감아놨으니까 이젠 괜찮을 거예요. 그보다 아까 차 안에서 기절했잖아요? 잠든 사이에 CT 촬영이랑 혈액검사 등등 여러 가지 검사를 해봤는데, 기능적으로는 모두 정상이에요. 그러니 틀림없이 공황장애일 거야. 우리 아들이 정신과 의사니까 이왕 이렇게 된 김에 그것도 고치도록 해요."

"하아……."

아들이라고 불린 남자를 보았다. 가슴에 달린 이름표에 '의학박사·이라부 이치로'라고 쓰여 있었다. "으악, 쉿, 쉿, 저리 가!" 손사래를 치며 재롱부리는 개를 밀어냈다.

"저는 유니세프 모임이 있어서 이만 실례할게요. 무슨 일이 있으면 우리 아들에게 말씀하세요. 그리고…… 후지하라 선생님."

이름을 부르자, 말쑥한 옷차림의 중년 신사가 앞으로 나왔다. "변호사 후지하라입니다. 당신의 성함은?" 나지막한 목소리로 물었다.

"으으음, 가와이 야스히코라고 합니다."

"그럼, 가와이 씨. 위자료로 5만 엔을 지불하겠습니다. 이번 건은 이 정도 선에서 합의할까 하는데, 괜찮으시겠습니까?"

"아, 네." 야스히코는 자기도 모르게 고개를 끄덕였다.

"그럼, 여기에 서명을 부탁드립니다."

눈앞에 종이를 펼쳤고, 들여다보니 각서였다. 어리둥절한 채로 몸을 일으켜서 서명했다. 변호사는 서류를 받아 들고, 대신 갈색 봉투를 내밀었다. 돈인 듯했다.

"으아악, 저리 가!" 이라부라는 의사는 개를 좋아하지 않는지, 진찰실을 이리저리 돌며 도망 다녔다.

"그럼, 갈까요. 기노시타 씨. 차 좀 준비해줘요. 팬지. 이제 갈 거야."

부인과 개와 일행이 잇따라 진찰실에서 나갔다. 유니세프 모임인가 뭔가가 있다고 했다. 보나 마나 지역의 유명 인사겠지. 야스히코는 어안이 벙벙한 채, 진찰대 위에 무릎을 꿇고 앉아 있었다. 남겨진 사람은 뚱뚱한 체형의 의사와 껌을 질겅질겅 씹는 간호사, 야스히코 세 사람이었다.

"으아-아아함!" 이라부가 1인용 소파에 앉아 입이 찢어져라 하품을 했다. "쳇, 엄마도 너무해. 장부에 올리지도 못하는 환자나 남겨놓고. 진료비도 못 부풀리잖아." 투덜투덜 불만을 쏟아냈다.

"저기, 전 이제 그만 돌아가도 될까요?" 야스히코가 머뭇머뭇 물었다.

"안 돼. 주사 한 방 맞고 가"라는 이라부. "어-이, 마유미 짱!"이라고 소리 높여 부르며 간호사에게 주사를 준비시켰다.

마유미라고 불린 간호사가 엄청나게 큰 주사기를 들고, 언짢아 보이는 표정으로 다가왔다.

주삿바늘 끝에서 주사액이 쭉 솟구쳤다. 야스히코는 그쯤에서 불현듯 생각이 떠올랐다. 제약회사 주식을 사두었던 것이다. 오후장 주식 시황을 확인하지 못했다. 갑자기 심장이 방망이질하듯 빠르게 뛰었다.

진찰대에서 구르듯 내려와 출구를 향해 기어갔다. 누군가가 다리를 잡아끌었다. 돌아보니 이라부였다. 개구리처럼 바닥에 납작 엎드려 있었다.

"놔주세요. 빨리 안 가면 큰일이……." 야스히코가 필사적으로 호소했다.

"그럴 순 없지. 크흐흐흐. 으음, 가와이 씨, 주사 싫어해? 그럼, 더 좋지. 훨씬 더 달아오르거든."

이라부가 기분 나쁜 웃음을 흘리며, 다리를 끌어당겼다. 야스히코는 손으로 바닥을 긁으며 죽어라 발버둥 쳤다.

"마유미 짱, 이대로 그냥 놔."

"그럼, 벗겨주든가." 마유미가 나른하게 말하며 옆으로 오더니 우뚝 버티고 섰다. 미니 원피스 가운이라 속옷이 보였다.

이라부가 허리띠로 손을 뻗었다. 능숙한 손놀림으로 버클을 풀고, 바지와 팬티를 한꺼번에 끌어내렸다. 하반신이 훤히 드러났다. "지금 뭐 하는 겁니까!" 야스히코는 바지춤을 부여잡고, 소리를 질렀다.

마유미가 발 쪽을 향해 등 뒤에 앉았다. 등이 묵직하게 짓눌려 꼼짝도 할 수 없었다. 난 지금 여기서 뭘 하는 걸까? 엉덩이로 따끔한 통증이 훑고 지나갔다. "아야야야!" 얼굴을 찡그리며 몸을 뒤로 비틀어 젖혔다. 벽시계가 보였다. 오후 3시를 가리키고 있었다. 오후장 거래가 끝나는 시간이다. 이게 대체 무슨 일인가. 내가 두 시간이 넘도록 기절했었나? 그 종목은 과연 어떻게 됐을까—.

내일 아침 9시까지는 어쩔 도리가 없다는 걸 깨닫자, 온몸에서 힘이 다 빠져버렸다. 소금 맞은 민달팽이처럼 바닥에 납작 엎드렸다.

"어라, 얌전해졌네"라는 이라부.

"죽은 거 아닐까요?"라는 마유미.

"안 죽었어요." 야스히코는 안간힘을 다해 목소리를 쥐어 짜냈다.

"가와이 씨, 이제 급한 일 없지? 자, 모처럼 왔으니 커피라도 마시고 가. 어-이, 마유미 짱. 커피 두 잔 부탁해."

야스히코는 이라부가 권하는 대로 진찰실 의자에 앉았다. 새삼스레 마주 앉고 보니, 이 의사는 바다사자 체형이었다. 빙긋이 웃을 때마다 턱살이 덜렁거렸다.

"그건 그렇고, 공황장애는 전부터 있었어?"

"아뇨. 오늘이 처음입니다." 야스히코가 목을 길게 빼듯이 하며 대답했다.

"그리고 말할 때 고통스러워 보이네. 실어증 경험은 있나?"

화들짝 놀라 고개를 가로저었다. 목소리는 나오지만, 혀가 자꾸 꼬이는 건 사실이었다.

평상시 대화를 나누는 상대가 없다 보니 자기도 모르게 긴장해버렸다.

"직업은?"

"……무직입니다."

"부럽다. 매일 뭐해?" 이라부가 커피에 설탕을 세 스푼이나 넣고, 요란스레 소리를 내며 휘저었다.

"뭐, 일단은 인터넷으로 주식 매매를……."

"아하, 알겠다. 요즘 유행하는 데이 트레이더란 말이지? 그거, 매스컴에서 엄청 부추기던데, 실제로는 손해 보는 사람이 많다며? 우리 병원에도 한 달 만에 300만 엔이나 홀랑 날린 내과 의사가 있는데, 스트레스로 위궤양에 걸렸거든. 아하하하."

순간적으로 발끈했지만, 말없이 커피를 마셨다. 내가 얼마나 벌었는지 알기나 해? 속으로 큰소리를 땅땅 쳤다.

"결국 중독이 돼버리잖아, 데이 트레이딩은. 컴퓨터 앞을 떠날 수도 없고."

분명 그랬다. 최근 2년 동안 9시부터 11시 반까지 열리는 오전장과 12시 반부터 오후 3시까지 열리는 오후장에는 집 밖으로 나온 적이 없다.

"오늘 실신도 어쩌면 그게 원인 아닌가? 주식 시황을 못 보면 공황장애를 일으킨다거나?"

그 말이 정답이었다. 전에도 비슷한 경험이 있었다. 점심시간에 손님들로 북적이는 식당에 들어갔는데, 주문한 음식이 너무 늦게 나왔다. 그 바람에 12시 반이 가까워졌고, 안절부절못하고 발만 동동 구르다 전갱이튀김을 겨우 한 입만 베어 먹고 가게를 박차고 나왔다.

"뭐, 일단은 병원에 좀 다녀봐. 잘 듣는 주사를 놔줄 테니까."

"병원에 다니라고요? 몇 시에?"

"9시부터 오후 3시 사이에."

"그건 안 돼요. 오후 3시 이후면 올 수 있지만."

"건방지네–. 환자 주제에." 이라부가 진료 기록부를 손에 들고 입을 삐죽 내밀었다. "그러면 치료가 안 되잖아. 엄마가 물어보면 내 입장도 곤란하단 말이야."

"저기, 혹시 왕진은 안 하시나요?"

"왕진?" 이라부가 코에 주름을 잡으며 찡그렸다. "좋아, 해줄게. 1회에 10만 엔인데." 소파에서 한쪽 무릎을 세우고, 거만하게 몸을 뒤로 젖혔다.

뭐 이런 형편없는 의사가 다 있나……. 그런데 왠지 오기가 났다. 10만 엔이라고 해봐야 한 뭉치도 안 되는 종잇조각일 뿐이다. 가끔은 돈도 써보고 싶었다.

"알겠습니다. 부탁드립니다."

이라부가 얼굴을 휙 들었다. 진료 기록부를 무릎에 툭 떨어뜨렸다.

옆에서 누군가 뺨을 어루만졌다. 고개를 돌려 올려다보니 마유미가 서 있었다.

"간호사가 동행하면, 15만 엔인데." 귓가에 속삭이며, 달콤한 숨결을 불어넣었다.

"알겠습니다. 뭐, 상관없어요."

잠깐 동안의 정적. 복도를 지나가는 누군가의 샌들 소리가 들렸다.

"……저기, 가와이 씨. 데이 트레이딩으로 돈을 좀 버는 건가?"라고 이라부가 물었다.

"뭐, 그런대로." 야스히코가 거드름을 피우며 대답했다.

생각해보니 다른 사람과 대화하는 것 자체가 너무 오랜만이라, 자신의 쾌거를 누구에게도 알리지 못했다. 부모 형제에게는 애당초 회사를 그만둔 사실까지 비밀에 부쳤다.

"얼마나?"

"10억 엔 정도."

또다시 흐르는 정적. 이번에는 벽시계의 초침 소리까지 들렸다.

이라부가 돌연 포대화상 같은 얼굴로 변하더니, 무릎을 맞대다시피 다가왔다. 손을 덥석 부여잡았다.

"갈게, 갈게. 내일 10시에 갈게." 손을 너무 세게 흔들어서 야스히코의 몸이 앞뒤로 휘청거렸다.

"아니, 그때는 한창 거래할 시간이라……."

"에이, 뭐 어때. 방해 안 할게."

뒤에서 마유미가 가까이 다가서서는 야스히코의 어깨를 주물렀다. 한가운데 끼어서 협공을 받는 형국이었다.

"가와이 씨, 우리 친구 하자"라는 이라부.

"나, 도." 마유미가 속삭였다.

앞뒤에서 숨결이 쏟아졌다. 매일 혼자 지냈던 탓인지, 그 정도만으로도 사람에 멀미가 났다. 체온이 올라가고, 식은땀이 번졌다.

"10억 엔이라. 크흐흐흐."

이라부가 손을 놓지 않았다. 야스히코는 하염없이 앞뒤로 휘청거렸다.

2

다음 날, 평소와 다름없이 방에서 컴퓨터 앞에 앉아 있는데, 정말로 이라부와 마유미가 찾아왔다.

"말도 안 돼-. 원룸 맨션이야?" 비좁은 실내를 둘러보며 이라부가 얼굴을 찡그렸다.

"혹시 개폼이었나?" 마유미도 매서운 눈빛으로 중얼댔다.

20제곱미터 공간에 세 사람이나 들어서자, 방은 순식간에 비좁아졌다. 손님이 방문하는 건 회사를 그만둔 후로 처음이었다.

계속 상대해줄 수가 없었던 야스히코는 마우스를 한 손에 잡고 모니터를 보며 매매를 계속했다. 어제 제약회사의 주식은 역시나 오후장에 급락했다. 거금을 투자했기 때문에 300만 엔이 넘는 손실이 났다. 오늘은 어떻게든 만회해야 한다.

"저기, 가와이 씨. 커피 같은 거 안 줘?" 이라부가 침대에 앉으며 물었다.

"아 글쎄, 지금 그럴 상황이 아니에요." 야스히코가 손을 휘저으며 대답했다.

마유미가 멋대로 냉장고를 뒤적거리더니, 페트병에 든 주스를 마시기 시작했다. "어, 뭐야? 나도, 나도!" 이라부도 냉장고로 걸어가서 넉넉히 사둔 소시지와 어묵튀김을 허락도 없이 먹기 시작했다.

"이 사람은 가공식품을 좋아하네."

"요리하기 귀찮아서 그렇겠죠."

둘이서 논평을 했다. 물론 야스히코는 눈길도 돌리지 않았다.

상승 기미가 감돌던 바이오 기업을, 망설이면서도 245만 엔에 5주 사들였다. 한동안은 시선을 뗄 수가 없다.

이라부와 마유미가 부엌 의자를 들고 와서 양옆에 앉았다. 모니터를 들여다봤다.

"온통 숫자뿐이네. 미사일 같은 건 안 나와?"

"선생님, 이건 배틀 게임이 아니에요."

닛케이 평균 지수가 상승했다. 은행주가 강한 듯했다. 이럴 때는 베이직한 종목이 강하므로 통신업계 최대 기업의 주식을 1만 750엔에 5000주 매수했다.

"으음, 지금 뭐 한 거야?" 이라부가 물었다.

"마일드뱅크 주식을 샀어요." 야스히코가 대답했다.

"그럼 어떻게 되는데?"

그 말에는 대답하지 않고, 다른 모니터를 확인했다.

"오르면 벌고, 내리면 손해겠지." 마유미가 턱을 괴고 나른한 목소리로 대답했다.

"마유미 짱. 지금 이 사람, 1만 750엔짜리 주식을 샀어."

"그래요. 5000주."

"그렇다면……."

"5000만 엔이 넘는 거래."

이라부가 야스히코의 팔을 끌어안았다. "역시, 우리 친구 맞지?"

"어어. 만지지 말아요." 야스히코가 팔꿈치로 이라부를 밀어내고, 시황에 집중했다.

바이오 기업의 주가가 떨어졌다. 큰일 났다. 감이 틀렸나? 이럴 때는 서둘러 손절매하는 게 최고다. 242만 엔에 모조리 팔았다. 불과 30분 만에 15만 엔 손해다.

"뭐, 아무래도 상관없는데, 가와이 씨, 커튼 좀 열까?" 이라부가 턱짓을 하며 물었다.

"어두운 게 좋아요. 화면도 잘 보이고."

"바깥 날씨가 좋아."

"주식과는 관계없어요."

아침에 제일 먼저 샀던 종목의 주가가 서서히 상승했다. 어젯밤 예습이 효과를 거둔 듯했다. 일단은 IT 기업의 주식을 절반 팔아 70만 엔의 이익을 올렸다.

"저기, 지금 돈 번 거야?"

"조용히 좀 하라고!" 자기도 모르게 말이 거칠게 나왔다.

부동산 종목이 급상승했다. 신규 리조트 개발을 발표한 회사다. 일단은 10만 주를 팔아 100만 엔의 이익을 올렸다.

"벌었어?"

"저기요. 제발 좀 조용히 해주세요!" 이라부 쪽으로 돌아앉아 침을 튀기며 항의했다.

아침에 다시 사들인 석탄회사가 무너지기 시작했다. 어제 오후장에서 다시 상승했기 때문에 손을 뗄 타이밍이 고민스러웠다.

"앗싸, 찾았다! G. I. 조(일반 보병을 모델로 만든 미국에서 가장 유명한 완구 중 하나) 피겨." 이라부가 선반에서 인형을 찾아내

손에 들었다.

"선생님, 맘대로 만지지 말아요."

마유미가 책꽂이에서 성인 비디오 패키지를 꺼냈다.

"당신, 여자 친구 없지?"

"뭐, 뭐, 뭐 하는 겁니까?"

허둥지둥 빼앗았다. 갑자기 땀이 확 솟구쳤다. 그러는 사이, 석탄회사 주가가 급락했다.

"으아-악!" 야스히코가 소리를 질렀다. 큰일이다. 당장 팔아야 해.

전부 팔긴 했지만, 정신이 산만해서 마우스 조작에 시간이 걸리는 바람에 불필요한 손실이 더해지고 말았다. 10초만 먼저 대처했다면, 손실을 30만 엔은 거뜬히 낮출 수 있었다.

두 사람에게 불만을 쏟아내고 싶었지만, 시간이 아까웠다. 마일드뱅크 주식이 다시 상승하기 시작했기 때문이다. 망설임 없이 더 사들이기로 했다.

"어라. 이 사람, 또 샀네."

"거의 1억 엔쯤 되지 않나?"

"제발 좀 조용히―."

상승 폭이 살짝 둔화되었다. 일단은 1000주를 내놓았다. 그 정도로도 수십만 엔은 이익을 거뒀다.

3분 후, 마일드뱅크가 1만 1000엔대에서 공방 국면으로 들어섰다. 이렇게 되면, 다 팔아야 한다. 나머지를 처분하고, 총 300만 엔의 이익을 올렸다. "좋았어!" 야스히코가 주먹을 불끈 쥐었다.

"저기, 얼마나 벌었어?" 이라부가 집요하게 물었다.

"300만 엔." 야스히코가 거칠게 콧김을 내뿜으며 대답했다.

마유미가 가까이 다가왔다. "정, 말, 멋, 져." 귓가에 속삭였다.

11시 반이 되어 오전장이 종료되었다. 의자 깊숙이 기대앉아 깊은숨을 몰아쉬는데, 둘이 마구잡이로 소매를 걷어 올리더니 달려들어 굵은 주사를 놓았다.

"자, 그럼, 점심이나 먹으러 나가자. 가와이 씨가 쏴." 이라부가 침대에 드러누우며 세상 편한 모습으로 말했다.

"난, 초밥이 좋겠어." 마유미는 베란다로 나가 담배를 피우고 있었다.

왠지 학창 시절 하숙집 같은 분위기였다.

"그럼, 배달시킬까요?" 야스히코가 씁쓸하게 웃으며, 한턱내는 걸 승낙했다. 누군가와 함께 식사를 하는 건 명절에 귀성했을 때 이후로 처음이었다.

배달 메뉴를 찾고 있는데, 이라부가 "이왕 먹을 거면 나가서 먹자"라는 말을 꺼냈다.

"긴자에 있는 간베에 식당. 돈도 많이 벌었잖아."

"긴자? 그건 무리예요. 늦어도 12시 15분까지는 돌아와야 해서……."

"그럼, 요리사를 부를까?"

"요리사를 부른다고요?"

"응. 출장 초밥이라는 게 있거든. 보통은 예약해야 하는데, 우리는 단골이라 부탁하면 오케이-."

이라부가 스마트폰을 꺼내 전화를 걸었다. "참치 뱃살이랑 성게소 곱빼기로 최대한 빨리 부탁해." 허물없는 말투로 주문했다.

마유미가 인스턴트커피를 타 줘서 셋이 마셨다. 다만, 머그잔이 하나뿐이라 두 사람은 종이컵을 썼다.

"그건 그렇고, 가와이 씨는 매일 이런 생활을 하는구나"라고 이라부가 말했다.

"아 네, 뭐."

"10억 엔이나 있는데, 왜 이런 원룸 맨션에서 살아?"

"어쩌다 보니…… 바쁘기도 하고."

"흐음. 독특하네."

당신이 할 소리야? 그 말을 애써 목 안으로 삼켰다.

"차는 있어?"

"아뇨. 없어요."

"사면 되지. 벤츠든 포르셰든."

"아아…… 근데 시간이 없어서."

"으흠. 알겠다. 은둔형 외톨이구나." 이라부가 빙긋이 웃었다.

야스히코는 얼굴이 뜨거워졌다. 그런 경향이 있는 건 물론 인정하지만, 대놓고 그렇게 말하니 화가 났다.

"요컨대 사회와 얽히지 않고 살아가고 싶다, 하는 행동으로 치면 파치프로(파친코를 생업으로 하는 사람)랑 똑같네. 다른 점은 운용하는 금액과 리스크의 크기라고 할까. 리스크가 크기 때문에 다른 생각을 할 수 없지. 게다가 머니게임은 골인 지점이 없으니, 언제까지고 그만둘 수가 없고."

이라부가 퍽이나 신이 난 듯 말했다.

"그거야 각자의 자유잖아요. 그냥 내버려두세요."

"10억 엔이 있으면, 평생 놀고먹을 수 있어."

"뭐, 그야 그렇지만……."

"은행에 맡기면, 자산 운용 담당자가 붙어서, 투자신탁으로 착실하게 해마다 3000만 엔은 불려줄걸."

"그런가요? 저는 그런 쪽은 잘 몰라서."

"게임의 세계로 들어와버렸네. 게임이면 그만둘 수 없지."

야스히코는 말없이 코를 훌쩍거렸다. 정곡을 찔러서 답변할 말이 없었다. 사실은 몇 번이나 그만두려고 했다. 처음에는 1억 엔을 달성하면 계좌를 해지할 생각이었는데, 1억 엔에 바로 도달해버려서, 그럼 3억 엔으로 해야겠다고 상향 수정했다. 그런데 3억 엔도 반년 만에 돌파해서 5억, 8억 엔으로 목표는 점점 더 올라갔다. 지금은 10억 엔의 자산을 보유하고 있지만, 전혀 만족스럽지 않았다. 다음은 20억 엔이라고 생각하고 있었다.

"분명히 세계 곳곳에 있을 거야. 가와이 씨처럼 시험 삼아 시작해서 어쩌다 억만장자가 돼버린 젊은이들이."

'어쩌다 억만장자'라. 야스히코는 눈을 내리뜨고 씁쓸하게 웃었다.

"놀면서 산다고 해도 인생이 50년 정도밖에 안 남았잖아? 흐음, 큰일이네."

이라부가 표정을 살피면서 협박 비슷한 말을 했다. 마유미는 심드렁하게 주식 정보지를 팔랑팔랑 넘기고 있었다. 현관문에서 벨이 울렸다.

"앗, 왔다. 초밥, 초밥!" 이라부가 일어서서 커다란 보자기를 든 요리사를 맞아들였다. 요리사는 출장처가 원룸 맨션이라는 사실에 눈을 휘둥그레 떴다. 식탁을 정리하고, 도마와 밥통을 내려놓았다. 이라부는 중요한 단골인 듯했다. 요리사가 "늘 감사합니다"라며 몇 번이나 고개를 숙였다.

"자, 이제 먹어볼까-. 가와이 씨, 일단은 돈 쓰는 치료부터 시작해보자."

"치료?"

"그래. 자기한테 돈이 얼마나 있는지, 가와이 씨는 잘 모르잖아. 그걸 실감함으로써 가상 세계에서 벗어나는 치료."

이라부가 그렇게 말하며, 팔꿈치로 야스히코를 쿡 찔렀다. 상대의 페이스에 휩쓸린 탓인지, 그럴듯한 의견처럼 들렸다. 분명 그 말대로 주식을 시작한 후로 돈은 단순한 숫자에 불과했다.

셋이서 테이블에 둘러앉았다. 요리사까지 있어서 방 안이 꽉 찼다.

"난 참치 뱃살부터 시작할래"라는 이라부.

"나, 도." 마유미가 섹시하게 테이블에 팔꿈치를 얹었다.

눈앞에 선명한 핑크빛을 띤 참치 뱃살이 나왔다. 젓가락으로 집어 입안에 넣었다. 야스히코는 탁월한 그 맛에 감탄했다. 이것이 바로 긴자의 고급 초밥이란 말인가. 초밥이라고는 체인점 배달이나 회전 초밥밖에 몰랐다.

이어서 성게소가 나왔다. 폭발적인 맛이었다. 김 하나만 보더라도 향 자체가 달랐다.

이라부는 두 개씩 집어서 입안에 욱여넣었다. "내일은 긴자의 복림반점을 불러볼까?" 볼이 미어터져라 초밥을 우물거리며 말했다.

"아니, 하지만 이 집 부엌에서는……."

"그럼, 일단 이사부터 해야겠네. 오늘부터라도 집 좀 알아봐."

"아아……."

준비된 요리를 모조리 먹어치웠다. 하나같이 다 난생처음 체험해보는 맛이었다. 야스히코는 이런 세계가 존재한다는 사실에 놀랐다. 그래, 세상의 부자들은 이런 호사를 누리고 사는구나.

괴로워질 지경까지 먹어치운 세 사람의 밥값은 10만 엔이었다. 일단은 이라부의 얼굴로 외상을 달고, 나중에 청구액을 계산하기로 했다. 금액에 관해서는 별다른 감흥이 없었다. 그냥 그런가 보다 하고 생각했을 뿐이다. 다만, 문이 하나 열린 기분은 들었다. 묘한 해방감이 느껴졌다.

오후장이 끝난 후, 야스히코는 혼자 거리로 나갔다. 이사하는 게 좋겠다는 이라부의 말을 듣고, 집을 알아볼 마음이 생겨서다. 전에도 인터넷으로 부동산 정보를 살펴보긴 했지만, 실행으로 옮기지는 못했다.

역 앞 부동산으로 가서 창문에 붙은 매물 정보를 바라보았다. 자기도 모르게 임대료가 10만 엔 이하인 집을 두리번거리다, 좀 더 비싼 집이라도 괜찮은데 싶어 혼자 씁쓸하게 웃었다. 그중에서 가장 비싼 집은 임대료가 30만 엔인 2LDK(방 2개에 거실과 식당을 겸한 부엌이 딸린 형태), 12층짜리 맨션의 최고층이었다. 괜찮겠다 싶었다. 도심의 야경도 보이겠지. 보증금과 부동산 중개료로 150만 엔 정도 들겠지만, 지금의 자신에게는 대수롭지 않은 금액이다.

그러나 안으로 들어가기가 망설여졌다. 직업을 물으면 뭐라고 대답해야 하나. "주식을 합니다"라고 하면, 수상쩍게 볼 게 뻔하다. 게다가 보증인도 문제다. 고향 집에 계신 아버지를 보증인으로 세우는 게 타당할 테지만, 도장을 찍어야 하니 임대료가 얼마인지 밝혀질 수밖에 없다. 그러면, "넌 요즘 대체 뭘 하는 거냐"라는 이야기로 번지게 마련이다.

가게 문을 열고, 부동산 주인인 듯한 중년 남자가 얼굴을 내밀었다. "손님. 안에도 좋은 매물이 많아요. 어떤 집을 찾으시죠?" 하고 친근하게 물었다.

"아니, 잠깐 구경만 하는 거라……."

야스히코는 허둥지둥 고개를 젓고, 그 자리에서 도망쳤다. 스스로도 놀라울 정도로 가슴이 뛰고, 식은땀이 흘렀다. 흡사 어른 앞에서 긴장하는 아이 같았다.

마음을 가다듬고, 시부야로 나가서 옷을 사기로 했다. 사람들 틈에 뒤섞이면, 나 따위 아무도 신경 쓰지 않겠지. 옷은 늘 인터넷 쇼핑으로 구입하는 싸구려뿐이었다.

시부야의 거리는 젊은이들로 넘쳐났다. 크리스마스 시즌이기도 해서 빨강과 금박의 장식물들이 화려한 분위기를 한층 더 고조시켰다.

야스히코는 백화점으로 들어가서 1층 매장들을 둘러보았다. 예외 없이 다 차분한 조명과 디스플레이로 장식되어 있었다. 구찌 앞에 멈춰 섰다. 정장이라도 한 벌 사볼까? 몇십만 엔이라도 살 수 있다.

그러나 들어갈 용기가 나지 않았다. 안에 있던 직원이 힐끗 한 번 쳐다보긴 했지만, "어서 오세요"라는 말 한마디 건네주지 않았다. 학생 같은 옷차림을 한 남자 따윈 고객이라고 생각하지 않아서겠지.

일단 그냥 지나쳤다. 저런 명품 매장에 들어가려면, 고급스러운 옷부터 필요했다.

야스히코는 5층 신사복 매장으로 갔다. 그곳이라면 비교적 사기 편할 것 같았다. 그러나 이번에는 상품을 만져보기만 해도 직원이 득달같이 달려오는 바람에 야스히코는 평정심을 잃었다. 어찌 된 영문인지 굵은 땀방울이 흐르고, 목이 바짝바짝 타들어가고, 그 자리에서 한시라도 빨리 도망치고 싶었다.

인터넷으로 살 때는 뭐든 다 살 수 있는데—. 그런 생각을 하며 한숨을 내쉬었다.

결국 백화점에서 나와 저가 캐주얼 매장으로 들어가서 입어보지도 않고 스웨터와 블루종을 샀다. 바지도 사고 싶었지만, 길이 수선 때문에 입어봐야 하는 게 싫어서 다음으로 미뤘다.

그다음에는 백화점 지하 식품 매장으로 가서 캐비아와 로스햄 등 고급 식재료들을 장바구니에 가득 담아 샀다. 식품 매장에서는 계산대만 통과하면 그만이라 주눅 들 일이 전혀 없었다.

요컨대 야스히코는 사회와 연결되는 게 두려운 것이다. 이라부의 말이 맞는다.

이렇게 주뼛거리는 억만장자는 나밖에 없겠지. 주위에 걸어 다니는 가난해 보이는 학생이 훨씬 더 당당했다.

징글벨 멜로디가 센터가이(시부야의 번화가)에 울려 퍼졌다. 야스히코는 무거운 피로감을 느끼고 홀로 집으로 향했다.

3

다음 날에도 이라부와 마유미가 맨션으로 찾아왔다. 오전장이 끝나갈 무렵, 중국인 요리사를 데리고, 커다란 무쇠 웍과 함께 나타났다.

"선생님, 여기서 만들기는 힘들다 해."

"괜찮다니까. 진 씨 정도 솜씨면."

"아 글쎄, 화력이 약하다 해."

"가능한 범위에서 하라니까 그러네."

뭔지 모르지만, 말씨름을 하고 있었다. 마유미는 허리를 꼬며 다가오더니, 야스히코의 뺨을 가볍게 어루만진 후, "오늘은 얼마나 벌었어?"라며 속삭이듯 물었다.

"지금까지는 50만 엔 손해예요."

"뭐야? 확실하게 이기란 말이야! 이겨서 마샬 앰프 사라고!" 대답을 하자마자 마유미가 눈을 매섭게 치켜떴다.

"마샬 앰프?"

"좋은 매물이 나왔어. 3시 넘으면 나랑 같이 오차노미즈에 갈 테니까, 그리 알아."

"아니, 그게……."

그러는 동안에도 요리는 시작되어, 부엌에서는 웍에서 기름 튀는 소리가 들려왔다. 환기구로는 감당이 다 안 되어 집 안 가득 연기가 차올랐다. 야스히코는 허둥지둥 창문을 열어젖혔다.

"선생님. 냉채부터 먹을 거다 해." 콧수염을 기른 요리사의 안내에 따라 피단(새알을 삭힌 음식)과 해파리냉채, 차사오(양념장에 재운 돼지고기를 구워 만든 요리)를 먹었다. 기가 막힌 그 맛에 어안이 벙벙해졌다.

"자, 이번에는 소고기와 마늘종 굴소스 볶음 나왔다 해."

최상급 고기였다. 혀에서 사르르 녹아내렸다.

"음, 다음은 상어 지느러미 통찜이다 해."

상어 지느러미는 난생처음 먹어봤다. 이라부가 이쪽을 힐끗 보더니, "한 접시에 2만 엔"이라며 눈썹을 위아래로 실룩거렸다. 이어서 상하이 게 요리가 나왔다. 이것 역시 첫 경험이었다. 게 된장국의 오묘한 맛에 탄복했다. 이러니 다들 눈에 불을 켜고 달려들겠지.

전복도 나왔다. 과연, 이것이 전복이로군. 재료가 모두 만물이라 마음이 자꾸 설레어 느긋이 맛을 음미할 여유도 없었다.

마지막은 볶음밥. 가정용 가스레인지로 어떻게 이렇게 고슬고슬하게 만들 수 있는지, 마치 마법을 보는 기분이었다.

"아– 피곤해. 선생님. 할증 요금 받는다 해" 이마에 땀이 번

들거리는 요리사가 말했다.

"응, 줄게. 돈은 이 사람이 내니까."

요리사가 청구서를 테이블 위에 내려놓았다. 금액을 보니 20만 엔이었다. 야스히코는 이의는 없었다. 난생처음 고급 중화요리를 먹어본 감격에 만족스러웠다. 혼자라면 절대 인연이 없을 세계였다. 긴자의 유명한 가게는 주눅이 들어 들어갈 용기조차 없다.

오후장이 열리자, 이라부와 마유미는 방에 있던 플레이스테이션으로 게임을 하기 시작했다.

"선생님, 일은 괜찮으신 거예요?" 야스히코가 물었다.

"괜찮아, 괜찮아. 엄마한테는 가와이 씨 치료하러 간다고 해뒀어."

이라부는 침대에 책상다리를 하고 앉아 배틀 게임에 푹 빠져 있었다. 이게 대체 어떻게 된 일일까. 이제는 당혹스러움을 넘어서서 우주인에게 침략당한 기분이었다.

어쨌든 컴퓨터 앞에 앉았다. 오전장의 마이너스를 회복하기 위해 부지런히 매매를 거듭해갔다. 건강식품회사 종목으로 20만 엔의 이익을 냈다. 조금 전에 먹은 중화요릿값인가 생각하니 묘한 기분이 들었다. 불과 5분 사이에 한 손으로 마우스만 클릭해서 얻어낸 돈이다. 콧수염이 난 요리사가 이 사실을 안다면, 지금까지 자신의 수련이 허망해서 비탄에 잠길 것 같다. 전복을 딴 어부도 납득하긴 어려울 테지.

머니게임이라는 말은 참으로 절묘하다. 득점을 겨룬다는 점에서 이라부와 마유미가 지금 하고 있는 게임과 뿌리는 같다.

오후 3시가 되어 오후장이 끝났다. "자, 이제 가볼까-" 이라부가 신이 나서 말했다.

"어디를 가요?"

"맨션 알아보러 가야지."

"같이 가주실 거예요?"

"당연하지. 치료잖아. 게다가 이 집으로 프렌치 요리사는 못 부를 것 같으니까."

야스히코는 마음이 훈훈해졌다. 혼자가 아니라는 사실은 얼마나 마음 든든한 일인가.

근처 코인 주차장에 세워둔 포르셰에 떠밀리듯 올라탔다. 굉음을 울리며 출발했다.

"가와이 씨, 자동차 면허는 있어?"

"아 네, 있긴 한데."

"그럼, 페라리 살까? 주식 부자들이 으레 타는 카-."

"그렇게 갑자기. 설령 차를 산대도 혼다의 스텝왜건이면 충분해요."

"안 돼, 안 돼. 그러면 치료 효과가 없어."

"으음, 가와이 짱. 스텝왜건도 괜찮지 않나? 악기도 실을 수 있고." 마유미가 뒷좌석에서 몸을 내밀며 속삭였다. 어느새 '가와이 짱'이 되어 있었다.

"아니, 저는 어느 쪽이든……."

"두 대 다 사면 되겠네"라는 이라부.

"아, 그러네."

둘이서만 납득했다.

그들에게 끌려간 곳은 롯폰기가든이었다. 설마 하며 의아해하는데, 자동차가 이 시대의 부자들이 모여 사는 것으로 유명한 그 고급 맨션의 지하 주차장으로 들어섰다.

옷차림이 말쑥한 신사가 맞아주었다. "이라부 님. 늘 감사합니다"라며 고개를 깊숙이 숙였다.

"희망하시는 펜트하우스는 아무래도 나와 있지 않지만, 다행히 25층에 막 이사를 나간 집이 있습니다. 140제곱미터의 2LDK로 도쿄타워를 조망할 수 있습니다."

"응. 괜찮겠네. 안내해줘요."

어어…… 여기 산다고? 내가? 야스히코는 말문이 막힌 채,

이라부 일행을 따라 엘리베이터에 올라탔다. 통유리 창으로 도쿄의 빌딩들이 잇달아 자태를 드러냈다. 미끄러지듯 상승하는 눈높이에 현실감이 느껴지지 않았다. 성으로 안내받은 신데렐라의 심경이었다.

호텔처럼 차분한 조명이 감도는 복도를 걸어 집으로 들어서자, 지금까지 잡지나 텔레비전에서나 보았던 공간이 펼쳐졌다. 여기 몇 평이지? 무심코 그런 질문이 튀어나올 뻔해서 애써 말을 삼켰다.

창밖으로 도쿄타워가 훤히 내다보였다. 벌써 조명이 켜져서 저녁 하늘을 배경으로 오렌지빛으로 반짝거렸다. 이라부가 임대료를 묻자, 남자가 "150만 엔입니다"라고 대답했다.

150만 엔이라. 그러나 야스히코는 놀라지 않았다. 그 정도 임대료는 여유롭게 지불할 수 있다. 1년에 1800만 엔. 10년이라고 해도 1억 8000만 엔. 문제될 건 전혀 없었다.

야스히코는 왠지 두 발이 공중에 붕 뜬 느낌인 채로, "괜찮지 않을까요"라고 대답했다. 하지만 나 같은 사람에게 임대를 해주기나 할까?

"보증인은 이라부 님으로 해도 될까요?" 남자가 손을 비비며 물었다.

"응, 괜찮아. 이 사람, 내 친구니까."

야스히코는 이라부를 쳐다보았다. 그가 콧구멍을 벌리며 웃었다. 이렇게 따뜻한 인간이 있을까. 감격했다. 부모님에게는 원룸 맨션으로 이사한다고 거짓말하면 된다.

그 자리에서 계약서에 서명하고, 어이가 없을 정도로 간단히 열쇠를 건네받았다. 보증금은 반년치 임대료인 900만 엔이었다.

"일단 컴퓨터만이라도 먼저 옮겨놓을까? 업자에게 부탁하면 오늘 밤 안으로 해줄 거야. 그리고 가구 선택은 인테리어 코디네이터를 고용하면 돼. 가와이 씨는 어차피 바쁘잖아?"

"선생님, 정말 고맙습니다. 하나부터 열까지." 따뜻한 타인의 정을 접하자, 눈시울이 뜨거워졌다.

"뭐, 그야, 왕진 1회에 10만 엔이니까. 크흐흐." 이라부가 기분 나쁜 웃음소리를 흘렸다.

"15만 엔." 옆에서 마유미가 금액을 정정했다.

그리고 곧장 아자부에 있는 병행 수입 외제차 매장으로 갔다. 그곳에서도 이라부는 VIP 대접이라 지배인이 안짱다리로 황급히 달려왔다.

"이라부 님. 전화로 문의하셨던 페라리는 빨라도 2주는 기다리셔야……."

"그럼, 람보르기니든 맥라렌이든 상관없는데."

“선생님. 너무 과격한 차는…….” 야스히코가 이라부의 소매를 잡아당겼다.

“정말 기개가 없다니까. 억만장자면 좀 더 당당해야지.”

“그래봐야 저는 장롱면허고…….”

마유미가 등을 쿡 찔렀다.

“상관없어. 부자는 돈을 쓸 의무가 있거든. 그러지 않으면 아래로 돈이 안 돌잖아.”

묘한 설득력이 있었다.

지배인이 준비해둔 차는 벤츠의 무슨 무슨 AMG라는 은색 쿠페였다. 상어를 연상시키는, 지나치게 전투적인 외관이었다. 내가 택배 차량 기사라면 절대 가까이 가고 싶지 않을 것이다. 가격을 물어보니 3000만 엔이었다. 고향의 아버지는 10년 된 토요타 프리우스를 애지중지하며 타고 다닌다.

“괜찮지, 이거면?” 이라부가 재촉해서 “아, 네” 하며 고개를 끄덕였다. 마치 조종당한 듯이 도장을 찍고, 차량 검사증과 키를 건네받았다. 아직 마음의 준비가 안 돼서 오늘은 그냥 맡겨두기로 했다.

“다음은 마샬 앰프야.”

마지막에는 마유미의 안내로 오차노미즈에 있는 악기점에 갔고 빈티지 앰프를 권유받았다. 아무래도 마유미는 록 밴드 활동을 하는 듯했다.

"저기. 저는 이게 있어도 아무 소용이 없는데요." 야스히코는 곤혹스러워했다.

"당신은 오늘부터 블랙뱀파이어 멤버야." 마유미가 눈빛을 쏘며 말했다.

"뭡니까, 그게? 무엇보다 저는 악기를 다룰 줄 몰라요."

"당분간은 이거라도 해." 탬버린을 목에 걸어주었다.

하는 수 없이 30만 엔이 넘는 앰프를 구입했다. 무슨 까닭인지 배달지는 마유미의 집이었다.

"그야, 가와이 짱은 이것만 있으면 아무 소용 없잖아. 잠깐만 빌릴게."

마유미가 어색하게 애교 섞인 목소리를 내며 뺨을 어루만졌다.

오늘 과연 얼마나 썼을까? 인생에서 가장 많은 돈을 쓴 날인 건 분명하다.

"자 그럼, 아라카와에 가서 샤부샤부나 먹을까?"

"찬성-!"

두 사람에게 이끌려 차에 올라탔다. 거리의 네온이 투명한 겨울 공기 속에서 휘황찬란하게 빛났다. 색색의 조명 빛은 보는 사람으로 하여금 공연히 사람을 그립게 만들었다. 길을 지나가는 커플들에게 눈길이 갔다. 모두 즐거워 보였다.

여자 친구가 있었으면 좋겠다. 야스히코는 그런 생각이 들었다. 회사를 그만둔 후로 이성과의 만남은 전혀 없었다.

하지만 지금의 나를 좋아해줄 여자는 없겠지. 있다고 해도 재산이 목적이겠지. 은둔형 외톨이인 데이 트레이더는 사회적 지위가 제로나 마찬가지다. 나라면 존경은 하지 않는다.

즐거운 건지, 즐겁지 않은 건지, 잘 모르겠다. 다만, 어제까지의 하루하루보다는 낫다고 생각했다. 유별난 의사와 간호사이긴 해도 대화 상대가 있다. 목소리를 내는 게 이젠 괴롭지 않았다.

롯폰기가든에서 시작한 새로운 생활은 야스히코에게 얼마쯤 자신감을 되찾아주었다. 프런트에서 예쁜 안내원이 "어서오세요"라며 건네주는 미소만으로도 자기가 대단해진 기분이 들었다. 그 지역에 있는 인테리어숍에서 의자와 책상을 샀을 때는 "레지던스 동으로 배달해줘요"라는 한마디에 점원의 태도가 확 달라지며 선망의 눈빛으로 쳐다봤다.

주식시장이 끝나면, 벤츠 AMG를 타고 미나토 구를 여기저기 달려보았다. 길 가는 사람들이 돌아보았고, 다른 자동차들은 엮이고 싶지 않은 듯이 길을 양보했다. 마치 왕이라도 된 기분이었다.

방에서 바라보는 조망은 최고였다. 눈 아래 펼쳐진 맨션들의 조명을 바라보고 있노라면, 마유미가 아래로 돈이 안 돈다고 말할 때의 "아래"라는 말이 떠올랐다.

그러나 현실감 면에서는 여전히 희박했다. 현대 일본의 부의 상징이라 불리는 롯폰기가든에 내가 산다는 게 도무지 믿기지 않았다. 청색 LED의 발명자라거나 프로야구 스타 선수라면 그나마 이해는 간다. 하지만 나는 컴퓨터로 주식 거래를 해 거금을 얻었을 뿐이다. 도무지 여기에 있어야 할 인간이라는 생각은 들지 않았다.

이라부에게 은근슬쩍 그런 속내를 전하자, "무슨 소리야. 돈 번 사람이 승자지"라며 상대해주지 않았다. 매일같이 들이닥쳐서는 출장 요리에 입맛을 다셨다. 마유미에게는 무대의상까지 해주었다. 징 박힌 손목 밴드 다섯 개라고 적힌 청구서까지 떠안아야 하는 형국이었다.

한편, 데이 트레이딩 쪽은 긴장감이 증가했다. 150만 엔의 임대료라는 운영비가 생겨난 탓이다. 자동차보험료도 우습게 볼 수 없었다. 지금까지는 득점 감각이었던 플러스와 마이너스가 단번에 실체를 띠며 압박해왔다. 그러다 보니 매매가 끝나면 피로감이 물밀듯이 몰려왔다. 여가 시간은 모두 정보 수

집에 할애했고, 잠자리에 들면 기절하듯 잠들었다.

그러던 중 야스히코는 어느 날 문득 옛 동료에게 연락을 한 번 해볼까 하는 생각이 들었다. 이렇게 사는 모습을 지인에게 여봐란듯이 과시하고 싶어서였다. 관객 한 명 없는 야구장에서 홈런을 친들 아무도 못 봤으면 홈런으로 인정되지 않는다.

무슨 이유를 붙일까 고민하다가 "주식을 하는데, 생명보험업계의 동향을 좀 알려줄 수 있겠느냐"라고 회사로 전화를 걸었다. 상대는 동기 중에서도 가장 눈에 띄던 남자였다.

"너 지금 뭔 소리를 하는 거야. 내가 왜……." 옛 동료는 귀찮은 듯했다. 사이가 좋았던 것도 아니니, 그런 반응도 무리는 아니었다.

"사례는 할게. 5만 엔이면 와줄래?"

"5만 엔?" 옛 동료는 한동안 침묵한 후, "정말이지?"라며 위협하듯 다짐을 받았다. 그러나 주소를 알려주며 롯폰기가든이라고 말하자, 말투가 바뀌었다. "진짜냐……?" 전화기 너머에서 할 말을 잃었다.

이러면 회사에 바로 소문이 날 거라 생각했다. 2년 전에 그만둔 가와이 씨가 지금 주식을 해서 롯폰기가든에 산대—. 여직원들 사이에 소문이 퍼져준다면 더할 나위 없이 기쁘겠지.

옛 동료는 퇴근길에 혼자 찾아왔다. 집 안으로 들어서자마자 "대박"이라며 탄성을 내뱉고, 눈을 휘둥그레 떴다.

"배고프지 않아? 초밥이라도 시킬까?"

"네가 사는 거냐?"

"물론이지. 평소에는 출장 요리사를 부르는데, 오늘은 그냥 배달시켜도 되겠지?"

"그야 뭐 상관없지……."

옛 동료는 창에 비친 도쿄의 야경에 압도되었다. 야스히코가 소파를 권하자, 가죽 표면을 어루만지며 "이거 얼마짜리야?"라고 물었다.

"글쎄, 인테리어 코디네이터한테 맡겨서 일일이 가격은 모르겠는데."

"흐음." 그는 체중을 실으며 쿠션감을 확인했다. "세상사는 정말 알 수가 없군. 옛날 그 가와이가 지금은 주식 부자라니. 그건 그렇고, 얼마나 벌었어?" 노골적으로 질문을 던졌다.

"응? 아니 뭐, 여기 살 정도는 되지."

"거드름 피우긴. 자랑하고 싶어서 부른 거잖아."

옛 동료가 속을 훤히 꿰뚫어 본 듯이 큰 목소리로 말했다. 운동부 출신이고, 상사에게는 원기 왕성하고 정의감 넘치는 직원으로 평가받아 총애를 얻는 인물이었다.

"10억 엔쯤 될까……." 야스히코가 씁쓸하게 웃으며 대답했다.

옛 동료가 "휘익-!" 하고 휘파람을 불었다.

"있구나, 실제로. 난 뉴스에서나 보는 이야긴 줄 알았는데." 그가 소파에 기대앉아 탁자에 발을 얹었다. "난 이제 겨우 연봉 700만 엔이야. 그런데도 업계에서는 톱클래스지. 평생 일해서 받는 돈이 3억에서 4억 엔. 네 눈에는 밑바닥 세상을 걸어 다니는 사람들이 버러지로 보이겠지?"

"아니야. 나도 신경쇠약에 걸릴 지경으로 일해. 손해를 볼 때는 순식간에 추락하고."

"우리 연봉 정도 되는 금액을 한 번에 움직이는 건가?"

"아니, 그보다 많겠지."

"흥." 옛 동료가 코웃음을 치더니, 엷은 미소를 머금고 쳐다봤다.

야스히코는 예상했던 반응을 얻지 못해 내심 당황스러웠다. 속으로는 좀 더 부러워해주길 기대했었다.

주문한 초밥이 도착해서 둘이서 먹었다. "이런 참치 뱃살은 난생처음인데." 옛 동료가 빈정거리듯이 과장스럽게 놀라워했다.

"말이 나온 김에, 이건 얼마나 해?"

"일단 1인분에 2만 엔짜리로 만들어달라고 부탁은 했는데…….”

“하하, 2만 엔이라. 그게 한 달 식비인 사람도 있지.” 일일이 시비를 걸었다.

식사를 마친 후에는 형식뿐인 강의를 들었다. 처음부터 구실에 불과했기 때문에 대화는 활기를 띠지 못했고, 10분 만에 끝났다. 데이 트레이딩의 대략적인 시스템을 묻기에 야스히코는 간단히 알려주었다. “그럼, 넌 하루 종일 집 안에 혼자 있는 건가”라며 옛 동료가 얕보는 듯한 말을 던졌다.

야스히코는 사례금을 담은 봉투를 건넸다. 옛 동료는 입김을 훅 불어 봉투 안을 확인하더니, “그럼, 사양 않고 받을게”라며 겉옷 안주머니에 넣었다. 언짢아 보이는 얼굴이었다.

“미안하다. 여기까지 와달라고 해서.” 야스히코가 말했다.

“아니, 롯폰기가든에 들어와봐서 좋았어. 이야깃거리는 되겠지.”

“다들 잘 지내?”

“다들이 누구야?”

“동기들 말이지. 다케다나 사토나.”

“어어, 잘 지내. 그런데 너, 동기라는 의식은 있냐?”

“그야, 조금은 있지. 고작 2년뿐이었지만, 기억은 해.”

“보나 마나 그 녀석들은 기억 못 할걸. 나도 전화 받았을 때,

기억을 떠올리느라 힘들었거든."

"그래? 그랬겠지." 야스히코는 눈을 내리뜨며 씁쓸하게 웃었다.

"너, 친구는 있냐?"

"있지." 발끈해서 바로 받아쳤다. 그러나 머릿속에 떠오르는 사람은 이라부와 마유미뿐이었다.

"평범한 사람이야?"

"어어, 평범한 사람이야." 머릿속 영상에서 이라부와 마유미가 클로즈업됐다.

"흥. 용케 있었네, 그런 사람들이. 난 절대 못 사귈걸. 남들 연봉인 돈을 클릭 한 번에 움직이는 녀석이랑 어떻게 같이 놀지?"

"뭐, 노는 정도야―."

"이건 배 아파서 하는 말이 아니야." 옛 동료가 말을 끊었다. "너, 생활을 바꿔. 데이 트레이더 같은 건 그만두고, 다른 일을 시작해. 그러지 않으면 평생 고독할 거다."

"말이 너무 심하다."

"회사 다닐 때, 넌 나를 싫어했잖아. 그랬던 나를 부를 정도로 넌 고독한 거야."

"무슨 그런 엉터리 같은……." 야스히코가 얼굴을 찡그렸다.

"난 말이다, 본사로 돌아와서도 영업소 시절에 사귄 고객과 연하장을 주고받아. 그래서 고객들이 이번에 손자가 태어났다든가, 집을 새로 지었다든가 하는 근황들을 알려주지. 유치하다고 말하진 마. 난 그런 게 생명보험 직원으로서 매우 기쁘니까. 순수하게 다른 사람의 인생 설계에 도움이 되고 싶은 거지."

"무슨 소리야?"

"잘 들어. 인간이란 누군가가 필요로 해야 비로소 열심히 할 수 있는 존재잖아. 아무리 돈이 많아도 풍족하게 소비할 수 있는 것뿐이면, 너무 쓸쓸하지 않나?"

"그게 너랑 무슨 상관이야?" 아무래도 분노를 감출 수가 없었다.

"아, 그렇지. 나랑은 상관없지."

옛 동료가 일어섰다. "그만 갈게"라고 말하고 현관을 향해 걸어갔다. 그러더니 걸음을 멈추고 돌아보았다.

"미안하다. 기분 나쁘게 해서. 동갑내기 녀석이 이런 생활을 한다고 생각하니, 공연히 트집을 잡고 싶어졌어. 내 나쁜 버릇이야. 럭비부 시절의 체질이 몸에 배어 땀을 흘리려 하지 않는 녀석은 도무지 좋아지질 않는단 말이지."

그는 고개를 좌우로 돌리며 넥타이를 고쳐 맸다. "이거, 돌려줄게." 안주머니에서 봉투를 꺼내 바닥에 떨궜다. "초밥이면 충분해. 나도 좋은 공부가 됐다."

"아니…… 그냥 받아둬."

"됐어. 오기 부리는 것도 내 버릇이야."

눈앞에서 문이 닫혔다.

서서히 핏기가 가시며, 방 온도가 내려간 듯한 착각이 들었다. 소파에 몸을 깊이 파묻고, 기묘한 공허감을 맛보았다. 그러자 스멀스멀 비참한 기분이 비집고 올라왔다.

부러움을 사려고 했는데, 오히려 동정을 사고 말았다. 한 수 위로 보이고 싶었는데, 오히려 경멸당하고 말았다. 한동안은 꽤 침울하겠지, 몹시 객관적으로 생각하는 야스히코 자신이 그 자리에 있었다.

야스히코는 우주에 홀로 버려진 심정이었다.

4

데이 트레이딩에 집중할 수 없게 되었다. 옛 동료의 한마디는 상상 이상으로 마음에 깊은 상처를 남겼다. 나는 대체 무엇 때문에 주식 매매를 하는 걸까. 무엇을 위해 돈을 버는 걸까.

그리고 무엇을 위해 사는 걸까. 지금까지 회피한 의문들이 잇달아 머릿속에 떠오르며 마음속에 풍파를 일으켰다.

그로 인해 어처구니없는 실수가 많아졌다. 손절매 타이밍을 놓쳐서 1억 엔이나 손실을 냈고, 만회하려고 반등을 노렸던 종목이 더 많이 급락하는 바람에 수천만 엔을 날리고 말았다. 분모가 큰 만큼 움직이는 돈도 크다. 전에는 100만 엔을 원금으로 20, 30만 엔 정도 오르내렸지만, 10억 엔이나 있는 탓에 오르내리는 금액이 2, 3억 엔이 되어버린 것이다.

야스히코는 컨디션까지 무너져버렸다. 식욕이 없고, 배에서 계속 꾸르륵대는 소리가 났다. 밤에도 잠을 잘 수가 없었다.

"가와이 씨, 돈 벌었어?"

이라부가 케이터링 서비스로 받은 로스트비프를 볼이 미어터져라 우물거리며 물었다. 여전히 왕진이라는 명목으로 매일같이 쳐들어와서 고급 요리를 시켜 먹었다.

"아뇨. 상황이 최악이에요. 지금도 300만 엔 손해 봤어요."

야스히코는 울고 싶은 심정으로 호소했다.

"있지, 가와이 짱. 시모키타에 있는 라이브 클럽이 건물 노후화 때문에 퇴거 명령을 받았는데, 빌딩째 사줄 수 없을까? 3억 엔이래. 싸잖아?"

마유미가 옆에서 볼을 꼬집었다.

"지금 그럴 상황이 아니에요. 점점 자산이 감소하고 있다고요."

"얼마나 잃었는데?"라고 묻는 이라부.

"최근 며칠 동안 2억 엔 정도."

두 사람이 입을 다물었다. 알지도 못하면서 눈썹을 찡그리며 모니터를 들여다봤다.

"저기 말이야, 잘 안 풀릴 때는 한동안 좀 쉬는 게 어때?"라는 이라부.

"안 돼. 얼른 만회해서 빌딩을 사야지"라는 마유미.

어쨌든 물러서려 해도 물러설 수 없는 상태였다. 주식시장은 하락세였고, 기회와 함정이 곳곳에 널려 있었다. 지뢰밭에 발을 들여놓은 것 같았다. 지금 당장 멈춰 선다고 해도 그 지점이 새로운 출발점이 될 수는 없다.

사들인 주식이 상승을 멈췄을 때, 화장실에 가고 싶어졌다. 설사 복통이라 참을 수가 없었다. 일어서서 스마트폰을 찾았다. 화장실에서 거래를 이어가는 수밖에 없다. 그러나 책상 위는 엉망으로 어질러져 있어서 좀처럼 눈에 띄지 않았다.

"얼굴이 왜 그렇게 파랗게 질렸어? 뭘 찾는데?"

"스마트폰요. 잠깐 화장실 좀……."

"그럼, 내 거 빌려줄게."

"그건 필요 없어욧!"

아이고, 맙소사. 야스히코는 주가가 떨어지질 않길 기도하며 화장실로 달려갔다. 기껏 먹은 고급 요리가 곧바로 배설되었다. 헐레벌떡 돌아오니, 이라부가 책상 앞에 앉아 마우스를 쥐고 있었다. 큼지막한 등짝이 눈으로 날아들었다.

"선생님! 지금 뭐 해요?"

"지인 회사가 있어서 조금 사봤어." 이라부가 천연덕스럽게 말했다.

"알아요?"

"서당 개 3년이면 풍월을 읊는다잖아. 조작하는 건 배워버렸지. 크흐흐."

"그게 아니라, 종목 말이에요!"

고함을 질러대고 숫자를 보니, 의료기기업체의 417만 엔짜리 주식을 10주나 사놓았다.

"그렇게 화낼 건 없잖아……. 고작 10주뿐인데." 이라부가 부루퉁한 표정으로 입을 내밀었다.

"1주에 400만 엔이 넘잖아요. 도대체 무슨 짓을……."

야스히코는 머리를 쥐어뜯으며, 1만 엔이 하락했을 뿐인데, 그 자리에서 바로 팔아버렸다. "10만 엔이나 손해 봤어요. 나중에 청구할 테니, 그리 알아요!" 화가 치밀어 매섭게 쏘아붙였다.

그보다 화장실에 가기 전에 사둔 주식이 문제다. “으아아악-!” 주식창을 보고 소리를 질렀다. 급락했다. 340엔에 10만 주를 샀는데, 315엔으로 하락했다. 화장실 한 번 다녀온 사이에 250만 엔을 날려버린 셈이다. 마우스를 잡다가 깜짝 놀라 손을 뗐다. 기름 범벅이었기 때문이다.

“선생님, 로스트비프를 집어 먹은 손으로—.”

야스히코가 눈을 치켜뜨며 항의했다.

“미안, 미안.” 이라부가 마우스를 집어 들더니, 흰 가운 자락으로 닦아냈다. 화면 위의 마우스 커서가 쥐처럼 움직이다 어느 순간 클릭되어버렸다. 화면이 바뀌었다.

“지금 뭐 하는 거예요!” 거칠게 소리치며 마우스를 가로채려고 했다. 무선 마우스는 두 사람의 손에서 미끄러지며 허공에서 춤을 추었다. 그것이 떨어진 자리는 대리석이 깔린 바닥이라 플라스틱 몸체가 소리를 내며 깨졌다.

“에잇! 비켜! 저쪽에서 할래.”

이라부를 밀쳐내고 다른 컴퓨터로 향했다. 조바심 때문에 손이 자꾸 떨려서 뜻대로 조작이 되지 않았다. 그러는 와중에도 주가는 점점 더 하락했다.

가까스로 295엔에 모두 팔았다. 450만 엔 손해다. “으아-

악!" 다시 소리를 질렀다.

"저기, 아까 그 의료기기업체, 오르고 있는데"라는 이라부.

뚫어져라 살펴보니, 분명 처음 하락세는 눈가림이고, 그 후에는 점점 상승 기조로 바뀌어 있었다.

"이 회사, 독일 업체랑 기술 제휴했잖아. 기자 간담회가 오늘이었나?"

"그런 말은 미리 하라고욧!"

"너무 그렇게 흥분하지 마." 이라부가 야단맞은 아이처럼 손으로 입술을 뜯었다.

의료기기업체의 주식은 440만 엔에서 상한가를 쳤다.

"아-아, 230만 엔 벌 수 있었는데 손해 봤네. 가와이 씨, 변상해."

"누구더러 변상하래요!" 머리로 피가 솟구치며 현기증이 났다.

오후장이 끝나고, 야스히코는 휘청거리는 걸음으로 소파로 걸어가서 엎어졌다. 조난당한 배에서 해안까지 죽기 살기로 헤엄쳐 온 것 같은 피로감이었다.

이젠 다 싫다는 생각이 들었다. 이렇게 보내는 하루하루는 조금도 즐겁지 않다. 설령 내일부터 손해를 만회한다고 한들 무슨 의미가 있겠는가. 아무도 칭찬해주지 않고, 세계가 넓어지는 것도 아니다. 돈을 벌어도 손해를 봐도 마냥 이 생활이다. 숫자에 신경이 마모되고, 마음의 평온은 누릴 수가 없다.

"저기, 왜 그래? 오늘은 홈 시어터 고르러 가자"라는 이라부.

"가고 싶지 않아요."

"철없는 소리 하지 마. 나간 김에 와카마쓰 고지(若松孝二, 저예산으로 많은 문제작을 남긴 일본의 영화감독) DVD 세트도 사야 하니까." 마유미가 펌프스 바닥으로 야스히코의 엉덩이를 밟았다.

"나…… 이제 그만두고 싶어." 그런 말이 불쑥 입 밖으로 튀어나왔다.

"지금 얼마 있는데?" 이라부가 물었다.

"7억 엔 조금 넘을 정도요."

"……뭐, 그만두는 거야 자유지만, 그만두고 뭘 할 건데?"

"평범한 일을 하고 싶어요. 회사원이 되어 직장에서 다른 사람들과 일하고 싶어요."

"그건 무리지." 이라부가 자신만만하게 단언했다. "취직해 봐야 손에 쥐는 돈이 고작 20만 엔 정도야. 못 견딜걸. 상사한테 야단 한 번 맞으면 사표 집어 던질 거라고. 안 그래? 컴퓨터 한 대로 거금을 버는 기술을 알아버렸잖아. 게다가 7억 엔이나 가진 직원과 다른 동료들이 평범하게 사귀어줄 것 같나?

시기하고, 등쳐먹고, 왕따나 시킬 게 뻔해. 인간이란 자고로 같은 처지에 있는 사람끼리 무리를 짓는 생물이거든. 가와이 씨의 동료는 어디에 서식하는지도 모를 '어쩌다 억만장자'뿐이야."

환자를 상대로 어떻게 이런 심한 말을……. 그러나 반론은 불가능했다.

"일이 돈을 벌기 위한 것인 한, 주식은 근로 의욕을 앗아가겠지. 일단 시작하면 무일푼이 될 때까지 그만둘 수 없어. 나랑 내기해도 좋아. 수익을 확보하고, 주식에서 손을 씻더라도 가와이 씨는 반드시 다시 돌아오게 돼 있어. 인간이란 따끔한 맛을 보지 않으면 절대 바뀌질 않거든."

이 의사, 행동은 상식을 벗어난 주제에 말로는 아픈 곳을 정확히 지적했다.

"어떻게 하면 될까요?" 야스히코가 얼굴을 들고 물었다.

"그만둘 거면 다 써버려. 1엔짜리 하나 남기지 말고."

그렇군. 그 길밖에 없는 건가…….

"음, 그러니까 우리 크루즈 사자. 저번에 카탈로그 줬지?" 순식간에 응석 부리는 말투로 변했다. "하야마 항구에 계류시키자. 휴일에는 사가미 만에서 크루징하고."

"전 선박 면허 같은 거 없어요."

"쯧, 쯧, 쯧." 이라부가 외국인처럼 집게손가락을 세우고 까딱까딱 흔들었다. "면허는 나한테 있으니까 걱정 마. 그리고 우리 집은 하야마에 별장도 있으니까 대신 관리해줄게."

"그건 선생님이 타고 싶은 것뿐이잖아요?"

"치료라니까. 내가 몇 번을 말해." 그러면서 이라부는 요괴처럼 웃었다.

점점 더 힘이 빠졌다. 아무런 의욕도 나지 않았다.

"있지, 가와이 짱." 마유미가 등에 올라탔다. "크루저보다 일단 빌딩 먼저." 귓가에 대고 속삭였다.

돈을 쓸 곳이 있는 두 사람이 부러웠다. 돈을 쓰는 데도 분명 재능과 에너지가 필요하겠지. 내게는 그것조차 없다. 벤츠 AMG는 벌써부터 먼지가 쌓여간다.

심리적인 동요가 생긴 탓에 주식 거래는 점점 더 순조롭지 않았다. 이미 슬럼프라고 부를 만한 단계를 넘어섰다. 프로가 아마추어로 전락한 것처럼 계속해서 패배했다.

자릿수 하나를 틀려서 수천만 엔이나 손실을 냈다. 사둔 것을 잊어버리고 방치해서 수익을 내는 시점을 놓쳤다. 예습을 게을리해서, 우량 종목을 놓치고 지나쳤다. 〈닛케이신문〉을 읽어도 정보가 머릿속에 들어오지 않았다. 주식 매매가 이토

록 멘탈에 좌우되는 것인지 예전에는 미처 몰랐다. 집중력 결여는 곧바로 숫자로 결과를 남겼다.

크게 패했을 때는 심리적으로 난폭해져서 무리한 매수로 손실을 더욱 키웠다. 자포자기 심정이 바로 이런 것인가 하며 남의 일처럼 생각했다. 해서는 안 되는 짓을 잇달아 저지르고 있었다.

이대로 가면 전 재산을 잃겠지―. 야스히코는 주식 시세표를 바라보며 예감했다. 브레이크가 걸리지 않았다. 흡사 자살하려는 사람과 다를 바 없었다.

그래, 이건 혹시 자살 행위일까? 마음속 어딘가에 데이 트레이더로서의 자기를 끝내고 싶은 심리가 있다. 다시 시작하지 못하는 것은 그것 때문이다. 반쯤은 추락해가는 자기를 비웃고 있다.

시장이 끝나면 격렬한 자기혐오에 휩싸였다. 젊은 몸으로 이 무슨 무익한 시간을 보내고 있단 말인가. 억대의 돈이 있어도 아무도 나를 상대해주지 않는다. 영업 전화 외에는 전화 한 통 걸려 오지 않는다. 파티 초대장도 오지 않는다. 크리스마스 계획도 없다. 다른 무엇보다 친구가 없다.

고독을 견디지 못해 밤에 이라부에게 전화를 걸었다.

"선생님. 자산이 점점 줄어들고 있어요. 이런 추세라면, 한

달 안팎에 무일푼이 될 겁니다."

"뭐 하는 거야. 빨리 크루즈 사라니까." 수화기 너머에서 이라부가 안달했다.

"전 그런 건 원치 않아요. 그보다 친구를 원해요."

"있잖아. 나랑 마유미 짱이."

"선생님, 제가 무일푼이 돼도 같이 놀아주실 건가요?"

"……당연하지." 잠깐 뜸을 들였다.

"거짓말. 선생님도 돈이 목적이야."

"으음, 가와이 씨는 지금 정서가 불안정해. 조금 쉬었다가 다시 도전해봐. 또 성공할 수 있을 거야."

"성공해서 돈을 벌면 뭐 합니까?"

"크루저랑 소형 제트기 사자."

"필요 없다니까요!"

댐이 무너지듯 감정이 한꺼번에 흘러넘쳤다. 그렇다. 나는 돈 따윈 필요 없다. 억만장자의 그릇이 못 된다. 평범한 삶을 살고 싶은 것이다.

"선생님, 분명 선생님 어머님이 유니세프 관계자셨죠?" 불현듯 생각이 떠올라서 물었다.

"응. 명예 이사인가 뭔가를 한다던데."

"전액 기부하겠습니다." 생각을 하기도 전에 말이 먼저 입 밖으로 튀어나왔다.

"말도 안 돼-!" 이라부가 별안간 새된 소리를 질렀다.

"진심이에요. 이대로 제로가 돼도 미련은 없지만, 그럼 나의 지난 2년은 무엇이었나 허무하겠죠. 다른 사람에게 조금이라도 도움이 되고 싶어요. 어떤 형태로든 뭔가를 남기고 싶어요."

"가와이 씨, 지금 당장 포르셰 몰고 총알같이 달려갈 테니, 일단 집에서 기다려."

전화가 끊겼다. 야스히코는 온몸이 떨려서 바닥으로 나뒹굴었다. 식은땀이 났다. 호흡도 가빠졌다. 머리를 마구 쥐어뜯다 손을 보니 머리카락이 한 움큼이나 휘감겨 있었다.

정신이 아득해지는 것 같았다. 누군가의 품에 꼭 안기고 싶었다. 지금의 자신은 마치 혼자 잠들기 두려워하는 어린애 같았다.

이라부는 20분 만에 왔다. 마유미도 같이 왔다. 야스히코는 바로 달려와주는 사람이 있다는 사실에 감동하며, 자신의 나약함을 재확인했다. 역시 나 혼자서는 살아갈 수 없다.

"당신, 지금 제정신이야?"

가죽점퍼 차림의 마유미가 탁자에 한쪽 발을 올려놓고, 깡

패 두목처럼 위협적으로 몰아붙였다.

"응, 제정신 맞아요. 기부할래요." 야스히코가 소파에 앉은 채 대답했다.

"이봐, 가와이 씨. 생각을 고치는 게 좋지 않을까? 아직 5억 엔 정도는 남아 있잖아?"

이라부가 갑자기 부드러운 목소리로 달래듯 말했다. 빨간색 캐시미어 스웨터에 방울 달린 털모자 차림이라 산타클로스인 줄 알았다.

"이젠 필요 없어요. 주식은 그만둘래요."

"그럼, 시모키타의 빌딩은 사고 그만둬."

"싫어. 미련 없이 2년 전의 나로 돌아가고 싶어."

"당신, 지금 어디서 어리광이야!"

마유미가 쌍싸대기를 날렸다. 맑은 소리가 울려 퍼졌다.

"자자 진정해, 말로 해도 이해할 거야." 이라부가 중재에 나섰다. "내 말 잘 들어, 가와이 씨. 제로로 돌아간다고 해도 10억 엔이 있었다는 사실은 사라지지 않아. 앞으로 결혼해서 아이도 낳고, 집도 사려고 할 거 아냐. 그때는 후회할걸. 아아, 그때 그 돈이 있었으면 하고."

"아뇨. 후회 안 해요." 야스히코가 고개를 저었다.

"반드시 후회해. 인간은 마음이 변하는 생물이니까. 일주일

정도 생각해보자."

"마음 안 변해요. 결심했어요."

"당신, 정신 차려!"

마유미가 또다시 귀싸대기를 날렸다. 하나도 아프지 않았다. 오히려 기분이 좋을 정도였다.

"정신을 차려서 하는 말이에요. 하하하." 갑자기 고양감이 찾아와 야스히코는 큰 소리로 웃어젖혔다.

"이건 중증이네. 완전히 돌아버렸어."

이라부가 어깨를 한 번 으쓱하고, 마유미에게 눈짓을 보냈다. (해?) 마유미가 입 모양으로 묻더니, 검은 가죽으로 된 힙색에서 주사기를 꺼냈다.

"무, 무, 무슨 주사예요?" 야스히코가 바닥으로 굴러떨어지며 엉덩방아를 찧더니, 뒷걸음질을 쳤다.

"그냥 진정제야. 이걸 맞고 우리 병원으로 가자. 한동안 입원하자고."

"싫어. 폐쇄 병동에 처넣고 심리 조작을 할 생각이겠지."

"그럴 리가 있나. 친구 사이인데-."

이라부가 억지스러운 미소를 지으며 손을 내밀었다. 야스히코가 그 손을 뿌리쳤다.

"어라? 반항적인 환자네-."

"선생님. 이런 사람한테는 한 방 제대로 날려서 정신이 번쩍 나게 해야 해요."

마유미가 주사기를 손에 들고, 닭을 궁지로 몰듯 슬금슬금 다가왔다. 이라부도 엉거주춤한 자세로 차츰 간격을 좁혀왔다. 야스히코는 후퇴했다. 등이 벽에 부딪쳤다.

"거봐, 도망 못 간다니까." 이라부가 웃었다.

야스히코가 일어서서 정면 돌파를 시도했다. 몸을 앞으로 숙이고 돌진했다. 마유미가 전광석화 같은 날랜 솜씨로 다리를 걸어서 야스히코는 두툼한 러그 위로 나동그라졌다. 얼굴을 세게 부딪쳤다. 신음을 흘릴 새도 없이 이라부가 등 뒤에 올라탔다. "잡았다! 얌전히 주사 맞아." 술래잡기라도 하듯 말했다.

바지에 마유미의 손이 올라왔다. 야스히코는 필사적으로 몸부림을 쳤다. 스스로도 믿기지 않는 힘이 나와서 100킬로그램은 될 것 같은 이라부를 떨쳐냈다. 일어섰다. "으아-악!" 냅다 소리를 지르며 현관으로 달려갔다. "기다려-" 이라부와 마유미가 쫓아왔다. 그 모습이 좀비처럼 보였다.

절대 안 잡혀—. 문을 열고 복도로 달려갔다. "도와줘-!" 야스히코가 소리쳤다.

"도둑. 치한. 납치. 감금. 살인."

무슨 일인가 하고, 같은 층 주민이 얼굴을 내밀었다.

"도, 도, 도와줘요. 경찰. 자위대. 소방서."

"죄송해요. 저 사람, 좀 모자라요." 뒤에서 마유미가 둘러댔다.

엘리베이터 홀에 도착했다. 내려가는 버튼을 눌렀지만, 엘리베이터가 바로 올 것 같지 않았다. 빨간 비상벨이 눈에 들어왔다. 야스히코는 그것을 눌렀다. 요란한 소리가 층 전체에 울려 퍼졌다.

이번에는 주민들이 일제히 집 밖으로 나왔다. 순찰을 돌던 경비원이 달려왔다.

"무슨 일입니까!"

"아, 그, 그게 말이죠……." 혀가 꼬였다. 얼굴이 마비되었다. 땀이 비 오듯 쏟아졌다. 그 자리에서 발만 동동 굴렀다.

이라부와 마유미가 쫓아왔다. "저는 의사입니다. 이 환자를 제압해주세요." 이라부가 자못 진지한 투로 말했다. 어디서 연기를―.

그 말을 곧이곧대로 믿은 경비원이 야스히코 뒤에서 겨드랑이 밑으로 손을 넣어 꼼짝 못 하게 제압했다. 그야 그렇겠지. 이 중에서 가장 이상한 사람은 나다. 하지만……. 놔줘. 제발 놔달라고―.

소매를 강제로 걷어 올렸다. 마유미가 난폭하게 주사기를 찔렀다. "당신, 바보네. 억만장자에는 정말 안 맞아." 귓가에 대고 내뱉듯이 말했다.

몸에서 힘이 쭉 빠졌다. 온몸의 근육이 풀리는 감각을 느끼며 야스히코는 그 자리에 무너지듯 주저앉았다. 다리 몇 개가 시야에 들어왔다.

안개가 끼듯 의식이 흐려져갔다. 신기하게도 마음이 따뜻해졌다. 나는 혼자가 아니다—.

"감사장. 가와이 야스히코 님. 귀하는 이번에 당 기관에 거액을 기부하셨습니다. 자애의 정신으로 가득한 헌신적인 행동에 심심한 경의와 감사의 뜻을 표하며 기념 메달과 감사장을 수여합니다. 2022년 12월 25일 공익법인 일본 유니세프 회장 ××××."

회의실에 박수갈채가 쏟아졌다. 플래시가 터지고, 카메라 셔터 소리가 울려 퍼졌다. 야스히코는 단 한 벌뿐인 양복을 차려입고, 긴장된 발걸음으로 앞으로 걸어갔다. 상장을 건네주고, 메달을 목에 걸어주었다. 표창을 받는 것은 난생처음이었다. 자랑스러운 것 같기도 하고, 부끄러운 것 같기도 했다. 엉덩이 언저리가 근질근질했다. 관계자와 악수를 주고받았다.

"가와이 씨. 당신처럼 훌륭한 분을 만나 뵙게 되어 정말 행복합니다. 앞으로도 우리 이치로와 잘 지내주세요."

챙이 넓은 모자를 쓴 부인이 고상한 미소를 지으며 말했다. 이라부의 어머니다. 교양 있는 좋은 집안 출신이겠지. 그녀는 상대의 눈을 보며 천천히 이야기했다. 백발도 자연스럽게 잘 어울렸다.

이라부와 마유미도 행사에 참석했다. 개똥이라도 밟은 것처럼 뿌루퉁한 얼굴이었다.

야스히코는 결국 주식으로 벌어들인 전 재산을 기부했다. 망설임은 없었다. 그 돈이 있는 한, 자유로워질 수 없을 것 같았고, 친구도 안 생길 것 같았다. 계좌를 해지하고, 매입한 주식을 처분했을 때는 마음에 바람이 불어오듯 상쾌한 느낌이 들었다. 몸도 마음도 단번에 가벼워졌다. 자기도 모르게 깡충거리듯 거리를 걸어갔다.

물론 유니세프에서는 크게 놀랐다. 개인이 이 정도 고액을 기부한 전례가 없어서 자세한 사정을 물어보았다. 야스히코는 정직하게 대답했다. 그리고 이름을 알리지 않는 것을 조건으로 내걸었다. 이런 일로 유명해지고 싶지 않았다. 매스컴 취재는 허락했지만, 얼굴 사진을 찍지 않겠다는 약속을 받아냈다. 세상 사람들은 겉으로는 칭찬해도 속으로는 바보라고 생각하겠지. 이상한 녀석이라며 호기심 어린 눈으로 쳐다볼 게 뻔하다.

"이제 지쳤습니다"라고 야스히코가 기자들의 대표 질문에 대답했다. "이 게임에 성취감은 없습니다. 결승점이 없으니까요."

그 자리에서는 그 정도 선에서 끝났지만, "우리 신문에 수기를 써달라"며 각 언론사들이 쫓아다니는 형국이 되었다. 지금도 〈주간분슌〉 기자가 집 앞에서 잠복하고 있다.

예상했던 대로 공표하자마자 전국 규모의 뉴스로 떠올랐다. 의기양양한 표정을 머금은 해설자가 "요즘 젊은이도 아직 쓸 만한 구석이 있군요"라며 실눈을 뜨고 웃었고, 정신과 의사는 "그는 괴로웠을 겁니다"라고 흔해빠진 분석을 내놓았다.

야스히코는 아무래도 상관없었다. 지금 자기 마음이 가벼운 것이 가장 중요했다.

이라부의 말대로 나중에 후회하게 될지도 모른다. 다른 사람에게 털어놓으면 눈을 휘둥그레 뜨겠지. 그래서 뭐 어떻다는 건가. 사람에게는 저마다의 그릇이 있다. 자기 그릇에 맞게 살아가는 게 행복 아닐까.

모두 함께 기념 촬영을 하기로 했다. 이라부와 마유미가 뒤에 섰다.

"믿을 수가 없어. 전액 기부라니." 이라부가 구시렁구시렁 투덜거렸다.

"이런 바보는 본 적이 없다니까." 마유미가 땅이 꺼져라 한숨을 내쉬었다.

자, 치즈―. 야스히코는 가슴을 활짝 펴고, 양쪽 입꼬리를 올렸다. 뺨이 저절로 부드럽게 풀리며 눈꼬리가 내려갔다.

진심에서 우러나온 웃음은 실로 2년 만이었다.

피아노 레슨

1

신칸센을 타고 오사카로 이동하던 중, 정체 모를 묘한 불안감에 휩싸인 것은 무사시코스기의 고층 아파트들이 보이기 시작한 언저리였다. 도쿄에서 출발한 노조미호(號)는 시나가와에 정차했고, 다음 정차 역인 신요코하마로 향했다. 신요코하마를 지나면, 다음 역인 나고야까지 약 한 시간 20분 동안 열차가 멈추지 않는다. 다시 말해 밖으로는 못 나간다는 뜻이다. 그런 생각이 떠오른 순간, 목에서 꿀꺽하는 소리가 나고, 몸이 떨리기 시작했다.

후지와라 도모카는 스물일곱 살의 피아니스트로 1년에 100회가량 무대에 선다. 그중 약 70퍼센트는 지방 공연이다. 그렇다 보니 신칸센을 타는 것도 비행기를 타는 것도 일상적인 일이었고, 특별할 게 없었다. 그런데 지난달부터 전조 비슷한 증상이 나타나며, 장시간 탑승에 긴장감을 느끼게 되었다. 특실 좌석에 그냥 앉아 있는 것뿐인데, 뭐가 그리 불안하냐고 묻는다면 설명할 방법이 없지만, 가만있기가 힘들어서 진땀을 흘리며 견뎌냈던 것이다.

오르골 소리를 본떠 만든 음악에 뒤이어 열차 내 안내 방송이 흘러나왔다.

"오늘도 신칸센을 이용해주셔서 대단히 감사합니다. 잠시 후, 신요코하마에 도착합니다. 신요코하마를 출발하면, 다음 정차 역은 나고야입니다."

"나, 내릴래."

도모카는 엉겁결에 벌떡 일어서며 소리쳤다.

"어, 왜 그러세요?"

옆자리에 앉아 있던 매니저 미야자토가 무슨 일인가 싶어 올려다봤다.

"미야자토 씨. 먼저 가. 난 뒤따라갈 테니까."

"뭐 잊어버린 거라도 있어요?"

"그게 아니고……."

"그럼, 뭔데요?"

신입 매니저인 미야자토가 당혹스러워했다. 고분고분해서

좋지만, 아직 학생티를 못 벗었는지 눈치가 없고, 시간관념이 느슨해서 늘 조바심이 나게 하는 남자다.

"아무튼 내릴게."

"저기, 연주회가 오늘 밤인데요."

"알아. 괜찮아. 아직 점심시간 전이잖아."

그러는 사이에도 열차는 차츰 속도를 낮추며 신요코하마역으로 다가갔다. 서둘러야 해. 도모카는 심장이 두근거렸다. 호흡도 가빠졌다.

도모카가 선반에서 짐 가방을 내리고 하차할 준비를 하자, 심상치 않은 분위기를 감지했는지, 미야자토도 "그럼, 저도 내리겠습니다"라고 말했다.

"저 혼자 먼저 가도 의미 없으니까요."

도모카는 대답하는 시간도 아까워서 통로로 걸어갔다. 열차가 승강장으로 들어섰다. 그러는 중에도 몸이 계속 떨렸다. 열차가 멈추고 문이 열리자, 도모카는 앞으로 고꾸라지듯 승강장에 내려섰다. 비틀비틀 걸어서 벤치에 앉았다. 등받이에 몸을 기대자, 그제야 숨을 깊이 들이마실 수 있었다. 조심성 없는 행동인 줄 알면서도 두 다리를 앞으로 쭉 뻗었다. 온몸에 땀이 흥건했다.

"후지와라 씨, 속이 안 좋으세요? 병원에 갈까요?" 미야자토가 걱정스러운 얼굴로 물었다.

"아냐, 괜찮아." 도모카가 고개를 저었다.

"하지만 후지와라 씨, 얼굴색이 너무 안 좋아요. 과로한 거 아닐까요? 그러고 보니 지난주에도 신칸센으로 이동하던 중에 얼굴이 하얗게 질렸었잖아요. 요즘은 휴일도 전혀 없었고……. 몸이 안 좋으면, 사장님께 전화해서 공연 취소를 타진해볼까요?"

"안 돼. 우리 사장님이 그런 걸 용납할 리 없어."

도모카가 말했다. 소속사 사장은 아티스트의 뒷바라지는 잘하지만, 일에는 엄격하기로 유명했다.

"하지만 컨디션이 나쁘면, 연주도……."

"글쎄, 괜찮다니까. 차 안에 있으면 속이 좀 안 좋아질 뿐이야. 무대에 서는 건 문제없어."

"차멀미라는 말인가요? 멀미하시는 줄은 몰랐어요."

"딱 부러지게 설명하긴 힘들어. 아무튼 차 안에 있는 게 싫은 거야."

"그럼, 어떡해야 할지……."

"고다마로 갈래."

"고다마? 역마다 서는 완행열차, 고다마 말인가요?" 미야자토가 어리둥절해했다.

"맞아. 그거면 괜찮을 것 같아."

도모카가 그렇게 호소하자, 미야자토는 한동안 입을 다물었다가, "알겠습니다. 시간은 걸리겠지만, 저녁 전에는 도착할 테니 늦진 않겠죠"라고 말했다.

마음이 안정됐을 즈음 고다마 열차가 도착해 자유석 칸으로 올라탔다. 지정석과 특실 요금을 날린 셈이지만, 비상 상황인 만큼 어쩔 수가 없었다. 스마트폰으로 도카이도 신칸센의 시각표를 확인해보니, 다음 역인 오다와라까지의 탑승 시간은 15분이었다. 오다와라에서 다음 역인 아타미까지는 고작 8분이었다. 아아, 살았다. 도모카는 그제야 긴장이 풀렸다. 그 정도 시간이면 좌석에서 차분히 버틸 수 있다.

고다마 열차가 신요코하마 역을 출발했다. 자유석이라 어린아이도 있어서 소란스럽긴 했지만, 불안을 떠안은 채로 타고 가는 것보다는 나았다.

"후지와라 씨. 내일 돌아올 때는 어떻게 할까요? 노조미호 지정석을 예매해뒀는데."

미야자토가 물었다.

"미안하지만, 고다마로 변경해줄 수 있을까?"

"알겠습니다."

미야자토가 고분고분하게 대답했다. 다만, 미야자토는 도모카가 정신적으로 불안정하다는 것을 눈치챈 듯했다. 항상 같이 움직이기 때문에 감출 수가 없다. 최근 몇 달간, 도모카는 폐쇄된 공간이 무서웠다. 어쩌다가 이렇게 된 건지, 도저히 짐작조차 할 수 없었다.

오사카에는 오후 4시 넘어 도착했고 연주회는 무사히 끝낼 수 있었다. 연주 중에는 평상시와 다를 바 없었고, 기분이 나빠지는 일도 없었다. 역시 폐쇄된 공간이 질색인 것이다.

그다음 주에는 음대 선배 피아니스트의 연주회에 초대를 받았다. 도쿄에 있는 500석 규모의 콘서트홀에서 개최되는 독주회였다. 초대장을 받았을 때, 맨 마지막 줄의 끝자리를 달라고 요청했건만, 접수처에서 준비해둔 자리는 중앙에 위치한 제일 좋은 객석이었다.

도모카는 그 시점부터 우울해졌다. 가운데 자리라는 말은 도중에 나갈 수가 없다는 뜻이다. 물론 중간에 나갈 생각은 없지만, 두 시간 동안 그 자리에서 가만있어야 한다고 생각하니, 상상만으로도 진땀이 났다.

"실례합니다. 맨 뒷줄 끝자리로 부탁드렸는데요."

도모카가 기어들어가는 목소리로 말했다. 그러자 담당자가 "후지와라 씨에게는 좋은 자리를 준비해드리라는 지시가 위에서 내려왔어요"라며 상큼한 미소와 함께 받아넘겼다. 아무래도 미안해서 그런다고 넘겨짚은 모양이다.

하는 수 없이 지정된 자리에 앉았다. 최소한 관객이라도 많지 않길 기도했지만, 연주회 시작 시간이 가까워질수록 객석이 메워지며 만석이 되었다. 혼자 왔기 때문에 주위는 온통 낯선 사람들뿐이었다.

예정된 시간에 맞춰 연주회는 시작되었고, 선배 피아니스트가 무대에 등장했다. 박수갈채를 받은 후, 모차르트의 피아노소나타를 연주했다. 늘 그렇듯이 훌륭한 연주라 청중들은 넋을 놓고 귀를 기울였다. 다만, 도모카만은 달랐다. 배에서 소리가 날 것 같았다. 요즘 들어서는 늘 그랬다. 영화관에서도 낯선 사람들이 전후좌우를 에워싸면 배에서 꾸르륵 소리가 나기 시작한다. 그래서 언제든 나갈 수 있도록 맨 끝자리만 골라서 예약했다.

큰일 났네. 도모카는 두 손으로 복부를 지그시 누르며, 서서히 조여오는 불안감을 견뎌냈다. 뭐든 다른 생각을 떠올리려 애썼지만, 의식이 향하는 곳은 오직 배뿐이었다.

첫 곡은 가까스로 버텨냈지만, 두 번째 곡인 하이든의 피아노소나타가 시작되고 5분쯤 지난 시점에 "꾸르륵" 하고 배에서 소리가 났다. 아아, 결국 시작됐어—.

도모카는 좌석에서 몸을 꼬며, 옷자락이 스치는 소리인 것처럼 숨겨보려 애썼다. 그러나 옆 사람의 힐끗 쳐다보는 시선을 받자, 더더욱 긴장하는 상황으로 내몰렸다. 클래식 연주회는 조용하게 듣는 것이 기본 매너이기 때문에 재즈나 록을 들을 때처럼 몸을 흔들 수도 없다.

꾸르륵, 꾸르륵, 꾸륵. 또다시 배에서 소리가 났다. 양쪽 옆의 관객이 거슬려하는 기색이 전해졌다. 남의 배에서 나는 소리는 누구라도 듣고 싶지 않다.

도모카는 이를 악물고 버텼다. 약 18분짜리 곡이니 앞으로 10분쯤 지나면 끝난다. 그리고 박수가 쏟아질 때, 밖으로 나가기로 결심했다. 프로그램에 실린 세 번째 곡은 30분이 넘는 무소륵스키의 〈전람회의 그림〉이었다. 도저히 견뎌낼 재간이 없다.

하이든이 끝나고 관객들이 박수를 쳤다. 도모카는 객석에서 일어서서 엉거주춤한 자세로 자리를 떴다. 앉아 있는 한 사람 한 사람에게 "죄송합니다, 죄송합니다"라고 사과하면서 비좁은 객석 사이를 걸어 나왔다. 눈에 띄는 그런 행동은 당연히 무대 위 선배의 눈에도 보였을 게 틀림없다. '저 사람은 도모카?' 하고 알아챘을지도 모른다. 그런 생각을 하니, 미안한 마음이 복받치며, 격렬한 자기혐오가 몰려왔다.

콘서트홀의 문을 열고, 구르듯이 로비로 나왔다. 주최 측 스태프가 의아해하는 시선으로 도모카를 바라보았다. "죄송합니다. 속이 안 좋아서요." 도모카가 먼저 사정을 알렸다. 어지간히 얼굴색이 안 좋았는지, 스태프가 도모카를 소파에 앉히고, 시원한 보리차를 갖다주었다.

도모카는 물컵을 단숨에 비우고, 호흡을 가다듬었다. 식은땀 때문에 블라우스가 등에 들러붙어 있었다. 이렇게까지 현저한 증상은 처음이라 적잖이 동요했다. 이것은 의심할 나위 없이 마음의 병이다. 어떻게든 손을 쓰지 않으면 앞으로는 일을 못 하게 된다. 도모카는 말로 표현할 수 없는 극도의 불안감에 휩싸였다.

사장에게 상의하자, 소속 아티스트의 중대한 사안이라고 판단했는지 바로 병원을 알아봐줘서, 도모카는 정신과 의사에게 진찰을 받아보기로 했다. 클래식 공연 후원처로 늘 이름이 올라오는 '이라부재단'이라는 곳이 있는데, 그 모체가 종합병원이고 정신과도 있어서 문의를 했더니, 재단에서 친절하게 소개장을 써주었던 것이다.

역 앞의 최고 비싼 땅에 지은 이라부 종합병원은 대학병원급의 규모를 자랑했고, 입구와 로비는 일류 호텔로 착각할 만큼 호화로웠다. 역시 이름이 알려진 병원은 달랐다. 접수처에 소개장을 보여주니, 지하 1층에 있는 정신과로 가라고 안내해주었다. 표시를 따라 지하로 통하는 계단을 내려가자, 그곳은 분위기가 완전히 바뀌며 어스름하고 소독약 냄새가 떠다녔다. 너무나 큰 격차에 당혹스러워하면서도 정신과 팻말이 걸린 방의 문을 노크했다. 안에서 "들어오세요-"라는 새된 목소리가 들려왔고, 들어가자 뚱뚱한 중년 의사가 1인용 소파에 앉아 축 처진 눈꼬리로 웃고 있었다.

으윽, 짜증 나. 도모카는 속으로 중얼거렸다. 잘생긴 독신 의사이길 은근히 기도했는데, 세상사란 그리 뜻대로 풀리진 않는 모양이다.

의자를 권해서 자리에 앉았다. 의사의 이름표를 보니 '의학박사 · 이라부 이치로'라고 쓰여 있었다. 이름으로 보아 병원장의 가족인 듯하다.

"후지와라 씨, 클래식 피아니스트라면서? 나도 어릴 때 바이올린 배웠는데. 선생님이 너무 엄해서 오래가진 않았지."

이라부가 무척 친한 사이처럼 허물없이 말했다.

"그러셨군요. 간혹 엄한 선생님이 있긴 하죠."

도모카가 대답했다. 바이올린은 이 남자에게 안 어울리지만, 명문가 자제들이 흔히 배우는 악기다.

"바이올린 활로 칼싸움 장난을 좀 쳤을 뿐인데, 눈을 치켜 뜨면서 이치로 짱은 나가라는 거야. 새해 첫 연습 때, 바이올린을 하고이타('하고'라는 일종의 깃털 공을 쳐 올리고 받고 하는 나무 채) 삼아 놀았을 때는 두 번 다시 오지 말라면서 파문해버렸어. 하하하."

이라부가 배를 문지르며 웃었다. 도모카는 어색한 미소를 지으며, 이곳을 찾은 건 실수였나 하고 속으로 중얼거렸다. 피아노 선생님과 마찬가지로 의사도 복불복이 있다.

"자, 그런데 오늘은 무슨 일로 왔지? 피아노 건반이 바코드로 보여서 무심코 스마트폰을 갖다 댄다거나?"

"아니에요."

"그럼, 무대에 서면 관객이 바보로 보여서 욕을 퍼붓고 싶은 걸 가까스로 참는다거나?"

"아니에요!"

도모카가 격한 말투로 받아쳤다.

"어, 화났어? 농담이야, 농담. 제대로 들을 테니, 얘기해봐."

이라부는 주눅 든 기색도 전혀 없이 이야기를 재촉했다. 도모카는 마음을 가다듬고, 요즘 들어 자기에게 나타난 증상을 말했다. 신칸센 노조미호를 못 타는 것. 연주회에서 사방이 관객으로 둘러싸이면 가만히 앉아 있을 수 없는 것. 가슴이 두근거리면서 의식이 멀어지는 증상도 설명했다.

"흐음 과연, 전형적인 광장공포증(agoraphobia)이군. 흔한 정신 질환이야."

이라부가 바로 대답했다.

"광장공포증? 광장은 넓은 장소라는 의미잖아요? 아니, 저는 딱히 넓은 장소가 무서운 건 아닌데……."

도모카가 되물었다. 그 병명이 확 와닿지 않았다.

"아니, 실은 나도 이 병명은 좀 아니다 싶긴 해. 어원이 그리스어 '아고라'인데, 성벽으로 에워싸인 시장을 의미하는 모양이야. 그러니 실질적으로는 폐쇄된 공간을 의미하지. 신칸센 노조미호가 무서운 이유는 한 시간 이상 그곳에 갇혀 있어야 한다는 공포심 때문이잖아?"

"맞아요, 맞아요." 도모카가 자기도 모르게 집게손가락을 세우고 흔들었다. "연주회장에서도 영화관에서도 마찬가지예요. 언제든 나갈 수 있는 맨 끝자리는 괜찮은데, 사람들이 사방을 에워싼 한가운데 자리면, 배에서 바로 꾸르륵 소리가 나서……."

"흐음 그렇군. 긴장되는 거지. 그럼, 비행기는 훨씬 더 무섭겠네. 열 시간 이상 타고 가야 하는 경우도 있으니까."

"맞아요. 비행기는 근거리라도 못 탈 것 같아요. 좌석에서 일어서서 돌아다닐 수도 없으니까, 안전벨트를 맨 시점부터 패닉 상태가 될 거예요."

도모카가 자기 마음을 제대로 이해했다는 듯이 몸을 내밀었다.

"말이 나온 김에, 화장실은 자주 가는 편인가?"

"아뇨. 평범하다고 생각해요."

"하지만 연주회장이나 영화관에서 모르는 사람들 틈에 끼어 앉으면, 갑자기 소변이 마렵다거나?"

"맞아요, 맞아요. 바로 그거예요."

도모카의 마음속에 안도감이 퍼져나갔다. 드디어 알아주는 사람을 만났다.

"그럼, 시간은 잘 지키는 편인가?"

"물론이죠. 대체로 약속 시간 10분 전에는 도착해요. 오늘도 오후 1시 예약이었는데, 처음 오는 곳인 데다 전철 환승도 불안해서 일찍 집에서 나왔어요. 결국 30분이나 먼저 도착해서 역 주변을 산책했어요."

"역시. 전형적으로 불안장애에 걸리는 타입이군."

이라부가 기쁜 듯이 말했다. 지금 웃을 상황이냐고 따지고 싶었지만, 심각한 표정을 짓는 것보다는 나아서 그냥 넘어갔다.

"말하자면 후지와라 씨는 안 해도 될 걱정까지 해서, 그로 인한 자기암시에 걸려버리는 거야. 배에서 소리가 나면 안 된다고 생각하면, 소리가 난다. 기침을 하면 안 된다고 생각하면, 기침이 나온다."

"정말 그래요. 선생님, 고칠 수 있을까요?"

도모카가 매달리듯 물었다.

"뭐, 심각하게 생각하지 말아야지. 죽음에 이르는 병은 아니니까. 공연지에 도착하지 못해도 기껏해야 공연이 취소되는 거잖아?"

이라부가 볼펜을 코와 윗입술 사이에 끼고 대답했다. 무슨 짓을 하는 건지 도무지 이해가 안 됐다.

"선생님, 연주회가 취소되면 손해가 얼마나 큰지 알기나 하세요? 팬들에게도 피해를 끼치고……."

"이것 봐, 바로 그런 강한 책임감이 마음의 병에는 큰 적이야. 아티스트니까 좀 더 자유분방하게 제멋대로 굴어도 좋잖아? 외국 뮤지션들은 투어 중에도 완전 자기 멋대로 한다던데. 그런 걸 좀 본받아서 일단은 지각부터 시작해보는 거야. 약속 시간 전에 도착하면 스스로에게 페널티. 한번 해봐."

"아아……."

무슨 말인지 제대로 이해도 못 한 채, 건성으로 대답했다.

"일단 주사부터 맞을까. 기력이 약할 때는 비타민 주사가 최고거든. 어-이, 마유미 짱."

이라부가 진찰실 안쪽을 향해 말을 건네자, 커튼이 휙 걷히고 하얀 미니 원피스 가운을 입은 간호사가 카트를 밀며 나타났다. 기분이 언짢은 듯 껌을 질겅거리며 주사를 준비했다. 도모카는 어안이 벙벙해서 그들이 하라는 대로 따를 뿐이었다.

주사기가 피부를 찔렀다. 문득 시선이 느껴져서 돌아보니 이라부가 콧구멍을 벌름거리며 그 모습을 뚫어져라 바라보고 있었다. 여기, 병원 맞지? 마음속으로 자문했다.

"환자분, 피아니스트지? 록은 칠 수 있나?"

주사를 다 놓더니, 마유미라는 간호사가 나른한 말투로 물었다.

"으음, 쳐본 적은 없는데……."

"우리 밴드의 키보드가 갑자기 그만둬버렸어. 그래서 구하고 있거든. 할래?"

"아뇨. 안 해요."

도모카가 빠르게 대답하며 고개를 저었다. 문화권도 서식지도 다르다는 걸 한눈에 알아봤기 때문이다.

"그럼, 한동안 통원해. 치료 프로그램을 짜둘 테니까"라는 이라부.

"아, 네……."

도모카는 조정당한 듯이 대답하고 말았다. 다른 세상으로 잘못 흘러든 것 같은 불가사의한 시간이었지만, 얘기하고 나니 마음이 조금은 가벼워진 느낌이 들었다. 그리고 역시 병에 걸렸음을 자각했다. 빨리 고치지 못하면 해외에도 갈 수 없다.

회사에 들러서 사장에게 진찰받은 내용을 보고하자, 학창 시절부터 돌봐주던 사장이 "도모카는 성실해서 그렇지"라며 걱정스러운 표정을 지었다.

"일을 펑크 낸 적도 없고, 팬들을 대할 때도 정중하고."

"의사 선생님은 아티스트니까 좀 더 자유분방하게 굴어도 되지 않겠냐고 했어요."

"그건 곤란하지만, 적당히 하면 돼. 공연 시간 10분 늦어졌다고 아무도 불평하진 않으니까. 팬들에게도 일일이 다 사인해줄 필요도 없고."

"그런데 사장님, 멋대로 구는 아티스트가 지금까지 있긴 했나요?"

도모카가 물었다. 이라부와 대화를 나누면서 호기심이 생겼기 때문이다.

"그야 엄청나게 많았지. 피아노가 마음에 안 들어서 안 치겠다느니, 드레스가 늦어져서 오늘 밤 공연은 취소하겠다느니……. 불과 얼마 전에도 공연지에 도착하자마자, 갑자기 오늘 밤은 연주하지 않겠다, 돌아가겠다는 말을 꺼낸 외국 첼리스트가 있었어. 매니저에게 물어봤더니, 반주를 맡은 피아니스트가 자기보다 잘생겨서 마음에 안 든다나—. 어린애도 아니고 무슨 짓인가 싶지만, 그게 스타야. 우리는 그저 달랠 수밖에 없지."

"나도 한번 해볼까?" 도모카가 말했다.

"어이어이, 제발 봐줘. 도모카가 인기가 있는 이유는 순수하고 착한 사람이기 때문이야. 그런 평판을 스스로 저버리면 어쩌자는 거야."

사장이 타일렀다. 도모카는 말은 그렇게 해봤지만, 자기는 못 할 거라는 생각에 한숨을 내쉬었다. 이 세계에는 왕과 여왕이 넘쳐난다. 그리고 자신은 그런 타입이 아니었다.

2

다음 주, 도모카는 도쿄의 한 호텔에서 토크와 피아노 연주를 곁들인 티타임쇼가 있어서 나갈 준비를 했다. 스마트폰 구글 지도로 경로를 검색해보니, 지금 시간대에는 택시를 타면 25분 만에 도착한다고 나왔다. 오후 3시 시작이고, 한 시간 전에는 대기실에 도착해주면 좋겠다고 했으니 오후 1시 30분에 집에서 나가면 늦지 않는다는 계산이 나온다.

자, 어떻게 할까. 도모카는 생각에 잠겼다. 평상시 같으면 여유 있게 1시가 지나면 집에서 출발하지만, 그날은 이라부의 말을 떠올렸다. 일단은 지각부터 해볼 것—. 비상식적인 제안이지만, 일리가 있는 것도 사실이었다. 이럴 때 여왕님 타입은, "한 시간이나 먼저 대기실에 도착하라니, 말이 돼?"라고 화를 내며 스케줄을 무시하겠지. 설령 지각을 하더라도 사과하는 사람은 매니저고, 본인은 나 몰라라 한다—.

그래, 나도 해보는 거야, 도모카는 스스로를 설득했다. 이것이 광장공포증 극복과 무슨 관계가 있는지는 잘 모르겠지만, 어쨌거나 걱정 많은 자신을 바꾸고 싶었다.

이른 점심을 먹고, 거울 앞에 앉았다. 의상은 사흘 전부터 정해놔서 그에 맞춰 헤어스타일을 가다듬고, 정성 들여 화장을 했다. "응, 완벽해"라고 혼잣말을 하며 시계를 보니, 12시 반이었다. 한 시간이나 일찍 준비가 끝나버렸다.

도모카는 반성했다. 이게 바로 자신의 결점이다. 시간적 여유를 갖자는 생각에 자기도 모르게 쓸데없이 기다리는 시간을 만들어버린다.

하는 수 없이 텔레비전을 켜고 멍하니 뉴스쇼를 보며 시간을 때웠다. 다시 한번 스마트폰으로 지도를 확인하고, 차량 이동 소요 시간을 봤다. 이번에는 30분이 걸린다고 나왔다. 분명 경로 어딘가에 정체가 발생했겠지. 그런 생각이 들자, 차분할 수가 없었다. 힐끗힐끗 몇 번이나 시계를 쳐다봤다.

문득 택시가 잘 잡힐까 하는 걱정이 들었다. 보통 간선도로까지 나가서 인도에서 기다리면, 바로 빈 차 표시등을 켠 택시가 달려온다.

아니, 하지만 가끔 택시가 잘 안 잡히는 날도 있다. 점심때에는 운전기사도 식사를 하기 때문에 도로를 달리는 택시가 적을 가능성이 높다.

그런 생각이 들자, 점점 더 초조하고 불안해졌다. 시계는 오후 1시를 가리켰다. 나갈까? 도모카는 일어섰다. 집이냐 대기실이냐, 어디에서 시간을 때우느냐의 차이일 뿐이다.

문단속을 하고 맨션을 나왔다. 그러자 바로 빈 택시가 달려와서, 간선도로까지 나갈 필요도 없었다. 그리고 도로가 한가해서 1시 반 전에 호텔에 도착해버렸다.

아-아. 도모카는 얼굴을 찡그리며 스스로를 한심스러워했다. 왜 이렇게 소심할까. 결국 평소와 마찬가지로 약속 시간

전에 도착해버렸다.

지정받은 대기실로 가니, 아직 문이 열려 있지 않아서 하는 수 없이 로비에서 시간을 보냈다. 호텔 측 담당자가 나온 것은 약속 시간 10분 전이고, 매니저 미야자토가 나타난 것은 10분 후였다.

"미야자토 씨, 지각이야." 도모카가 째려보며 말했다.

"죄송합니다." 미야자토는 고개를 숙이기는 했지만, 딱히 주눅 든 기색도 없고, 늦은 이유를 변명하지도 않았다.

그리고 진행자와의 사전 미팅은 10분 만에 끝났다. 도모카는 본공연까지 남아 있는 긴 시간 동안 할 일이 없어서 킨들로 전자책을 읽었다.

결국 2시에 집을 나서도 3시에 공연을 시작하는 데에는 아무런 지장도 없었다는 얘기가 되니, 도모카는 고지식하게 약속 시간을 지키는 자기가 가엽다는 생각까지 들었다. 이라부가 한 말은 옳았다. 나는 지각을 해야 한다.

티타임쇼를 무사히 끝낸 도모카는 택시를 타고 귀갓길에 올랐다. 고슈 가도를 달려 신주쿠 교엔 터널로 들어섰을 때였다. 갑자기 정체가 시작되며 자동차가 멈춰 섰다.

"공사 때문에 막히네요"라고 운전기사가 설명해주었다. 뒷좌석에서 목을 내밀어 살펴보니, 차로 하나를 막고 공사를 진행하고 있었다. 이 터널은 양쪽 출구에 신호가 있어서 아침저녁으로 예외 없이 정체가 빚어지는 것으로 유명하다. 그런데 공사까지 겹쳤으니 그대로 정지해버린 상태가 이어졌다.

그 순간, 도모카의 마음속에서 갑자기 불안감이 솟구쳤다. 설마 여기서……. 도모카는 초조했다. 정체라고 해도 기껏해야 10분이나 20분일 것이다. 한 시간 이상 갇혀 있을 리는 없다. 하지만 위도 좌우도 막혀버린 터널 안에 있으니, 지금까지와는 다른 공포감이 엄습했던 것이다.

정신을 차려보니 무릎이 덜덜 떨리고, 온몸에서 땀이 흘렀다.

"기사님, 여기서 내릴래요." 견딜 수 없어서 하차하겠다고 말했다.

"네? 여기서요?" 운전기사가 깜짝 놀랐다.

"네. 터널에서 나가려면 앞으로 가는 거랑 뒤로 가는 거랑 어느 쪽이 빨라요?"

"글쎄요, 그것까지는……. 한가운데쯤 될까요. 그런데 여기서는 내려드릴 수 없어요. 보행 금지 구역이라 고속도로와 같은 규칙이 적용됩니다."

"부탁이에요. 내려주세요."

도모카가 좌석을 두드리며 호소하자, 운전기사도 심상치 않은 분위기를 눈치챘는지, "책임은 못 집니다"라며 문을 열어주었다.

카드로 계산을 끝내고, 구르듯이 밖으로 나왔다. 도로 가장자리에 폭이 50센티미터쯤 되는 갓길이 있어서 도모카는 펌프스 소리를 울리며 잰걸음으로 앞을 향해 갔다. 도중에 공사 관계자가 여러 명 있어서 도모카를 보고 화들짝 놀랐지만, 사태를 이해하지 못하니 말없이 보내줄 뿐이었다. 도심 터널치고는 상당히 긴 터널을 10분 정도 걸어서 밖으로 나왔다. 비로소 바람을 느낀 도모카는 맥없이 휘청거리며 주저앉았다. 멈춰 선 자동차들에서 이상하게 쳐다보는 시선을 한 몸에 받으며 호흡을 가다듬었다. 한동안 몸의 떨림이 가라앉지 않았다.

"허 저런, 이젠 터널도 못 다니게 된 거야?"

이라부가 쿠키를 집어 들면서 태평한 말투로 물었다. 찬찬히 둘러보니 진찰실 선반에는 피겨와 프라모델이 줄줄이 늘어서서 흡사 아이들 방 같았다.

"모든 터널이 다 그런지는 알 수 없지만, 적어도 신주쿠 교엔 터널은 틀렸어요. 두 번 다시 지날 수 없어요. 돌아서 다녀요."

도모카가 절박한 심정으로 고충을 호소했다. 실제로 기억을 떠올리는 것만으로도 오한이 났다.

"거긴 터널이 기니까-. 하지만 그런 소릴 하기 시작하면, 머지않아 엘리베이터도 10층 이상은 무서워서 못 탈걸."

도모카는 이라부의 말을 듣고 상상해봤다. 분명 초고층 빌딩 엘리베이터에 타면 단시간이긴 하지만, 폐쇄된 공간에 머물러야 한다. 목에서 침이 꿀꺽 넘어가는 소리가 났다.

"그리고 또 처음 가는 장소의 천장을 무서워하는 증상도 있었던가. 뚜껑이 닫힌 것 같아서 공황장애를 일으킨대. 그렇게 되면 자기 집 이외의 실내는 전부 못 들어가게 되는 거지."

"선생님, 겁주지 마세요. 다음부터 의식하게 되잖아요."

"대체로 광장공포증은 그렇게 행동 범위가 점점 좁아져서 마지막에는 집에서 못 나오게 되거든-."

"그만하라니까요! 정말 그렇게 될 것 같잖아요."

도모카가 항의하는 말투로 받아쳤다. 이라부는 마냥 재미있어하는 것처럼 보일 뿐이다.

"그래서 결국 지각은 안 한 거네."

"네, 그래요. 제일 먼저 도착했어요."

"차라리 한 번쯤 무대를 펑크 내보면 어떨까? 뭐든 다 경험이 중요하거든."

이라부가 어처구니없는 말을 꺼냈다.

"펑크를 내요? 말도 안 돼요. 손해배상 청구가 회사로 날아와서 저는 바로 해고될 거예요."

도모카가 즉시 고개를 저었다.

"또 그렇게 바로 나중 일부터 걱정하지. 후지와라 씨의 경우는 세상사를 부정적으로 생각하는 버릇과 강한 책임감이 광장공포증으로 이어진 거야. 좀 더 대담해져야지."

"저도 그러고 싶어요. 그런데 어린 시절부터 남에게 폐를 끼치면 안 된다는 교육을 받아온 걸 어떡해요."

도모카가 받아쳤다. 실제로 부모님에게 엄격한 예의범절 교육을 받았고, 우등생 인생을 걸어왔다.

"그럼, 먼저 행동요법을 시작해볼까. 일단은 비행기가 좋겠지."

"네? 비행기를 탄다고요? 절대 안 돼요. 졸도할 거예요."

도모카가 쏜살같이 대답하며 거절했다. 상상만으로도 온몸이 부르르 떨렸다.

"그럼, 헬리콥터는? 비행기보다 이착륙이 간단하니까 무서워지면 어디든 착륙할 수 있어."

"선생님, 오로지 치료 때문에 헬리콥터를 전세 내겠다는 거예요?"

"우리는 닥터헬기 기지 병원이라 비행 훈련 때 같이 탈 수 있거든."

이라부의 제안에 도모카는 말문이 막혔다. 두렵기는 하지만, 어떻게든 용기를 내지 않으면 광장공포증은 계속 악화될 뿐이다.

"그럼, 내일 어때? 준비해둘게. 그리고 오늘도 주사를 좀 맞을까. 어-이, 마유미 짱."

이라부가 부르자, 오늘도 커튼 너머에서 간호사 마유미가 모습을 드러냈다. 주사를 준비하면서, "있지, 후지와라 씨"라며 말을 건넸다.

"부탁인데, 우리 밴드에서 키보드 좀 쳐줄래? 오디션 보러 오는 건 다 쓰레기들뿐이라 짜증만 나. 그쪽은 외모도 괜찮으니까 틀림없이 인기 있을 거야. 같이 하자."

"저는 록은 칠 수 없어요."

"괜찮아, 괜찮아. 코드만 쳐주면 나머지는 애드리브라도 상관없어. 응? 부탁해. 라이브 공연이 다다음 주거든. 정말 난처해."

마유미가 그렇게 말하며 CD를 강제로 떠안겼다. 재킷을 보니, 화려한 메이크업을 한 여자들로만 구성된 멤버들이 무서운 표정으로 카메라를 노려보는 사진이 담겨 있었다.

그리고 이번에도 주사를 맞았다. 지난번과 마찬가지로 이라부가 콧구멍을 벌름거리며 뚫어져라 쳐다보았다. 정말 너무나 불가사의한 시간이다.

다음 날은 혼자 가기는 불안해서 미야자토를 동반하고 병원을 찾았다. 역 앞에서 만나기로 약속했는데, 미야자토는 평소와 다름없이 10분 늦게 나타났다. 도모카는 10분 일찍 도착했기 때문에 총 20분을 기다린 셈이다.

"당신 말이야, 도대체 왜 그렇게 시간을 안 지켜?"

도모카가 매서운 말투로 쏘아붙이자, 미야자토는 "죄송합니다"라고 고개를 숙였지만, 딱히 반성하는 기색은 보이지 않았다.

한번은 사장이 미야자토에 관해 이렇게 얘기하며 웃었다. "그 녀석은 아마미오시마(일본 규슈 가고시마 현 남부 아마미제도의 주도(主島)) 출신이라, 섬 시간으로 살아가는 거야. 순수하고 성격은 좋은 녀석이니 용서해줘." 남쪽 섬에서는 시간 개념이 느슨할지 모르지만, 아무리 성격이 좋아도 도쿄에서 그렇게 행동하면 그저 민폐일 뿐이다.

이라부의 병원으로 가자, 곧바로 병원 옥상으로 안내해주었다. 거기에는 헬리포트가 있었고, 빨간색과 흰색 페인트로 칠

한 닥터헬기가 이미 준비되어 있었다. 예상했던 것보다 컸다.

"자자, 빨리 타."

이라부가 재촉해서 미야자토와 둘이서 뒷좌석으로 올라탔다. 말이 좌석이지 구급용 들것 옆에 자리한 접이식 벤치였다. 이라부는 조종석에 앉았다.

"선생님, 누가 조종해요?" 설마 하는 마음에 도모카가 물었다.

"내가 하는데"라고 대답하는 이라부.

"헬기 조종 면허 있어요?"

"물론이지. 미국에서 유학할 때 땄어. 그쪽에서는 비교적 쉽게 딸 수 있거든."

"부조종사는 없어요?"

"헬기 정도는 혼자서도 충분해."

"저기요, 나중에 다른 기회에 타기로……."

"안 돼, 안 돼. 치료잖아. 수술이나 마찬가지야."

이라부가 시동을 걸자, 프로펠러가 돌아가며 기체가 눈 깜짝할 사이에 허공으로 떠올랐다.

"야홋-!" 이라부가 괴성을 내질렀다. 기체가 급상승하며 창밖의 지상 풍경이 순식간에 작아졌다. 도모카는 가죽 손잡이처럼 생긴 것을 움켜잡고, 몸을 잔뜩 움츠렸다. 옆에 앉은 미야자토는 한껏 신이 나서 "전 헬리콥터는 난생처음이에요-" 라며 어린애처럼 소리쳤다.

"잠깐만, 난 안 되겠어. 내릴래."

도모카는 핏기가 가셨다. 보나 마나 얼굴은 하얗게 질려 있겠지.

"후지와라 씨, 정말 절경이에요." 미야자토가 창에 찰싹 달라붙어서 말했다. "아-, 도쿄타워 보인다! 스카이트리(도쿄의 랜드마크인 전파 송출용 탑)도! 저기 좀 봐요."

"시끄러워. 입 좀 다물어!"

고함을 치려고 해도 목소리에 힘이 들어가지 않았다. 금방이라도 졸도할 것 같았다.

헬리콥터는 곧이어 수평비행을 시작했고, 다마가와강 상공에서 하구를 향해 날아갔다.

"후지와라 씨, 저것 좀 봐. 후지산이야."

조종석의 이라부가 뒤를 돌아보며 말했다.

"제발 부탁이에요. 내려주세요!" 도모카가 애원했다.

"왜 그래, 속이 안 좋아? 또 부정적인 생각에 빠졌네. 뭐든 다른 생각을 하면 도움이 돼. 저녁 식사로 뭘 먹었는지, 어제 저녁 메뉴부터 기억나는 데까지 거슬러 올라가며 떠올려봐."

이라부의 지시에 따라 어제저녁에 뭘 먹었는지 떠올려보았다. 집에 혼자 있었기 때문에 밥을 하고, 된장국을 만들고, 계란 프라이를 하고, 열빙어를 구워서, 아침 식사 같은 메뉴로 식사를 마쳤다. 그 전날은 피아노 학원 강사 일을 마친 후, 백화점 지하에 들러 유부 초밥과 닭튀김을 사다가 집에서 맥주와 함께 먹었다. 그 전에는 뭘 먹었더라, 으-음…… 아 그래, 집에서 하루 종일 음악 잡지 에세이를 쓰느라 우버이츠로 갈비 도시락을 시켜 먹었다. 그 전에도 집에 혼자 있었으니, 밥을 하고, 된장국을 끓이고, 계란 프라이를 하고, 열빙어를 구워서……. 나란 여자는 얼마나 고독한 사람인가. 남자 친구는 벌써 5년이 넘도록 없었다. 오로지 일만 하는 하루하루다. 앞으로 나는 어떻게 될까. 그런 생각을 하니, 맹렬한 불안감이 엄습했다.

"선생님, 저 역시 내릴래요. 어디 적당한 강변에……."

"에이 뭐야, 저녁 식사가 벌써 안 떠올라? 그럼, 다음은 죽어줬으면 하는 인간 리스트. 넘버원에서 텐까지 한번 가보자-."

"그런 사람, 없어요."

"에이, 착실하긴. 후지와라 씨는 사람이 너무 좋아서 탈이야. 그럼, 매니저랑 끝말잇기라도 해. 어쨌든 주의를 다른 데로 돌리는 게 중요하니까."

"자 그럼, 제가 먼저 시작합니다! 리하르트 슈트라우스." (일

본어로 끝말잇기(しりとり)는 '리' 발음으로 끝나서 '리'로 시작했다. 일본어 인명 발음으로 이어지는 끝말잇기로, 최대한 한국 외래어 표기법에 맞추어 표기하되,여의치 않은 경우 괄호 안에 따로 표기하였다.)

미야자토가 말했다.

"진짜 하겠다고?"

"선생님 지시잖아요."

"그럼, 스, 스, 스트라빈스키."

"키, 키, 키스 에머슨. 앗, '슨'이네." (일본어 끝말잇기는 히라가나 'ん(ㄴ, ㅇ 발음)'으로 끝나면 더 이상 이어지지 않는다.)

"바보! 벌써 끝났잖아!" 도모카가 호되게 윽박질렀다.

헬리콥터는 어느새 하늘을 꽤 오랫동안 날고 있었다. 앞쪽에 바다가 보였다. 도모카는 몸속의 각종 기관들이 붕 떠 있는 느낌이 들었다. 모든 통제 능력을 잃어버린 것 같고 자기 몸 같지가 않았다. 죽음의 공포까지 느껴졌다.

"선생님, 내려주세요."

도모카는 자리에서 일어나 이라부가 있는 곳까지 갔다. 뒤에서 옷깃을 움켜잡고 있는 힘껏 흔들었다. 다음 순간, 헬리콥터가 크게 기울면서 도모카는 기내에서 나뒹굴었다.

"뭐 하는 거야. 위험하잖아! 자리에 얌전히 앉아 있어!" 이라부가 꾸짖었다.

"내려줘-! 내려줘-! 죽을 것 같아-!" 도모카가 소리쳤다. 격렬히 방망이질 치는 심장이 입 밖으로 튀어나올 것 같았다.

"어쩔 수 없군, 호들갑도 정말 대단하네. 그럼, 강변에 야구장이 있으니까 비상착륙할게."

이라부가 헬리콥터의 고도를 낮췄다. 야구장에서는 소년야구 팀이 한창 시합을 하고 있었다. 아이들은 급강하하는 헬리콥터를 올려다보며 거미 새끼가 흩어지듯 이리저리 도망쳤다.

헬리콥터는 외야 잔디밭에 무사히 착륙했다. 이라부가 안에서 슬라이딩 도어를 열자, 도모카는 말 그대로 굴러떨어지듯 내렸다. 잔디밭에 무릎을 꿇고 심호흡을 했다. 살았다. 안도감에 온몸에서 힘이 쭉 빠졌다.

뿔뿔이 흩어졌던 아이들이 이번에는 헬리콥터를 향해 모여들었다. 신기한 듯이 헬리콥터를 에워쌌다. 감독으로 보이는 어른도 다가왔다.

"무슨 일입니까?" 하고 이라부에게 물었다.

"응급환자 이송 중입니다. 기압의 변화로 환자의 상태가 급변해서 응급조치로 착륙했습니다."

이라부가 진지한 표정으로 말했다. 감독은 그 말을 사실로 받아들이고, "수고가 많으십니다"라며 무척 송구스러워했다.

이런 연기자를 봤나, 도모카는 어이가 없어서 말문이 막혔다.

"대박-! 헬리콥터, 이렇게 가까이서 보는 건 처음이야."

"아저씨, 안에도 좀 보여줘요." 아이들이 몸을 내밀며 말했다.

"쉿, 쉿." 이라부가 아이들을 쫓아냈다.

"선생님, 저는 택시 타고 돌아갈게요." 도모카가 말했다.

"안 돼. 좀 거칠지는 몰라도 역요법(逆療法)은 분명하게 일정 정도 효과가 있어. 이걸 견뎌내면 신칸센 따윈 문제도 안 돼. 자, 돌아가자. 얼른 타."

이라부의 명령에 조종이라도 당한 듯이 다시 올라탔다. 프로 피아니스트가 된 후로는 남에게 지시를 받은 적이 없기 때문에 자기도 모르게 따르고 말았다.

"여기까지 30분 가까이 견뎠으니까 돌아가는 길도 견딜 수 있어. 그렇게 하나하나 극복해가면, 광장공포증도 어느새 나을 거야." 이라부가 말했다.

그게 정말이냐고 묻고 싶었지만, 지금 상황에서 의지할 상대는 이라부뿐이기에 믿을 수밖에 없었다.

헬리콥터가 다시 이륙했다. 침이 꿀꺽 넘어갔고, 그 즉시 저절로 다리가 달달 떨리기 시작했다.

"미야자토 씨, 끝말잇기 시작해. 입 다물고 있으면 못 견딜 것 같아." 도모카가 호소했다.

"알겠습니다. 그럼, 다시 '리'부터 시작해서 리치 블랙모아(블랙모어)."

"아, 아, 아말리아 호드리게수(호드리게스)."

"수, 수, 수지 쿼트로."

"누구야, 그건?"

"1970년대 록의 여왕이에요."

"어떻게 그런 것까지 알아!" 도모카가 매섭게 쏘아붙였다.

"우리 아버지가 옛날에 로큰롤 팬이셨어서 어린 시절부터 강제로 들었거든요."

"그럼, 로, 로, 로시니."

"니, 니, 닐스 로프그렌(로프그린)."

"정말 있어? 그런 사람이? 맘대로 꾸며대는 거 아냐?"

"닐 영이나 브루스 스프링스틴 밴드에도 참여했던, 전문가들이 좋아하는 기타리스트예요."

"알았어. 그럼……, 어? 로프그렌이면 '렌'으로 끝나잖아!"

"죄송해요."

"아, 진짜 도움이 안 돼. 처음부터 다시 해!"

"으음 그럼, 리차드 클레이더만(리처드 클레이더먼). 앗……."

"멍청이!"

도모카는 미야자토와 끝말잇기를 하며 가까스로 주의를 딴

데로 돌렸다. 신기하게도 고함을 지르니 공포심이 옅어졌다. 이라부의 행동요법이 어느 정도 효과가 있다는 뜻일까. 하지만 신칸센이나 비행기에서 큰 소리를 낼 수도 없는 노릇이니 실효성은 낮다.

"저기, 후지와라 씨. 모처럼 헬기 탔는데, 다카오산 쪽으로 한번 가볼래?"

이라부가 돌아보며 태평스럽게 물었다.

"안 가요! 지금 하이킹 나왔냐고요!"

도모카가 고함을 질렀다. 고함을 질러대는 동안만은 패닉에서 벗어날 수 있었다.

3

도모카의 광장공포증은 나아질 기미가 전혀 보이지 않을 뿐 아니라, 오히려 악화되는 것 같았다. 며칠 전에는 급기야 고속도로도 못 다니게 되었다. 연주회를 마치고 택시로 귀가하던 중에 수도 고속도로에 정체가 시작됐는데, 채 5분도 못 버티고 "여기서 내릴게요"라고 운전기사에게 말했던 것이다.

물론 고속도로 위에서는 걸을 수 없다. 운전기사는 몹시 당황하며 거부했다. 그러나 도모카가 자신의 병을 밝히자 동정해주며, 밀폐된 장소가 무서우면 창을 열고 몸을 내밀면 어떻겠느냐고 제안해서 타협점을 찾아냈다.

정체된 수도 고속도로에서 차가 다음 나들목까지 가다 서다를 반복하는 동안 도모카는 폭주족처럼 창문 밖으로 몸을 내밀고 있었다. 너무 눈에 띄는 이런 행동은 뒤차의 블랙박스에 고스란히 녹화되어 동영상 사이트에까지 올라갔다. 현대 일본인들은 타인을 구경거리로 만드는 쾌락에 눈을 떠버린 듯하다.

"고속도로에서 차 밖으로 몸을 내밀며 간 여성은 후지와라 씨가 최초 아닐까?"

이라부가 평소와 다름없이 신이 나서 말했다. 어두운 얼굴로 말하는 것보다는 낫지만, 이토록 해맑으면, 남의 병을 재미있어하는 건 아닌지 의심스러워진다.

"선생님, 웃을 일이 아니잖아요. 어떻게 좀 해주세요. 저는 다음 달에 빈에서 개최되는 음악제에 초대받았단 말이에요. 비행기는 도저히 못 탈 것 같고, 이대로라면 초대를 거절할 수밖에 없어요. 그런 생각을 하면 정말 너무 우울하고……."

도모카가 말했다. 빈뿐만이 아니라 파리에서도 뉴욕에서도 올해 공연이 잡혀 있었다.

"수면제 먹고 기절해서 가면 되잖아. 필요하면 강한 걸로 처방해줄 수 있어."

"농담 그만하세요. 근본적인 해결책이 아니잖아요. 난 광장 공포증을 고치고 싶다고요."

"너무 진지하네. 그게 바로 병의 원인인데 말이지. 말이 나온 김에 후지와라 씨, 피아노 연습은 매일 해?"

"물론이죠. 이동하는 날에는 못 할 때도 있지만, 도쿄에 있을 때는 매일 다섯 시간 정도 연습은……."

도모카가 대답했다. 뮤지션이라면 당연한 일이다. 비단 클래식뿐만이 아니다. 재즈든 록이든 뮤지션은 매일같이 연습한다.

"어릴 때부터 계속?"

"네. 저는 다섯 살 때 피아노를 배우기 시작해서 벌써 22년 동안 매일같이 연습하고 있어요."

"그러면 싫어지지 않나?"

이라부가 그야말로 아마추어같이 질문을 던졌다. 지금까지도 여기저기서 들어왔던 질문이다.

"하루 일과예요. 스포츠에도 적용되는 말이지만, 사흘을 쉬면 원래대로 돌아가는 데 일주일은 걸려요. 그래서 쉬면 오히려 더 효율이 떨어진다고요."

"흐흐흣." 이라부가 기분 나쁜 소리를 흘리며 웃었다. "알았다! 후지와라 씨 광장공포증의 근본적인 원인."

"뭔데요?" 도모카가 머뭇머뭇 물었다. 보나 마나 시답잖은 얘기겠지 싶은 안 좋은 예감만 들었다.

"말하자면 후지와라 씨는 피아노에 묶여 있는 거야. 피아노로 인해 행동이 제한됐고, 오랜 세월의 억압에서 언제 일탈할지 모를 자기 자신 때문에 불안을 품게 된 거지. 밀폐된 공간에서 차분히 못 있는 이유는 자유에 대한 잠재적 동경이겠지."

"하아……."

도모카가 한숨을 내쉬었다. 또 무슨 영문 모를 소리를…….

"아마 직업을 바꾸면 광장공포증은 사라질걸."

"선생님, 지금 무슨 소릴 하는 거예요. 피아노는 저의 전부예요."

"그래도 한동안 쉬는 선택지는 가능하잖아. 큰맘 먹고 1년쯤 쉬어보면 어때?"

"절대 안 돼요. 실력이 다 녹슬어버려요."

도모카가 눈을 치켜뜨며 받아쳤다. 아마추어는 잘 알지도 못하면서 아무 말이나 마구 해댄다.

바로 그때, 부르지도 않았는데 커튼이 열리며 간호사 마유미가 성큼성큼 다가왔다. 허리를 굽히고, 도모카를 향해 말했다.

“저기, 잠깐 록으로 전향하는 방법도 있어. 콩쿠르도 아니니까 편하게 연주할 수 있잖아. 우리, 같이 하자. 이번 라이브 공연, 정말 큰일이야.”

“아니, 하지만…….”

“블랙뱀파이어 CD 들어봤어? 우리는 그런지 록(1990년대 초에 유행한 얼터너티브 록 장르)이란 걸 하거든.”

“아 네, 뭐…….”

몇 곡 들어봤지만, 시끄러운 소리에 귀가 아팠다. 절대음감을 가진 클래식 연주자에게 불협화음은 그저 고문일 뿐이었다.

“나 말이야, 후지와라 씨 연주, 유튜브에서 봤는데, 역시 잘해.”

뭐라고? 그야 당연하지. 그런 말이 입 밖으로 튀어나올 뻔했다.

“코드만 쳐주면 돼. 물론 솔로도 가능하면 부탁하고 싶지만.”

“안 돼요.”

“해봐야 아는 거지. 클래식은 악보대로 치는 게 규칙이잖아. 우리는 그런 거 없어. 음 이탈이 나도 아무도 야단 안 쳐.”

"그래, 그래. 한번 해봐. 후지와라 씨는 규칙투성이인 세상을 살아왔으니까 규칙이 전혀 없는 세상을 한번 경험해보면, 뭔가가 바뀌지 않을까? 일단은 변화가 필요해."

이라부까지 부추겼다. 도모카는 무책임한 소리만 하는 두 사람에게 화가 나면서도 한편으로는 짚이는 구석도 있었다. 어린 시절부터 고분고분했던 도모카는 줄곧 우등생 연기를 해왔다. 부모님과 피아노 선생님의 기대에 부응하기 위해 많은 것을 참아왔다. 혹시라도 손가락을 삘까 봐 체육 시간에도 배구와 농구는 그냥 구경만 했다. 지금도 손가락을 다칠지 몰라서 바느질조차 안 한다.

"록은 선생님이 없어. 튀는 놈이 승자니까."

도모카의 속마음을 꿰뚫어 보듯이 마유미가 말했다. 자기도 모르게 마유미와 시선을 마주쳤다.

"자, 일단 주사부터 맞고, 다시 행동요법을 시작해볼까. 고라쿠엔 유원지의 선더돌핀 연속 10회 탑승이랑 오다이바의 대관람차 연속 10회 탑승, 어느 쪽이 좋아?"

이라부가 물었다.

"둘 다 싫어요. 그만 갈게요."

"에이, 그러지 말고. 음 그럼, 한국식 사우나 한증막, 1회 5분씩 10세트는?"

"뭐예요, 그건?"

"커다란 가마 속에 틀어박혀서 뜨거운 열기를 꾹 참아내는 거야. 피자의 심정이 이해될걸."

"거절하겠습니다."

도모카는 모든 제안을 거부하고, 주사를 다 맞은 후 병원을 떠났다. 나는 과연 이 미로에서 벗어날 수 있을까. 한숨만 나왔다.

병원에서 돌아오는 길에 부모님 댁에 들렀다. 아버지는 회사 경영자, 어머니는 스튜어디스 출신의 전업주부인 유복한 가정에서 자랐다. 두 살 위인 오빠는 은행원으로 현재 해외에서 근무 중이다. 이웃 사람들이 부러워하는 엘리트 가정으로 평가받아왔다.

"어머, 피아노 연습하러 왔니?" 엄마가 맞아주며 물었다.

"응. 터치감 확인."

부모님 댁의 방음실에는 깊이가 2미터 이상 되는 스타인웨이가 있어서 가끔 들러서 치곤했다. 큼직한 피아노는 소리가 섬세해서 미묘한 터치까지 표현할 수 있었다.

혼자 피아노 앞에 앉으면 곧바로 집중할 수 있었다. 도모카가 무대에서 긴장하거나 주눅 들지 않는 이유는 자기만의 세계에 빠져들기 때문이다. 신칸센에 피아노를 들고 타서 두 시간 반 동안 연주할 수 있다면, 틀림없이 광장공포증에 휘말리지 않고 오사카까지 무사히 도착할 것이다.

그렇게 한 시간 정도 연습을 마치고, 별생각 없이 방 안을 둘러봤는데, 별안간 오한이 밀려왔다. 천장이 낮아—. 방음 공사를 해서 일반적인 방보다 천장이 낮은 것이다. 거기에 대형 피아노를 들여놨으니 공간이 매우 비좁다. 여기서 10대 시절부터 피아노를 쳐왔다. 그러니 자기 방이나 다름없었다. 그런데도 오늘 갑자기 압박감이 밀려들었다.

한번 그런 생각이 들면, 더는 멈출 수가 없다. 제방이 무너져 내리듯 불안한 마음이 넘쳐흘러 가만있을 수가 없었다.

도모카는 허둥지둥 방음실에서 튀어나왔다. 고꾸라지듯 복도를 지나 거실 소파 위에 엎어졌다. 마침내 중증 상태다. 일단 신경 쓰이기 시작하면, 평상심을 잃어버린다. 앞으로 다시는 방음실에서 연습할 수 없을 것 같다.

"도모카, 왜 그러니?"

부엌에 있던 엄마가 무슨 일인가 싶어 살펴보러 왔다.

"아무것도 아니야. 잠깐 현기증이 나서."

도모카는 대충 얼버무리고 넘어갔다. 광장공포증에 관해 엄마에게 말한 적은 없다. 걱정시키기 싫었고, 그렇게 나약한

딸이었나 하며 엄마가 실망하는 것도 싫었다.

"다음 주 연주회, 엄마 친구들도 같이 들으러 간대. 네가 마지막 연주 맡았지? 엄마도 기대가 많이 돼."

"응, 열심히 할게."

대답은 그렇게 했지만, 도모카는 불안만 자꾸 쌓여갔다. 다음 주 연주회는 500석 규모의 전용 홀에서 젊은 피아니스트들이 경연을 벌이는 행사다. 기업에서 개최하는 자선 행사라 많은 관객이 공연장을 찾는다. 게다가 위성방송 채널 녹화도 한다. 어떤 계기로든 불안감이 머릿속에서 고개를 쳐들면, 그 자리에서 도망쳐버릴지도 모른다. 지난번에 이라부가 말했다. 천장이 있다는 사실만으로도 공포를 느끼는 사례도 있다고.

자선 연주회 당일, 도모카는 일찌감치 공연장으로 가서 피아노 연습을 했다. 음색과 터치감을 확인하고, 힐끗 천장을 올려다본 순간, 차디찬 물이 몸속 구석구석을 훑고 지나가는 느낌이 들었다.

"저 조명, 너무 낮지 않나?"

도모카가 평소와 다름없이 10분 지각한 미야자토에게 물었다. 샹들리에를 본떠 만든 LED 조명이 그날따라 유난히 낮아 보였다. 아니, 실제로 낮다.

"방송 녹화가 있어서 평소보다 조명을 밝게 하려는 의도 같은데요."

미야자토가 대답했다.

"저기, 조금만 높여달라고 부탁하고 와."

안 될 거라 생각하면서도 일단 말은 한번 해봤다. 예상대로 이쪽 부탁을 들어주지는 않았다. 어쨌든 일단 신경이 쓰이는 단계부터는 높이가 문제가 아니다. 압박감이 문제인 것이다.

연주회는 신인의 무대로 시작되었다. 도모카는 대기실에서 차례를 기다리는 동안 스도쿠 퍼즐을 풀었다. 주의를 다른 데로 돌리지 않으면, 조금 전에 본 천장 조명이 눈앞에 아른거려 안절부절못하기 때문이다.

"후지와라 씨, 지금 뭐 해요?"

미야자토가 들여다보며 물었다.

"시끄러워. 조용히 해."

뿌리치는 손짓을 하고, 퍼즐을 계속 풀었다. 그러나 10분 만에 다리가 달달 떨리기 시작했다. 그렇게 되면 가만있기가 힘들다.

"저기, 우리 끝말잇기 하자." 도모카가 연필을 내동댕이치고 말했다.

"또요?" 미야자토가 눈썹을 찡그렸다.

"됐으니까, 빨리!"

"그럼, 리하르트 바그나(바그너)."

"나, 나, 나카미치 이쿠요(仲道郁代, 일본의 여성 피아니스트)."

"요, 요, 요한 제바스티안 바하(바흐)."

"미야자토 씨, 사실은 인텔리였어? 으으음, 하, 하, 하이페츠."

"츠, 츠, 츠바키 산주로(椿三十郎, 1962년에 개봉한 시대극 일본 영화)."

"왜 갑자기 그쪽으로 가!"

"아버지가 구로사와 감독 영화 팬이라 어린 시절부터 강제로 봤거든요."

"그럼, 로, 로, 로버트 드니로."

"로, 로, 로라 니로."

"로, 로, 지금 일부러 그러는 거지!"

고함을 치자 기분이 좀 풀렸다. 적어도 시간은 그럭저럭 흘려보냈으니까.

연주회는 순조롭게 진행되고, 마침내 도모카 차례가 되었다. 진정하자고 스스로를 타이르고, 무대 왼쪽에서 고개를 살짝 숙인 자세로 무대 중앙으로 걸어갔다. 천장에 매달린 조명을 보고 싶지 않아서였다. 관객들의 박수갈채를 받으며 피아노로 향했다. 첫 번째 곡은 바흐의 〈G선상의 아리아〉다. 심호흡을 하고 연주를 시작했다. 손가락은 그럭저럭 평소처럼 움직여주었다. 이어서 〈골드베르크 변주곡〉으로 들어갔고, 1번 변주부터 차례로 연주해나갔다. 그리고 쉼표 때, 무심코 시선을 들었는데, 천장에 매달린 조명이 눈에 들어왔다.

안 돼, 그런 생각을 하기도 전에 등줄기로 오한이 훑고 지나갔다. 팔꿈치가 떨려서 터치에 실수가 생겼다. 도모카는 당황했다. 어떻게든 다시 정신줄을 잡아야 해.

'로, 로, 로베르 앙리코. 코, 코, 코코 샤네루(샤넬). 루, 루, 루이 암스트롱그(암스트롱). 그, 그, 그렌(글렌) 굴드…….'

어쩌자고 피아노를 치면서 혼자 끝말잇기를 하는 것인가. 애당초 연주 중에 다른 생각을 하는 것은 꿈에도 상상하지 못했다.

"드, 드."

도모카는 또다시 소스라치게 놀랐다. 이번에는 실제로 소리를 내고 있었다. 이거야말로 흡사 글렌 굴드가 아닌가—.

"으음-, 음-" 얼버무리기 위해 허밍을 했다.

글렌 굴드는 20세기를 대표하는 명피아니스트지만, 기인으로도 유명했다. 그는 한창 연주를 하다 다른 선율을 노래했다. 그의 CD를 들어보면, 나지막이 신음처럼 읊조리는 소리가 들어 있는데, 이것은 녹음기사가 아무리 주의를 줘도 허밍을 멈추지 않았기 때문이다.

"으음-, 음-."

이제 와서 그만둘 수도 없는 노릇이라 도모카는 허밍을 계속했다. 관객들이 당황해하는 분위기가 전해졌다. 이젠 될 대로 되라는 자포자기 심정이었다. 원래 클래식 분야는 게이와 괴짜뿐이라고 일컬리는 세계다.

그렇다, 굴드는 콘서트를 거부한 피아니스트이기도 했다. 비행기가 싫어서 투어도 다니지 않았다. 굴드는 실은 광장공포증이 있었던 게 아닐까? 맞아, 틀림없어—.

정신이 나간 상태로 연주를 마치고 의자에서 일어서자, 객석에서는 우레와 같은 기립 박수가 쏟아졌다. 그러나 절반 정도였다. 발그레해진 얼굴로 있는 힘껏 박수를 치는 사람과 당혹스러운 표정으로 그대로 앉아 있는 사람이 정확히 반으로 갈렸다. 엄마가 있는 쪽으로는 눈을 돌릴 수가 없었다. 보나마나 화가 났을 게 틀림없다.

결국 저질러버렸네-. 도모카는 그쯤에서 핏기가 싹 가셨다. 클래식계의 떠오르는 별이라 불리며 청초한 이미지로 인기를 끌어왔다. 오늘 연주가 방송에 나가면, 지금까지의 팬들은 당혹스러워하며 어느 정도는 떠나버리겠지.

“후지와라 씨, 멋진 공연이었어요.”

대기실로 돌아가자, 미야자토가 흥분한 표정으로 말했다. 피아니스트 몇 명도 “대단했어요”라며 놀라워했다. 그러나 어색한 표정을 짓는 사람도 많았다. 역시 나는 사고를 치고 만 것이다.

“뭐 어때, 그 정도 가지고. 뒷말하고 싶은 사람은 하라고 해. 누구나 콧노래 정도는 불러.”

이라부는 평상시와 다름없이 가벼운 말투였다. 오늘은 책상에서 피겨를 조립하면서 그야말로 콧노래를 곁들인 상담이었다. 뭐 이런 의사가 다 있나, 기가 막힐 지경이었지만, 얼렁뚱땅한 이런 태도에 치유가 되는 것도 사실이었다. 사람은 적당히 살아도 좋을지 모르겠다.

“하지만 천장 샹들리에에 공포를 느끼게 됐어요. 이제 홀에서 개최하는 연주회는 못 해요.”

“그러니까 좀 쉬라니까. 생활이 곤란한 것도 아니잖아?”

“그렇긴 하지만, 지위는 잃어버려요.”

“괜찮아. 언젠가는 나을 거야. 그다음에 복귀하면 되지.”

“언젠가라니, 그게 언제죠?”

"그거야 후지와라 씨가 하기 나름이지. 원래 불안장애라는 건 죽을병도 아니고 불치병도 아니야, 대범하게 대응하는 게 최고라고. 기분 전환 삼아 한동안 남쪽 섬에서 느긋하게 보내면 어때?"

이라부가 핀셋으로 피겨 부품을 조립하면서 태평한 말투로 얘기했다. 도모카는 울고 싶은 심정이었다. 말이 되는 소리를 해야지, 남쪽 섬에 가려면 일단 비행기부터 타야 하지 않나.

그쯤에서 커튼 너머에서 마유미가 나타났다. "부탁이야. 정말 발등에 불이 떨어졌어. 라이브가 내일모레로 코앞에 닥쳤단 말이야." 그렇게 말하며 진지한 표정으로 두 손을 기도하듯 모았다.

"키보드가 없어도 기타가 대신할 수 있잖아요?"

도모카가 차갑게 받아쳤다. 록이나 재즈는 얼마든지 편곡할 수 있을 터였다.

"저기 말이지, 비틀스의 〈돈트 렛 미 다운〉이 명곡인 이유는 빌리 프레스턴의 전자피아노 반주가 있었기 때문이야. 우리한테도 그런 곡이 있단 말이지."

모르는 곡을 예로 들었지만, 설득력은 있었다. 명곡에는 장르를 불문하고 결정적인 순간이 있고, 그 파트는 악기 대체가 불가능하다.

"응? 부탁해. 그쪽 CD, 공연장에서 백 장은 팔아줄게."

마유미가 또다시 애원했다. 도모카는 맥이 풀렸다. 나는 과연 뭘 하러 병원에 다니는 걸까.

4

결국 도모카는 마유미 밴드의 라이브 공연에 조력자로 참가하기로 했다. 이대로 가만히 팔짱만 끼고 있어봐야 병이 나을 것 같지도 않았고, 이라부의 말대로 기분 전환이 필요하다는 생각이 들어서다. 어차피 한 번뿐이고 아무도 보지 않는다. 물론 회사에는 비밀이다.

공연 시작 두 시간 전, 공연 장소인 가부키초의 라이브 클럽으로 갔다. 신주쿠의 가부키초를 걸어가다니, 아마도 음대생 시절 이래로 처음이지 싶다. 너저분한 분위기, 도로 곳곳에 널브러진 쓰레기에 얼굴을 찌푸리며 향한 목적지는 낡은 빌딩의 지하였고, 그것만으로도 계단을 내려가기가 망설여졌다. 이런 곳에서 화재가 나면 몰살당하겠지.

리허설이 이미 시작됐는지, 지하에서 소리가 새어 나왔다. 각오를 다지고 계단을 내려가 문을 열자, 마유미를 포함한 여자 세 명이 무대에 있었다.

"왔다–, 고마워!"

마유미가 달려와서 도모카를 껴안았다. 그러고는 멤버를 소개했다. 나머지 두 사람도 도모카가 지금까지의 인생에서 만난 적이 없는, 천연덕스러운 인상의 소유자였다. 드럼을 담당하는 사람은 팔에 장미 타투가 새겨져 있었는데, '뭐야, 저 여자는?' 하는 시선을 던졌다. 원피스에 펌프스를 신은 차림으로 나타난 도모카는 이곳에서는 외계인이었다.

곧바로 리허설에 참가했다. 다루게 될 악기는 펜더(Fender) 사의 전자피아노인데, 쳐보는 건 처음이지만 좋은 악기라는 사실은 알고 있었다. 시험 삼아 두드려봤는데, 모나지 않은 부드러운 음색에 감탄했다. 이런 악기로 록 음악을 하는 게 아깝다는 생각까지 들었다.

"저기, 내가 전에 말했던 곡 말인데, 이게 악보야."

마유미가 거의 휘갈겨 쓰다시피 한 악보를 건넸다. 제목은 〈피아노 레슨〉. 아하 과연, 이러니 피아노가 빠지면 말이 안 되는구나. 악보를 눈으로 따라가며 가볍게 허밍을 했다.

"말도 안 돼. 악보를 처음 보고 멜로디를 안다고?" 베이스 담당이 놀라서 소리쳤다.

"물론이죠. 여러분은 아니에요?" 도모카가 물었다.

"악보 읽을 수 있는 사람은 마유미뿐이야. 우리는 감각이고."

"난 읽을 줄은 알지만, 소리를 내보지 않으면 몰라."

마유미가 고개를 저었다. 아무래도 정규 음악교육을 받은 사람은 아무도 없는 듯했다.

가볍게 음을 맞춰보고 곡을 연주하기 시작했다. 〈피아노 레슨〉은 분명 좋은 곡이었다. 시끄러운 밴드라고만 생각했는데, 레퍼토리에 발라드도 있는 듯했다. 다른 무엇보다 가사가 멋졌다. "피아노는 바다, 누구라도 빠져들 수 있어. 피아노는 산, 누구라도 오를 수 있어. 피아노는 하늘, 누구라도 날 수 있어. 피아노는 숲, 누구라도 들어갈 수 있어……." 이렇게 잇달아 운을 밟으며 진행된다. 그리고 하이라이트 후렴 부분에서는 "그러나 피아노는 누구의 것도 아니야"라고 되풀이한다. 피아노는 이 세계의 은유겠지. 아무래도 마유미가 작사한 듯했다. 도모카는 순순히 공감했다. 도모카에게도 피아노는 세계이며, 누구도 따르지 않는 도도한 고양이 같은 존재다. 다시 말해 누구에게나 평등하며, 복종하지 않는다.

"그런데, 여러분. 튜닝이 안 된 것 같은데요." 도모카가 말했다.

"상관없어, 그런 건." 드러머 여성이 받아쳤다.

"아니. 이왕 하는 라이브니까 음이 맞는 게 좋겠어요."

도모카는 익숙하지 않은 악기이긴 했지만, 기타, 베이스, 드럼을 차례로 튜닝해갔다.

"역시 귀가 좋은 사람은 다르네." 베이스 담당자가 감탄했다.

코드 진행이 단순해서 대부분의 곡은 한 번만 연주해도 머릿속에 들어왔다. 애드리브로 솔로를 넣거나 기타와 유니슨(unison, 많은 악기가 동시에 같은 선율을 연주하는 것)을 맞춰보기도 하자, 도모카를 바라보는 마유미 일행의 눈빛이 바뀌었다.

그러나 도모카 역시 그녀들의 놀라운 반사 신경에 감탄했다. 테니스 랠리처럼 멤버들끼리 쨍강쨍강 칼날을 부딪치는 응수가 있었던 것이다.

그에 관해 물으니, 마유미가 "록은 같은 연주를 두 번 할 수 없거든"이라고 대답해서 도모카는 돌연 눈이 확 뜨인 기분이 들었다. 클래식은 기본적으로는 악보대로 따른다. 연주에 완성도 차이가 나긴 하지만. 그녀들은 간단한 약속 사항 외에는 거의 자유롭게 연주했다.

일단 대기실로 들어간 멤버들은 의상을 갈아입고 메이크업을 했다. 가죽 슈트를 입은 마유미는 거의 SM의 여왕님이었다.

"저기, 당신, 그 옷으로 할 거야?" 드러머가 도모카에게 물었다.

"미안해요. 무대의상은 준비 못 했어요. 있어도 드레스뿐이고."

"그럼, 나한테 여벌이 있으니까 그걸로 갈아입어."

마유미가 그렇게 말하며 트렁크에서 가죽 의상을 꺼냈다. 도모카가 건네받아 펼쳐보니 버니걸 의상과 비슷한 섹시한 옷이었다. 게다가 망사 스타킹까지.

"나보고 이걸 입으라고?" 도모카가 얼굴을 찡그리며 물었다.

"뭐 어때. 어차피 라이브 공연장에 아는 사람도 없잖아? 부끄러워할 이유가 없지. 오늘 하루만 변신해봐."

마유미가 너무 아무렇지 않게 말해서, 도모카도 '뭐, 괜찮겠지' 하는 기분이 들었다. 이런 기회라도 없으면 평생 인연이 없을 의상이다.

내친김에 짙은 화장도 했다. 화장대 거울에 비친 자기 모습을 보며, 엄마가 이 모습을 보면 졸도하겠지 하고, 마치 남의 일처럼 생각했다. 도모카 안에서 잠시 현실과 괴리되는 감각이 느껴졌다. 그래, 나는 변신한 것이다.

마유미가 옆으로 다가와 귓속말을 했다.

"있잖아, 우리 라이브, 매번 미친 듯이 날뛰니까 너무 놀라지 마. 드러머가 난폭한 여자라 팬이랑 아무렇지 않게 싸우기도 해. 팬들도 그걸 재미있어하면서 도발하니까, 이제는 싸움이 거의 레퍼토리가 됐지."

"하아……."

도모카도 잘은 모르겠지만 위험하고 뒤숭숭한 곳에 온 것 같다고 자각하고 있었기에 그냥 흘려듣기로 했다. 인생 최초의 록 콘서트인데 무대에 서는 쪽이 될 줄이야. 내심 만화 같은 전개가 재미있기도 했다.

"이제 곧 공연 시작하겠습니다~." 공연장 스태프가 와서 알렸다. "오늘도 객석이 다 찼어요. 소방서에서 잔소리가 심하니, 오늘은 화기 엄금 부탁드립니다~."

"화기 엄금이라니?" 도모카가 마유미에게 물었다.

"미친 드러머가 가끔 입으로 불을 내뿜는 퍼포먼스를 하거든."

이번에는 못 들은 걸로 하기로 했다.

공연 시작 시간이 되어 객석의 조명이 꺼졌다. 땅울림 같은 환호성이 솟구쳤다. 넷이 둥그렇게 원을 짰고, 마유미가 크게 소리를 질렀다.

"준비됐나~! 정신 집중하고 출발~!"

"아자~!"

도모카도 큰 소리로 응했다. 왠지 사내아이가 된 기분이었다.

조명을 들쓰며 무대로 등장했다. 폭풍 같은 환호성. 쿵쿵쿵 바닥을 구르는 소리. 올 스탠딩 공연에 300명은 들어온 것 같았다. 도모카는 3000명 규모 홀을 경험한 적도 있지만, 그때와는 열기의 종류가 달랐다. 부글부글 끓어오르는 기름 가마솥이 눈앞에 있는 느낌이었다. 팬의 비율은 남녀 반반. 모두 젊은이였다. 그래. 잊어버렸었네. 나도 아직 젊은이야.

드러머가 하이햇(hihat, 드럼 세트의 일부분인 발로 치는 심벌즈)을 밟아 카운트를 하며 첫 번째 곡이 시작되었다. 속사포 같은 비트가 공연장에 들끓었다. 그에 맞춰 관객들은 깡충깡충 뛰었고, 사람들 물결이 전후좌우로 꿈틀거렸다. 도모카는 분위기에 압도되어 피아노 치는 것도 잊어버렸다. 안 돼, 안 돼. 허둥지둥 곡에 맞춰 연주를 시작했다.

첫 곡이 끝나자, 마유미가 도모카를 소개했다.

"오늘은 새로운 멤버를 소개할게. 키보드! 도모카!"

"우아아-악!" 우렁찬 함성이 솟구쳤다. 귀엽게 생겼네. 자만심인지 모르지만, 그런 반응이 느껴졌다.

도모카는 어떻게 해야 할지 몰라 의자에서 일어서서 관객을 향해 꾸벅 인사를 했다. "하하하" 하는 웃음소리가 일었다. 마유미를 보니 그녀도 씁쓸하게 웃고 있었다. 그래, 클래식이 아니잖아.

두 번째 곡은 또다시 빠른 선율. 일부 관객이 빽빽이 들어찬 사람들 머리 위로 올라가 날치가 뛰어오르듯 파도를 탔다. 도모카는 너무 놀라 멍하니 쳐다보았다. 여기에 모인 이들은 지금껏 만난 적조차 없는 부류의 사람들이었다. 세 번째 곡은 분위기가 확 바뀌며, 차분하게 들려주는 호흡이 긴 곡으로, 마유미가 말을 하듯 노래를 불렀다. 도모카는 이 곡은 시 낭송이라고 이해했다. 마유미는 시인인 것이다. 잘은 모르겠지만, 밥 딜런도 이런 느낌일까. 관객도 이때만은 조용하게 귀를 기울였다.

그리고 네 번째 곡은 드디어 〈피아노 레슨〉. 기타 인트로만으로도 어마어마한 환호성이 솟구쳤고, 공연장이 하나가 되어 노래했다. 도모카의 피아노는 어디까지나 반주였지만, 보컬 사이사이에 작은 새의 지저귐처럼 들어갔다. 새삼 좋은 곡이라는 생각이 들며, 가슴이 뜨거워졌다. 세계는 넓다. 수많은 재능들이 아직 발견되지 못했다.

그리고 다섯 번째 곡에서 드러머가 마이크를 잡았다.

"야, 니들-, 준비됐나-앗-?"

"예-이!"

관객들과 호흡을 맞추는 콜 앤드 리스폰스로 격렬한 곡이 시작되었다. 드러머가 "개!"라고 고함을 치자, 관객도 "개!"라고 따라 외쳤다. 인상으로만 치면 서로 욕설을 퍼붓는 느낌이었다.

"너랑 할 바엔 개랑 한다-!"

세상에 이런 무지막지한 가사가 있었단 말인가. 도모카는 말문이 막혔다. 저 드러머의 엄마는 어떤 사람일까 불현듯 상상해봤다. 보나 마나 세상 물정에 빠삭한 탁 트인 엄마겠지. 반쯤은 부러웠다.

바로 그때, 검고 조그만 물체 몇 개가 무대 쪽으로 날아들었다. 무슨 일인가 하며 목을 움츠렸다. 바닥에 어지럽게 흩어진 것들을 보니 개 사료였다.

아마도 첫 번째 투척이 신호였는지, 연달아 개 사료가 날아들었다. 도모카에게도 날아와 부딪쳤다. "아얏!" 무심코 비명을 질렀다.

"야 니들-, 먼저 도발했단 말이지-!"

드러머가 일어서더니, 개 사료를 주워서 관객을 향해 내던졌다. 그때부터 눈싸움이 아닌 개 사료 싸움이 시작되었다. 마유미도 던지며 반격했다. 상대가 관객인데도, "이 바보 새끼들아-!"라며 욕설을 퍼부었다.

갑자기 시야에 하얀 물체가 나타나더니, 도모카 쪽으로 날아왔다. 다음 순간, 얼굴을 정면으로 강타했다. 화장실 휴지였다. 종이라도 얼굴에 맞으니 아팠다. 눈에 눈물이 번졌다. 도모카는 연주를 중단하고, 그걸 집어서 관객을 향해 있는 힘껏 내던졌다.

"이 멍청이야-!" 소리도 질렀다.

어머. 내가 지금 엄청난 말을 해버렸네—. 또 다른 자기가 소스라치게 놀랐다. 마유미가 도모카를 보며 피식 웃었다. 동료로 인정받은 느낌이 들었다.

"이 멍청이야-!"

또다시 외쳤다. 그때마다 마음과 몸이 가벼워졌다.

드러머가 무대 앞으로 나왔다. 어느새 손에는 불길을 내뿜는 토치를 들고 있었다.

"바보야-! 멈춰-!" 마유미가 당황해서 고함을 질렀다.

드러머는 무슨 액체 같은 걸 입에 머금더니, 토치 불길을 향해 내뿜었다. "뷰우욱" 하는 소리와 함께 화염방사기처럼 불길이 허공으로 치솟았다.

객석은 완전히 열광의 도가니였다. 이제는 기괴한 축제의 양상까지 나타났다.

다음 순간, 천장에서 물이 쏟아져 내렸다. 스프링클러가 작동한 것이다.

"내가 하지 말랬지-! 이제 어떡할 거야-!"

물이 쏟아지는 가운데 연주는 계속되었다. 드러머도 자리로 돌아가서 고속으로 드럼 탐을 난타했다. 도모카도 필사적으로 전자피아노 건반을 두드렸다. 이젠 뭐가 뭔지 알 수가 없었다. 키고 코드고 아무 상관 없었다. 모두가 원하는 건 노이즈였다.

쏟아지는 물에 흠뻑 젖어들면서 도모카는 상쾌함을 느꼈다. 이런 밤이 있다니. 하지만 오길 잘했다. 몸속에 쌓여 있던 모든 것을 토해낸 기분이 들었다.

라이브는 약 한 시간 만에 종료되었고, 모두 물에 빠진 생쥐 꼴이었다. 이미 넋을 잃었다. 화장도 머리도 엉망진창이었다. 워우-! 워우-! 팬들의 포효는 듣기에 따라서는 '브라보'로 들리기도 했다. 도모카는 무대에서 공연장을 둘러보았다. 이렇게 비좁은 공간인데, 용케 아무렇지 않게 한 시간이나 머물렀던 것이다. 어제까지였으면 불안감에 못 이겨 벌써 도망쳐버렸겠지.

다시 한번, 이번에는 천천히 공연장을 둘러보았다. 나, 어쩌면 나았을지도—. 멈출 줄 모르는 환호성을 들으며 도모카는 자기 자신에게 말했다.

다음 달, 도모카는 아마미오시마섬으로 갔다. 사장이 난데없이 남쪽 섬에서 콘서트를 기획해서 공연하러 가게 된 것이다.

“이왕 간 김에 일주일 정도 느긋하게 쉬다 와. 아마미는 미야자토의 고향이니까, 그 녀석이 다 알아서 준비해주겠지.”

사장은 그렇게 말하며 휴가까지 주었다.

비행기로 이동하는 것은 아주 질색이었는데, 도모카는 별다른 경계 없이 자연스럽게 제안을 받아들였다. 그리고 딱히 불안감에 휩싸이지도 않고, 두 시간이 조금 넘는 비행 동안 기내에서 시간을 보낼 수 있었다. 해냈어-. 도모카는 속으로 스스로를 축복했다.

도착 후, 마유미에게 비행기를 탔다고 문자를 보내자, 그에 대한 대답은 하지도 않고, ‘드러머 잘라버렸어. 누구 괜찮은 사람 없어?’라는 답장이 왔다. 정말이지 못 말리는 사람들이야—. 웃음이 솟구쳤다.

아마미에는 훌륭한 뮤직홀도 있지만, 일부러 공연장을 야외 특설 무대로 선택했다. 아직 여름의 잔향이 남아 있는 시기에 관객들이 맥주라도 마시며 편안하게 클래식 음악을 즐겨주길 바라는 취지에서였다. 그래서 도모카의 의상도 드레스가 아니었다. 짧은 바지에 오시마 명주(아마미오시마섬의 전통 공예품)로 만든 알로하셔츠다.

낮에 섬을 관광하며 아마미의 대자연을 만끽하고 공연장으로 가자, 아직 아무도 없었다. 스태프도 한가하게 담소를 나누고 있었다.

"저기, 공연 시간 맞아?" 도모카가 물었다.

"네. 일단 6시에 개장해서 7시에 공연 시작합니다."

미야자토가 대답했다. 시곗바늘은 오후 6시를 가리키고 있었다.

오후 7시, 공연 시작 시간이 되어도 자리는 절반도 차지 않았다. 모두 맥주를 마시며 느긋하게 쉬고 있었다.

"티켓 매진된 거 아니었어?"

"매진됐어요."

"그런데 왜 절반이 공석이야?"

"7시 시작이면, 관객들은 대부분 8시쯤에……."

미야자토가 말하기 곤란한 듯이 대답했다.

"진짜?"

"죄송합니다. 아마미 사람들은 자유로워요. 역사를 거슬러 올라가면 류큐 문화권이라 야마토 문화와는 좀 달라서……. 도쿄 사람이 보면, 시간 개념이 느슨하다고 할지 모르지만, 우리는 계속 이렇게 살아왔고, 이대로도 행복해요."

도모카는 '뭐, 아무렴 어때' 하는 기분이 들었다. 계획된 시간대로 일이 흘러가지 않는 나라가 훨씬 더 많다. 거기에 일일이 조바심을 내는 게 실은 극히 소수파인 것이다.

"나도 맥주나 마실까." 도모카가 말했다.

"제가 사 올게요." 미야자토가 일어나 매점으로 달려갔다.

하늘을 올려다보니, 도쿄와는 사실상 시차가 있기 때문에 아직 어스름한 빛을 머금은 황혼 녘이었다.

그래. 시차가 있단 말이지. 그럼, 어쩔 수 없지—. 도모카는 마음속으로 중얼거렸다.

퍼레이드

1

벌써 일주일째 누구와도 대화를 나누지 않았다는 사실을 알아챈 것은 심야 시간에 요시노야에서 규동 보통을 먹던 중이었다. 간선도로 변에 있는 그 가게는 24시간 영업이라 트럭이나 택시 운전기사가 많이 이용하기 때문에 하루 종일 손님 발길이 끊일 새가 없지만, 아무래도 자정이 지나면 한산해진다. 그런 시간대에 혼자 규동을 서둘러 먹어치우는 게 일주일에 한 번 정도 있는 유야의 루틴이었다. 가게가 한가해서 들어가기도 부담 없고, 원룸 맨션에서 자전거로 10분 정도면 갈 수 있었다.

별생각 없이 주방을 바라보며 일하는 사람이 지난주와 똑같구나 생각한 순간, 그동안 대화를 나눈 상대라곤 편의점이나 음식점 점원 이외에는 없다는 사실을 깨달았고, 곧이어 등줄기로 섬뜩한 오한이 훑고 지나갔다. 스무 살 젊은이가 이게 대체 무슨 상황이란 말인가. 최근 2년 동안 나는 줄곧 외톨이였다.

얼굴을 들자, 정면에 보이는 유리창에 자기 모습이 비쳤다. 너무나 고독한 청년 같아서 똑바로 쳐다볼 수 없어 허둥지둥 시선을 돌려버렸다.

기타노 유야는 도쿄에서 혼자 생활하는 대학교 3학년 학생이다. 야마가타 현에서 나고 자랐고, 그 지역 고등학교를 졸업한 후, 도쿄에 있는 사립대학의 인간과학부에 진학했다. 누구나 다 아는 유명한 대학이었고, 3형제 중 막내이기도 해서 그런지, 부모님도 흔쾌히 도쿄로 유학을 보내주었다. 그는 과수원을 운영하며 3대가 함께 사는 대가족에서 아무런 부족함도 없이 유복하게 성장했다. 집에서 충분한 돈을 보내주는 덕분에 도쿄에서 아르바이트를 안 해도 된다. 할머니는 식구들 몰래 용돈도 주셨다.

2년 반 전에 입학 시기에 맞춰서 상경은 했지만, 신종 코로나바이러스가 한창 맹위를 떨치던 시기라 대학 수업은 모두 비대면으로 진행되었다. 입학식도 오리엔테이션도 없었다. 학과 친구들과는 모니터를 통해 자기소개를 주고받았을 뿐이라, 당연히 새 친구는 생기지 않았다. 가끔 만나는 사람은 같이 상경한 고향의 동창생 몇 명뿐이었다. 그런 만남도 외출을 자제하라는 권고가 내려진 상황에서는 뜻대로 할 수가 없어서 라인(LINE)으로 수다만 떨었다.

대가족 생활밖에 몰랐던 유야로서는 처음 경험하는 고독한 나날이었지만, 취미가 영화와 음악 감상이었던 덕분에 의외로 힘들지 않아서 처음에는 자유로운 독립생활을 만끽했다.

변화가 생긴 것은 2학년이 되면서부터다. 조금씩 대면 수업이 늘어나고, 학과에 마음이 맞는 친구들끼리 그룹이 만들어져가는 와중에 유야 혼자만 어느 그룹에도 속할 수가 없었다. 그것은 스스로 생각하기에도 뜻밖이었다. 유야는 어릴 때부터 쾌활해서 학급 임원이나 어린이회 임원 등을 앞장서서 맡아왔다. 무슨 일을 하든 리더 격이었고, 스스로도 눈에 띄기 좋아하는 성격이라고 생각했다. 그런데 상경한 후로는 아무래도 상황이 이상했다. 애당초 동아리에도 들지 않았던 이유는 왜 그런지 소극적으로 굴게 되었기 때문이다. 처음에는 영화 연구회라도 들어갈까 했는데, 어째선지 문을 두드리지 못했다. 동아리 홈페이지에는 다음 모임 장소가 고지되어 있었고, '회원 상시 모집! 환영합니다!'라는 문장이 춤추고 있었지만, 도무지 행동으로 옮길 수가 없었다.

내가 사실은 낯가림이 심한 사람인가? 스스로에게 물어봐도 답은 나오지 않았다. 다만, 살짝 짚이는 바는 있었다. 대학에서 처음으로 학과 동기들과 대면하고, 이 학교 부속고등학교를 나온, 더없이 도회적인 여학생과 대화를 나눴을 때, 그녀가 쿡 하고 웃었던 일이다. "몰라"라고 딱 한마디 했을 뿐인데, 도호쿠 사투리 억양이 고스란히 묻어났던 거겠지. 그 후로는 섣불리 말하면 안 되겠다는 압박을 느꼈다. 고등학교 시절에는 여자 친구도 있었는데.

그리고 3학년이 된 올해 봄, 결정적인 사건이 일어났다. 수업에서 교수가 지목했는데, 별안간 머리로 피가 솟구치며 얼굴이 새빨개져서 한마디도 할 수 없었던 것이다. 그 상황에는 유야 자신도 매우 놀랐다. 설마 자기가 그렇게 될 줄은 꿈에도 몰랐기 때문이다.

진땀을 흘리며 우두커니 서서 고개만 숙이고 있는 유야를 본 교수는 뭔가 이상을 감지했는지, 그 후로는 지목을 피했다. 같은 과 학생들도 별난 사람이라고 생각했는지 못 본 척했다.

그 후에도 비슷한 증상이 잇달아 나타나서 유야는 자기가 병에 걸렸음을 자각했다. 다른 사람이 쳐다보면 글씨도 못 쓰고, 식사도 못 하고, 신발 끈도 못 맸다—.

유야는 완전히 자신감을 잃어갔다. 동경해 마지않던 도시 생활이 외딴섬에 있는 거나 다를 바 없었다. 그럭저럭 지내는 사이, 3학년도 가을로 접어들고 말았다. 이대로라면 졸업도 걱정스럽다.

그날, 오전 수업이 끝난 후, 세미나 지도 교수가 문자로 유야를 호출했다. 긴장한 채 연구실로 가자, 교수는 왜 아직까지 세미나 현장조사에 참가하지 않았냐며 주의를 주었다.

"기타노 군만 과제 팀을 선택하지 않았는데, 이유가 뭐지? 희망하는 연구 주제가 없다는 뜻인가? 아니면 전부 혼자 하겠다는 뜻인가?"

인간과학부의 젊은 교수가 펜으로 책상을 두드리며 물었다. 현장조사란 학생들이 조별로 상점가나 주택단지 등을 답사해서 지역개발이 뭔지 현장에서 직접 배우는 연구다. 물론 흥미가 있어서 참여한 세미나지만, 여름방학이 끝나고 팀 작업이 시작되자 왠지 소극적으로 변해서 자꾸 뒤로 미루고 있었다.

"죄송합니다. 어디든 선택해서 참여하겠습니다."

"벌써 활동을 시작한 팀도 있으니까 서둘러."

"알겠습니다……."

유야가 고개를 숙인 채 대답하자, 교수가 잠시 뜸을 들였다. "그건 그렇고, 기타노 군은 혼자 있는 게 좋은가?"라고 물었다.

"아뇨, 딱히……."

아픈 곳을 찔린 유야는 얼굴이 화끈 달아올랐다.

"아니 뭐, 별 상관은 없지만, 세미나 회식에도 안 나오고, 합숙에도 불참해서 무슨 일인가 싶어서."

"죄송합니다……."

"아냐, 사과할 건 없어. 난 뭐든 강제는 싫어해서 학생들 의사에 맡기는 편이야. 다만, 회식에도 얼굴을 내밀지 않는 건 젊은이답지 않고, 혹시 인간관계에 무슨 고민이라도 있나 해서 물어본 것뿐이야."

교수가 이야기를 이어갔다. 이 교수는 친절해서 학생들에게 인기가 많았다.

"학생처에서 통지가 왔더군. 코로나가 어느 정도 정리되고 갑자기 사람들과 교류하게 되면서 학교생활에 잘 적응하지 못하는 학생이 늘어나고 있으니, 주의 깊게 지켜봐달라고. 기타노 군이 그렇다는 말은 아니지만, 혹시 마음이 쓰이는 데가 있으면 어려워 말고 상의해주기 바라네. 나한테 말하기 어렵다면, 학생처에도 상담원이 있어."

"아, 네……."

"특히 지방에서 상경한 학생은 별안간 비대면 수업이라 2년 동안이나 새 친구를 못 사귀었잖아. 여러 가지로 힘들었을 거야."

"아, 네……."

"자네, 아까부터 계속 눈을 깜박거리는데, 그건 아마 틱이겠지? 긴장해서 그럴 텐데, 그런 건 방치하면 안 좋아. 한번 병원에 가서 검진을 좀 받아보면 어떨까?"

"아, 네……."

"자네는 '아, 네'라는 소리뿐이군."

교수는 그렇게 말하며 씁쓸하게 웃었다. 형처럼 기운을 북돋아주려는 의도였겠지만, 유야는 점점 더 얼굴이 뜨거워져서 시선을 마주칠 수가 없었다. 이 교수는 유야의 적면증을 알아챈 것이다.

연구실에서 나와 중정에 있는 연못가에 앉아 직접 싸 온 도시락을 먹었다. 학생 식당은 너무 붐벼서 이용한 적은 손에 꼽을 정도다. 게다가 활기찬 소란 속에 섞여 있으면, 혼자라는 사실을 더 견디기 힘들었다.

밥알을 연못에 던지자, 순식간에 잉어들이 모여들었다. 유야의 점심시간의 유일한 기분 전환이었다.

밤에 고향에 있는 어머니에게 전화를 걸었다. 형제들과는 평소 라인으로 연락을 주고받지만, 어머니가 한 달에 한 번은 목소리를 듣고 싶다고 해서 귀찮아도 말씀을 따라왔다.

“유야예요. 다들 건강하세요?”

“응, 건강혀. 할아버지가 또 무릎이 안 좋아서 병원에 다니시지만, 직접 운전해서 갈 정도니께 심각허진 않겄지. 할머니는 매일 미니 골프 다니시고. 아빠랑 엄마는 별일 없어. 형은 청년회 친구랑 만날 마작만 혀. 그리고 누나는 지난달부터 요가를 시작혔고. 역 앞에 요가 학원이 생겼거든. 직장 선배가 같이 허자고 했다나 뭐라나…….”

어머니가 혼자 떨어져 사는 아들과의 대화에 굶주렸던 것처럼 속사포로 말을 쏟아냈다.

“지난번에 마을 회장 사토 씨가 우리 집에 왔더라. 손자가 도쿄에 있는 대학에 가고 싶다고 해서, 기타노 씨 댁의 유야 군한테 상담해보라고 혔대. 그러니까 너, 이번에 집에 오면 만나서 얘기 좀 들어줘라.”

“내가? 왜?”

“이 주변에서 도쿄에 있는 대학에 간 사람은 너뿐이잖어. 그것도 천하의 W대학 아녀. 그러니 의지하고도 싶겄지.”

어머니는 아들이 도쿄의 유명 대학에 진학한 사실이 너무나 자랑스러운지, 틈만 나면 친척이나 이웃 사람에게 유야의 근황을 들려주었다.

"그건 그렇고, 넌 건강한 겨?"

"어어, 건강혀. 이번 달에는 가와구치코 호수에서 세미나 합숙이 있어서 2박 3일로 다녀왔어. 보트도 타고, 승마 체험도 하고 재밌드만."

유야가 평소처럼 거짓말을 꾸며댔다. 도쿄에서 청춘을 만끽하는 양 허세를 부렸다.

"어이구, 그려. 그거 잘혔다. 사진 있으면 메일로 보내라."

"아아, 그러지 뭐……. 아니, 근데 난 사진을 별로 안 찍는 편이라, 찍은 게 있던가?"

어머니의 요구에 한순간 당황했지만, 대충 얼버무리며 은근슬쩍 넘어갔다.

"합숙 비용은 부족하지 않았고?"

"아르바이트해서 충당했어. 동아리 친구 소개로 행사장 설치 일을 했거든. 육체노동이라 사흘에 3만 엔이나 주지 뭐야."

"그려. 우리 유야는 언제나 든든혀. 완전히 도쿄 사람이 다 됐다야."

"벌써 3년째잖아. 이젠 익숙해."

"밥은 안 거르고 잘 챙겨 먹는 겨?"

"어어, 잘 먹으니까 걱정 마. 학교 식당은 싸고, 점심밥만으로도 영양을 비축하니께."

"그려, 그럼, 안심이여."

매번 비슷한 대화를 나누고, 전화를 끊는다. 한 달에 한 번의 의무를 마쳤다는 사실에 안도하며 침대에 드러누웠다. 콘크리트 건물인 원룸은 방음이 잘돼 있어서 항상 누군가의 목소리가 들려오던 고향 집의 생활과는 너무나 달랐다.

멍하니 텔레비전의 버라이어티 프로그램을 바라보고 있었다. 예능인이 우스꽝스러운 소리를 해서 스튜디오가 폭소에 휩싸였다. 그러고 보니 소리 내서 웃는 일도 없어졌다. 마지막으로 웃었던 것은 여름방학에 고향에 가서 고등학교 시절 친구들과 놀았을 때였다. 어쩌다 이렇게 된 걸까, 이따금 망연자실해지지만, 마음속 한구석에는 포기하는 심정도 있었다.

이런 고독한 날들을 견딜 수 있는 것은 인간에게 내성이 있기 때문이겠지. 익숙해지면 어떤 현상이든 평범해진다. 그리고 또 하나, 시골로 돌아가면 평범한 생활을 할 수 있다는 심리적 버팀목이 있기 때문이다. 희한하게도 도쿄에서는 다른 사람과 얘기를 못 하는데, 귀성하면 친구들과 예전처럼 야단법석을 떨 수 있었다. 거리로 나가 여자들에게 작업도 걸었다. 다시 말해 유야의 적면증은 도쿄에서만 나타난다. 고향에 가면 원래대로 돌아갈 수 있다는 걸 알았으니, 졸업까지 1년 반만 견디면 된다.

3학년이 되자, 주위 학생들은 슬슬 구직 활동을 시작했지만, 유야는 고향으로 돌아가 공무원이 되겠다고 부모님에게 말했다. 사실은 도쿄에서 매스컴 쪽 일을 하는 게 꿈이었지만, 이제는 그 꿈이 사라져버렸다. 마음에 두었던 기업의 OB 방문 행사에도 참여할 생각이 없다. 부모님은 아들이 돌아온다며 마냥 기뻐했다.

난 패배자야—. 천장을 향해 한숨을 내쉬었다. 꼬리를 감추고 도망칠 준비를 벌써부터 하고 있는 것이다.

자기 연민도 완전히 버릇으로 굳어버렸다.

다음 날, 같은 세미나의 4학년 학생에게 라인으로 연락해서 지금이라도 현장조사조에 합류할 수 있는지 문의해보았다. 그 조를 선택한 이유는 멤버가 적었고, 주제가 에도 시대의 지역개발이라 주로 자료 수집만 하니까 사람들과 면담할 일이 적을 거라 생각했기 때문이다. 답장이 한나절이나 지나서 온 걸 보면, 조원 중에 '그 음울한 캐릭터를 받는다고?'라며 꺼리는 학생이 있었을지도 모른다. 그런 상상을 하니 우울했지만, 어떻게든 참가해야 학점을 딸 수 있기 때문에 견딜 수밖에 없었다.

늦은 오후에 학교 근처 카페에서 모인다고 해서 곧바로 참여했다. 일단은 카페 문을 여는 것만으로도 긴장이 되어 거듭 하품이 올라왔다. 안쪽 테이블에 학생들이 앉아 있었다. 다섯 명이 있었고, 그중 두 사람이 여자였다.

"기타노는 어디 출신이지?"

조장인 4학년 학생, 사사키가 물었다.

"야마가타 현입니다."

"풋살 동아리에 야마가타 시(야마가타 현의 현청 소재지) 출신이 있던데. ××고등학교 출신 녀석이야."

"저는 사카타 시 쇼나이 평야 쪽이라 분지 쪽은 잘……."

"아아, 야마가타 시가 분지였구나. 몰랐네."

"기타노 군, 형제는 있어?" 여학생 하나가 물었다.

"응. 형이랑 누나."

"집에서는 뭘 하셔?"

"과수원 농가야."

조원들이 이런저런 질문을 던졌다. 서로의 거리를 좁히려는 그들의 노력에 고마운 마음이 들었지만, 유야는 사람들 틈에 섞이는 게 너무 오랜만이라 단숨에 긴장감이 높아졌다. 조원들의 얼굴도 못 쳐다보고, 아이스커피 잔으로 손을 뻗지도 못했다. 그러는 동안 온몸에서 땀이 솟구쳐서 와이셔츠가 땀에 젖어 순식간에 색이 변했다. 얼굴 땀을 물수건으로 닦아냈지만, 아무리 닦아도 감당할 재간이 없었다.

이상을 감지한 조원이 입을 다물었다.

"기타노, 왜 그래? 땀이 흥건한데." 사사키가 걱정스러워하며 물었다.

"죄송해요. 몸이 좀 안 좋아서."

유야가 대답했다. 실제로 땀만 나는 게 아니라, 구역질까지 올라왔다.

"그럼, 그만 들어가는 게 좋겠다. 앞으로 연락은 단체 메일로 주고받자."

"알겠습니다."

유야는 커핏값을 테이블에 내려놓고 일어섰다. 등 뒤에 꽂히는 모두의 시선을 느끼며 도망치듯 카페를 나왔다.

이게 대체 무슨 짓인가, 첫 만남에서 이런 추태를 보이다니. 유야는 눈앞이 캄캄해졌다. 앞으로 과연 세미나에 참석할 수 있을까.

유야는 한시라도 빨리 집으로 돌아가 이불을 뒤집어쓰고 세상으로부터 숨어버리고 싶었다.

원룸 맨션에 사흘간 틀어박힌 후, 유야는 큰맘 먹고 병원에 가보기로 했다. 지금 상태를 그대로 방치했다가는 은둔형 외톨이가 될지도 모르고, 그러면 대학도 그만두게 되겠지. 그리고 비참한 심정으로 시골로 돌아가서 마음의 상처를 숨긴 채 살아가는 것이다. 그것만은 피하고 싶었다. 나도 남들처럼 평범한 청춘을 보내고 싶었다.

통학할 때 늘 이용하는 전철 노선이 이라부 종합병원이라는 큰 병원 근처를 지나는데, 인터넷으로 알아보니 일류 호텔 같은 인테리어에 정신과도 있어서 그곳에 가보기로 했다. 최신 의료 시설이 갖춰져 있고, 평판도 더할 나위 없이 좋았다.

접수대에서 간단한 문진표를 작성하고 기다리자, 이름을 부르며 지하에 있는 진찰실로 가라고 안내했다. 계단을 내려가니 환한 로비와는 정반대로 어스름한 복도가 이어졌다. 복도 중간쯤에 '정신과'라는 팻말이 걸린 문이 있어서 머뭇머뭇 노크를 하고 문을 열었다. 그러자 뒤룩뒤룩 살이 찐 의사가 책상에서 무슨 작업을 하면서 고개만 살짝 돌려 "어서 와요"라고 새된 목소리로 맞았다.

"아, 저기, 으으음……."

긴장해서 말까지 더듬거렸다.

"거기, 앉아."

의사가 턱짓으로 눈앞에 보이는 의자에 앉으라고 권했다. 그러나 의사는 이쪽은 쳐다보지도 않고, 책상에서 계속 뭔가를 조립했다. 별생각 없이 들여다보니, 그것은 괴수 피겨였다.

"이거 에레킹(울트라 시리즈에 등장하는 괴수), 알아?" 의사가 물었다.

"아뇨, 모, 모릅니다." 유야가 대답했다.

"그렇겠지-. 쇼와 시대 울트라 괴수니까. 잠깐만 기다려. 꼬리를 붙이지 않으면 혼자 서질 못해."

"아, 네……."

의사는 유야에게는 아랑곳도 않고 작업을 계속했고, 5분쯤 지나서야 겨우 이쪽으로 고개를 돌렸다.

"흐음, 오래 기다렸어. 그건 그렇고, 뭐였지?"

"저기, 그, 그게……." 다음 말이 나오질 않았다.

"아아, 그래. 적면증이지. 문진표에 쓰여 있었어. 근데 누구를 만나든 얼굴이 붉어지는 건가?"

의사가 진료 기록부를 손에 들고 질문했다. 가슴에 달린 이름표를 보니 '의학박사·이라부 이치로'라고 쓰여 있었다. 이 병원명과 성이 같은 걸 보면, 경영자의 가족인 듯하다.

"아, 아뇨, 다 그런 건 아니고……. 고향 집에 돌아갔을 때는 아무 이상 없이 사람들을 만날 수 있어요. 그런데 도쿄에 있으면, 사람들과 접촉하기가 두렵고……."

유야는 자기가 도호쿠 지방 출신의 대학생이라는 이야기와 상경한 후의 사정을 간단히 설명했다.

"아, 그래. 딱히 드문 일은 아니야. '방구석 여포'와 같은 이치지. 등교 거부 아동도 집에서는 왕처럼 군림하는 케이스가 종종 있는데, 그러면 부모는 자기 자녀가 바깥 세계를 두려워한다는 사실이 믿기질 않지."

"아니, 저는 방구석 여포는 아니고……. 오히려 사람들 앞에 나서길 좋아했던 아이였는데……."

"그러니까 기타노 씨의 경우는 방구석이 고향이고, 집 밖이 도쿄에 해당하는 거지."

"아아……."

그 지적에는 설득력이 있어서 유야는 입을 다물 수밖에 없었다.

"하긴 뭐, 누구나 다 자기 병을 알아채지는 못하니까. 실제로 마흔이 넘어서야 비로소 자기가 발달장애임을 깨닫는 사람도 있어. 뚜렷하게 건강을 해치는 증상이 아닌 한, 인간은 그걸 이상하게 여기지 않고, 단순한 특징이나 성향으로 받아들이거든. 그래서 주위와 비교해서 나는 왜 이렇게 집중력이 없을까 하는 의문을 품고 알아본 후에야 비로소 자기가 발달장애였다는 걸 깨닫는 거지. 기타노 씨도 그럴 만한 기질이 있었을지도 몰라."

이라부가 코를 후비면서 세상 태평하게 말했다. 특별히 짐작 가는 바는 없지만, 끙끙 앓으며 고심하는 성격은 중학생 무렵부터 있었고, 그것이 기질이라고 한다면 그런 것도 같았다.

"얘기를 들어보면, 기타노 씨는 사회불안장애 같은데. 예전에 대인공포증이라고 불렀던 병 말이야. 뭐, 죽진 않으니까 너무 신경 쓸 건 없어."

"아니, 하지만 최근에는 학교 가는 것조차 두려워져서 이대로라면 중퇴해버릴 것 같아 불안하고……."

"귀성하면 원래대로 돌아가니까, 시골로 돌아가서 대학에 다시 들어가면 되잖아? 머리도 좋으니, 지방 국립대에 들어갈 수 있을 텐데."

이라부가 아무 일도 아니라는 듯이 말했다. 유야는 한순간 자기 귀를 의심했다.

"그럼, 시골로 돌아가라는……?"

"그래. 굳이 도쿄처럼 북적북적한 곳에서 살 이유는 없잖아."

"아니, 하지만 그건 병의 근본적인 해결책이 아니잖아요?"

"괜찮아, 괜찮아. 사회불안장애는 대부분 10대 때 발병해서 25세 정도에는 가라앉거든. 그때까지 유예기간이다 생각하면 돼."

"아니, 하지만……."

"하지만, 뭐?"

"저는 극복하고 싶어요. 그러지 않으면 도쿄에 져서 도망치듯 돌아가는 것 같으니까……."

유야가 단호하게 말했다. 사실은 자기 자신에게 지고 싶지 않았다.

"기타노 씨, 착실한 사람이네-."

이라부가 팔짱을 끼고, 미간에 주름을 잡으며 말했다. 유야는 하마가 인상을 쓰면 이런 얼굴일까 하고 엉뚱한 생각을 떠올렸다.

"인생에는 승패가 없어. 동물을 보고 배워야 해. 서식지가 확실하게 있고, 거기에서 벗어나지 않게 생활하잖아? 가령 너구리가 도시로 잘못 들어섰을 경우, 자기는 도시 삶을 극복하고 싶다는 소리를 할까? 올 곳을 잘못 짚었다며 서둘러 돌아가잖아."

"아아……."

"도시에서 또 다른 나를 찾자, 그런 발상이 신경증의 근원이야. 앞으로는 너구리가 되어 편하게 살자고. 알겠지?"

그런 말을 듣자, 이번에는 이라부가 너구리처럼 보이기 시작했다.

"아니, 그, 그래도 여러 가지 것을 극복해낸 덕분에 인류는 문명을 손에 넣었을 테고……."

"어라? 말 좀 하네."

"그, 그게 맞잖아요. 인류도 처음에는 불을 무서워했을 거예요. 그런데 결국은 그것을 다루게 됐고, 한랭지에서도 살 수 있게 되었죠. 그, 그, 그러지 않았다면 인류는 일찌감치 멸종했을 겁니다."

유야가 말을 더듬으면서도 힘겹게 얘기하자, 이라부가 아이처럼 입을 삐죽 내밀며 "설복당했네. 분하다-"라고 투덜거렸다.

"뭐, 됐어. 아무튼 치료는 하자고. 항불안제 같은 게 있지만, 우리는 그런 건 처방 안 해. 자연스럽게 고치는 게 최고야. 행동요법 프로그램을 짜둘 테니, 한동안 통원하도록."

"아, 알겠습니다."

유야는 제안을 받아들였다. 얘기를 들어주고 상대해주니, 마음이 놓이는 느낌도 들었다. 여하튼 사람과 대면해서 이야기를 나눈 것은 너무나 오랜만이었다. 이 의사는 신기하게도 얘기하기 편했다.

"그럼, 기운 좀 나게 비타민 주사나 놔줄까. 어-이, 마유미 짱."

이라부가 안쪽을 향해 소리를 높였다. 그러자 커튼이 열리고, 하얀 미니 원피스 가운을 입은 젊은 간호사가 카트를 밀며 나타났다. 그 모습에 흠칫 놀랐다. 게다가 미인이라 몸이 굳어버렸다.

주사대에 유야의 왼팔을 올리더니, 소독약을 발랐다. 유야는 자기도 모르게 간호사의 허벅지로 시선이 가고 말았다.

"힘 좀 빼지."

마유미라는 간호사가 거칠게 말했다.

"아, 네."

대답은 했지만, 오히려 더 긴장돼서 팔이 떨렸다.

"힘 빼라니까!"

마유미가 따귀를 때렸다. 유야는 어안이 벙벙해서 항의하는 말도 나오지 않았다. 그저 팔만 바르르 떨었다.

이라부와 마유미가 얼굴을 마주 보았다.

"괜찮아, 찔러버려." 이라부가 귀찮다는 듯이 말했다. 마유미가 주삿바늘을 피부에 꽂자, 이라부는 콧구멍을 벌름거리며 그 모습을 뚫어져라 쳐다보았다.

도쿄의 병원은 원래 이런가? 순식간에 현실감이 옅어졌다.

"그럼, 내일 봐. 어차피 학교는 안 가잖아?"

"아, 네……."

진찰실에서 나와 다시 로비로 올라갔다. 소파에 앉아 수납을 기다리는데, 30분이 지나도 이름을 부르지 않았다. 갑자기 불안이 엄습했다. 혹시 못 듣고 지나갔나? 아니면 기타노라는 성이 컴퓨터에 잘못 입력되어버렸나?

유야보다 나중에 온 환자 이름은 잇달아 불렸고, 그들은 벌써 수납을 마치고 돌아갔다. 결국 한 시간이 지났고, 유야는 불안해졌다. 수납하는 데 이렇게까지 오래 기다리라는 건 말이 안 된다. 사무적인 착오로 놓치고 지나가버린 것이다.

한 시간 반이 지나도 직원이 말을 건네지 않았다. 일어서서 물어보러 가려 해도 몸이 말을 듣지 않았다. "실례합니다, 기타노라고 하는데, 수납은 아직 멀었나요?"라고만 하면 되는데, 목소리가 나오지 않는다. 중학생도 할 수 있는 간단한 일이 지금의 유야 자신에게는 불가능하다.

두 시간이 지났을 때쯤 로비에는 드나드는 사람이 없어졌다. 외래 진료 시간이 끝난 것이다. 불이 반쯤 꺼져서 어스름해졌다. 한쪽 구석에서는 청소부가 걸레질을 하기 시작했다. 유야의 불안은 정점에 다다랐다.

그때 중년 여성 직원이 카운터 너머에서 모습을 드러냈다. 유야의 모습을 살폈다. "기타노 씨인가요?"라고 물었다.

"아, 네에."

아아, 다행이다—. 유야는 속으로 안도하며 잰걸음으로 달려갔다.

"진료비는 2000엔입니다."

직원의 말을 듣고, 유야는 지갑을 꺼내 진료비를 지불했다.

"오래 기다리게 해서 죄송해요. 저기 사실은, 이라부 선생님이 두 시간 기다리게 하고, 분위기를 살펴보라는 지시를 내렸거든요. 치료의 일환이라면서. 미안해요. 그 선생님, 조금 독특해서 말이죠."

직원이 매우 미안해하며 씁쓸하게 웃었다.

유야는 한동안 말문이 막혔다. 나를 일부러 기다리게 했단 말인가? 이게 의사가 할 짓인가—. 그리고 기묘한 허무함이 찾아오며 스스로가 한심하게 느껴졌다. 수납 아직 멀었나요, 그 한마디를 못 하는 것이다. 한산한 로비에서 느끼는 고독은 훨씬 강했다. 이래서는 흡사 숫기 없고 소극적인 초등학생이다.

2

세미나 현장조사는 메일을 주고받으며 그럭저럭 따라갔다.

인터넷에서 조사한 자료를 바탕으로 리포트를 쓰고 사진이나 그림과 함께 보내면, 조원들도 나름대로 평가를 해줘서, 최소한 거치적거리는 존재가 되는 것만은 피할 수 있었다. 원래부터 리포트는 자신 있었고, 요령도 좋아서 좋은 성적을 받아왔다. 다만, 이대로 계속 모임을 회피할 수만은 없는 노릇인데, 또다시 긴장 때문에 굳어버릴지 모른다는 생각을 하면, 정말 죽을 맛이었다. 다음 달에는 세미나에서 첫 번째 발표회도 있다. 이러한 위기에 몰려 유야는 그저 한숨만 내쉬었다.

두 번째 진찰을 받으러 병원에 가니, 이라부가 컴퓨터 모니터 앞에 앉아 게임을 하고 있었다. 유야를 힐끗 한 번 쳐다볼 뿐, 인사도 건네지 않았다.

"으악-, 제길-. 거기 숨어 있었냐!"

아무래도 플레이스테이션 배틀 게임에 빠져 있는 듯했다. 다만, 혼자가 아니라 옆에 대전 상대인 소년이 있었다. 중학생쯤 됐을까.

"선생님, 진짜 못하네. 반사 신경이 너무 둔해"라는 소년.

"뭐야! 이 은둔형 외톨이 중학생 녀석이-. 본때를 보여주마." 이라부가 얄미워 죽겠다는 듯이 받아쳤다.

두 사람 다 게임에 열중하고 있어서 유야는 하는 수 없이 의자에 앉아 그들의 대전을 바라보고 있었다. 옆의 소파에서는 간호사 마유미가 지루한 듯이 스마트폰을 만지작거리고 있었다.

상대도 안 해주는 채로 10분도 더 지났다. 이라부는 게임을 그만둘 생각이 전혀 없었다. 20분이 지났다. 환자 따윈 안중에도 없다는 듯이, 두 사람은 게임에만 열중했다. 유야는 불현듯 어제 수납 건을 떠올렸다. 혹시 나를 일부러 기다리게 하는 건가?

"저기……." 시험 삼아 말을 건네보았다.

"지금 바빠! 잠깐 기다려"라는 이라부.

퓌웅, 퓌웅, 콰광쾅. 그러는 중에도 게임 소리가 진찰실에 울려 퍼졌다. 유야는 하는 수 없이 게임이 끝나기를 기다렸다.

30분쯤 지난 무렵에 간신히 게임이 결말이 났다.

"하하하. 선생님, 수련이 부족하시네."

게임에 이긴 소년이 우쭐대며 말했다.

"시끄러워! 오늘은 컨디션이 안 좋았을 뿐이야."

이라부가 분하다는 듯이 발을 동동 굴렀다. 그리고 유야를 쳐다보더니, "으음, 무슨 일로?" 하고 물었다.

"아니, 저기, 진찰 받으러……."

"아, 그래, 그래. 사회불안장애 학생이었지. 성실하네-. 안 빠지고 오고."

"아니, 선생님이 통원 치료 받으라고 하셨잖아요."

유야가 부루퉁하게 받아쳤다.

"내가 그렇게 말해도 환자의 절반은 안 오거든. 감동이야, 감동. 아 참, 소개하지. 이 아이는 등교 거부 중인 중학교 2학년 학생, 마사루 군이야. 지난달부터 상담받으러 다니는데, 오면 만날 여기서 게임만 해."

"게임을 시작한 사람은 선생님이죠. 난 그냥 같이 해주는 것뿐이고."

마사루가 입을 삐죽거리며 말했다. 그야말로 중2병의 절정기를 보여주는 태도였다.

"그리고 이 사람은 W대학 3학년생인 기타노 씨야. 대인공포 증상이 있어서 다른 사람과 평범하게 얘기를 못 한대."

이라부가 유야를 소개하자, 마사루는 흥 하고 콧방귀를 뀌더니, "대학생씩이나 돼서 한심하네-"라고 들으란 듯이 중얼거렸다.

"그런 말 하는 거 아니야. 마사루도 비슷한 처지잖아." 이라부가 타일렀다.

"난 달라요-. 학교는 바보 같아서 안 가는 것뿐이야. 은둔형 외톨이가 아니라고."

은둔형 외톨이라는 말에 유야는 화가 치밀었다. 그러나 받아치고 싶어도 말이 나오지 않았다.

“기왕 이렇게 만났으니, 그룹 세션으로 진행할게. 서로 협력하도록. 그럼, 일단 주사부터 맞아볼까. 어-이, 마유미 짱.”

이라부가 이름을 부르자, 마유미는 마지못하다는 듯이 준비를 해서 차례로 주사를 놓았다.

“에헤헤. 난 마유미 씨 주사가 기대돼서 오는 거야-.”

마사루가 어른 흉내를 내며 말했다. 마유미는 무뚝뚝한 표정을 풀지 않은 채, 마사루의 이마를 손가락으로 쿡 찔렀다. 이라부는 어제와 마찬가지로 주삿바늘이 피부를 찌르는 순간을 응시하며, 코를 벌름거렸다. 유야는 그저 그들이 시키는 대로 따를 뿐이었다.

“자, 이제 나갈까. 첫 번째는 노인 요양 시설에 가서 입소자와 교류를 도모하는 프로그램이야. 바로 뒤쪽에 우리 병원 산하 노인 요양 시설이 있으니까 그리로 가자-.”

이라부가 벌떡 일어서서 말했다.

“에이-. 또 할아버지 할머니 상대하라고? 피곤한데-”라는 마사루.

“무슨 소리야. 지난번에 어떤 할머니한테 용돈까지 받았으면서. 나도 다 봤거든”이라는 이라부.

마사루가 목을 움츠리며 혀를 쏙 내밀었다. 서로 거리낌이 없는 두 사람은 나이 차이가 많이 나는 형제 같았다.

노인 요양 시설은 병원 뒤쪽에 고급 호텔이나 휴양지 펜션 같은 분위기로 세워져 있었다. 이라부는 얼굴로 그냥 통과가 되는지, 프런트에 가볍게 손만 들어 보였는데 들어갈 수 있었다. 도착한 장소는 레크리에이션실로, 입소자들이 열심히 합창 연습을 하고 있었다. 노인의 절반은 휠체어를 타고 있었다.

"자, 같이 노래 부를까." 이라부가 말했다.

"에이-, 진짜? 합창 같은 건 짜증 나는데."

마사루는 투덜거리면서도 노인들과 어우러져 노래를 부르기 시작했다. 일부러 아무렇게나 발성하는 건 쑥스러움을 감추려는 거겠지. 누구나 알고 있는 〈여름의 추억〉이었다.

"기타노 씨도 해."

이라부가 떠밀어서 합창대에 합류했다. 그러나 소리가 나오지 않았다. 입만 뻥긋뻥긋할 뿐, 아무런 소리도 나오지 않았다. 그러고 있자니 손발이 떨리고 온몸에서 땀이 솟구쳤다. 마사루가 눈썹을 찡그리며 유야를 올려다봤다.

"선생님, 이 사람 이상해요. 파킨슨병 아니에요?"

"오호, 어떻게 그런 병까지 알지?" 이라부가 대답했다.

"할 일이 없어서 책만 읽으니까요."

"단순한 긴장이야. 자율신경 부전이지."

"합창하는데 왜 긴장을 하지? 이해가 안 되네-."

마사루는 남의 불행이 기쁜지 들뜬 모습이었다.

유야는 자기 증상이 이렇게까지 심할 줄은 몰랐기 때문에 충격을 받았다. 기껏해야 노래일 뿐인데, 그게 불가능했다. 무대에 홀로 선 게 아니었다. 많은 사람 틈새에 섞여 있는데도 의식이 과도하게 작동해서 조절 능력을 잃어버리는 것이다.

다음 곡은 옛날 가요인 〈내일이 있어〉였다. 유야가 노래를 못 부르고 우두커니 있자, 이라부가 탬버린을 던져주었다. 손이 떨려서 자꾸 조그만 금속판들이 멋대로 소리를 냈다. 그 모습을 본 마사루가 손뼉을 치면서 신나했다.

"진짜 웃긴다. 기타노 군, 사이코네."

중학생이 '군'이라고 부르고 바보 취급을 해도 유야는 한마디도 받아치지 못했다. 오로지 그 상황을 견디는 데 필사적이라 분노의 감정도 솟구치지 않았다.

합창이 끝나자, 이라부가 이번에는 휠체어를 탄 노인들과 함께 산책을 나가라고 지시했다.

"병원 안뜰이 넓으니까 그리로 모시고 가. 다들 요양보호사 말고는 젊은 사람이랑 대화할 기회가 거의 없어. 이야기 상대가 돼주라고."

"할아버지 할머니랑 무슨 얘기를 해요-"라는 마사루. 이 아이는 무슨 일이든지 불평부터 하는 성격인 듯했다.

유야는 아흔 살은 넘었을 것 같은 노파의 휠체어를 밀고 나갔다. 요양 시설 부지를 벗어나 길을 건너 병원 안뜰로 들어갔다. 마사루는 안면이 있는 듯한 노인과 친하게 담소를 나눴다. 이라부는 잔디밭에 드러누워 스마트폰을 만지작거렸다.

입을 다물고 있을 수도 없는 노릇이라 유야는 노파에게 무슨 얘기든 건네보려 했다. 날씨 얘기든 건강 얘기든 뭐든 상관없다. 그런데도 자꾸 긴장이 돼서 마른침만 삼켰다.

"청년은 새로 온 요양보호사야?"

귀가 안 좋은지 노파가 큰 목소리로 물었다.

"아, 네. ……아, 아뇨."

긴장해서 얼뜨기같이 대답을 해버렸다. 그러나 잘 안 들렸는지, 노파는 응응 하며 고개를 끄덕거렸다.

"그 사람, 대학생이에요-." 옆에서 마사루가 말했다. "W대학 인간과학부 다니는데, 머리는 좋지만 커뮤니케이션 장애래요. 할머니가 얘기 상대 좀 해주세요."

"시, 시, 시끄러워."

유야는 고함을 치려고 했지만, 말만 더듬거리고 내려던 성량의 절반도 내지 못했다. 마사루는 그것을 재미있어하며,

"예-이, 커뮤니케이션 장애, 커뮤니케이션 장애"라며 끈덕지게 놀려댔다. 유야는 마사루가 학교에 가지 못하는 이유를 알 것 같은 기분이 들었다. 저런 성격이면 친구가 생길 리 없다.

"조, 좋은 날씨네요."

가까스로 마음을 가다듬고, 노파에게 말을 건넸다.

"그러네. 하지만 양달은 더우니까 나무 밑으로 좀 데려가주겠어?"

"아, 네."

큰일 났다, 기분을 상하게 해버렸나 싶어 유야는 파랗게 질렸다. 또다시 손발이 떨렸다. 휠체어 방향을 바꾸려고 돌렸는데, 타이어가 갓돌에 부딪치고 말았다. 점점 더 조바심이 나서 온몸에 땀방울이 솟구쳤다.

"위험해. 조심해줘요"라는 노파. 유야는 현기증이 나서 그 자리에 주저앉았다. 이상을 감지한 노파가 사람을 불렀다.

"이봐요, 누구 없어요? 이 사람, 빈혈 같은데."

요양보호사가 달려와서 유야를 벤치에 앉혔다. 유야는 "괜찮습니다"라며 손을 젓고, 호흡을 가다듬었다. 빈혈이라고 오해했다면 그쪽이 낫다.

마사루가 다가와서 "기타노 군, 시골로 돌아가는 게 좋겠네"라고 신이 나서 말했다. 말이 너무 심하다 싶어 화가 부글

부글 끓어올랐지만, 중학생을 상대로 말싸움할 수도 없었다.

요양 시설로 돌아오자, 주임 보호사라는 사람이 "아르바이트 학생들, 레크리에이션실 뒷정리랑 청소 좀 부탁해"라고 말했다.

아르바이트 학생? 유야는 이게 무슨 소리냐고 이라부에게 물었다.

"선생님, 이거 지금 아르바이트예요?"

"아니. 치료야."

이라부가 시치미 뗀 얼굴로 대답했다. 할 수 없이 마사루와 둘이 의자를 정리하고, 바닥에 대걸레질을 했다. 이라부는 한쪽 귀퉁이 테이블에서 직원과 담소를 나눴다.

청소가 끝나자, 또다시 주임이 와서 "다음은 부지 안의 풀 좀 뽑아줘"라고 말했다. 마사루를 쳐다보니, 아랫입술을 내밀며 어쩔 수 없다는 몸짓을 했다.

유야는 이라부에게 다시 물었다.

"선생님, 풀을 뽑으라는데, 그것도 치료예요?"

"물론이지. 단순 작업이 자율신경을 안정시킨다는 건 의학계의 상식이야. 땀을 많이 흘리면 좋아. 오늘 밤에 잠도 푹 잘 테고."

이라부가 눈썹 하나 까딱하지 않고 말했다.

"하아……."

그렇게 말하니 반론도 할 수 없어서 유야는 마사루와 함께 풀을 뽑았다.

"기타노 군, 다음에 W대학에 데려가줘. 그리고 예쁜 여대생 좀 소개해줘."

마사루가 제초 작업을 하면서 말했다.

"혼자 가. 누구나 자유롭게 들어갈 수 있어."

"냉정하네. 그러니 친구들이랑 못 어울리지."

"까불지 마! 윗사람에게 어떻게 말해야 하는지도 몰라?"

"난 중학교에 들어가자마자 등교 거부를 해서 동아리 활동도 안 했어. 그래서 높임말을 써본 적이 없거든."

마사루가 뻔뻔스럽게 대꾸하며 웃었다.

"그게 자랑이냐? 그래가지고 앞으로 어떡할 거야."

"우아, 말도 안 돼-. 나 지금 커뮤니케이션 장애 대학생한테 설교 들었네."

"시끄러워! 저리 꺼져."

유야는 이윽고 화가 솟구쳐서 호되게 꾸짖었다.

"그러지 마. 우린 동지잖아."

"닥쳐! 동지는 무슨!"

유야는 마사루에게 고함을 치면서 깜짝 놀랐다. 지금 제대로 말을 하고 있다. 얼굴이 붉어지지도 않고, 큰 소리도 낼 수 있었다. 시험 삼아 〈여름의 추억〉을 읊조려보았다.

"여름이 오-면 떠오르네-. 머나먼 오제(尾瀬, 일본 중부의 고지대 습지), 드높은 하늘."

"왜 갑자기 노래를 불러. 돌기라도 한 건가?"라는 마사루.

"시끄러워. 저리 꺼져!"

유야가 발길질하는 시늉을 했다. 유야는 한 가지 사실을 발견했다. 말도 섞고 싶지 않은 인간과는 긴장하지 않고 말할 수 있었다. 어떤 힌트를 얻은 기분이었다.

"어-이, 아르바이트 학생들. 풀 뽑기 끝났으면, 다음은 창고 안에 있는 운동기구 좀 닦아. 볼트 종류 한 번씩 조이는 것도 잊지 말고."

주임이 찾아와서 또다시 일을 시켰다. 두 번이나 아르바이트 학생이라고 부르는 걸 보면, 혹시 다른 사람과 착각했나 싶은 의문이 솟구쳤다. 이라부를 찾아보니, 입소자 노인과 미니골프를 즐기고 있어서 물어보았다.

"선생님, 또 일을 시키는데, 그것도 치료인가요?"

"물론이지. 왜?"

이라부가 시치미 뗀 얼굴로 말했다. 납득이 안 됐지만, 거스를 수도 없어서 그냥 하기로 했다.

"틀림없이 우리를 아르바이트 대신 부려먹는 거야. 선생님이 전에도 말했어. 노인 요양 시설에 일손이 부족해서 곤란하다고."

마사루가 얼굴을 찡그리며 말했다. 그러나 그 말투는 어딘지 모르게 즐거워하는 듯했다. 그에게는 혼자 자기 방에 갇혀 있는 것보다는 훨씬 나은 시간이겠지. 그 점에 있어서는 유야도 마찬가지였다.

결국 하루 종일 노인 요양 시설에서 일하고, 녹초가 돼서 집으로 돌아왔다. 밤에 푹 잘 수 있었던 게 유일한 수확이었다.

3

학교를 열심히 다니려고 노력은 하지만, 수업 시간에는 강의실 맨 뒷자리에서 필기를 하고, 세미나 현장조사는 그냥 메일만 주고받았다. 그러나 조만간 열리는 발표회를 대비한 모임은 피할 수 없고, 그 생각만 해도 우울해서 견딜 수가 없었다. 그런 유야를 멤버들은 확연하게 꺼렸고, 메일 답장이 오지 않는 경우도 종종 있었다. 그럴 때는 가만있기가 너무 괴로워서 집 근처를 목적도 없이 마냥 걸어 다녔다. 대학생에게 주변의 무시는 엄청난 공포다.

"요컨대 기타노 씨는 '봇치'가 되는 걸 두려워하는 거네."

병원에 가자, 이라부가 커피를 마시며 세상 태평하게 말했다. '봇치'란 '히토리봇치(외톨이)'를 요즘 방식으로 줄여 부르는 말이다.

"예-이, 봇치, 봇치!"

오늘도 진찰실에 있던 마사루가 그 말이 끝나기가 무섭게 신나게 놀려댔다.

"그런 건 아니에요. 저는 친구들이랑 어울리지 않으면 불안해서 못 견디는 타입은 아니고, 굳이 따지자면 단독 행동을 더 좋아하는 쪽인 것 같은데……."

유야가 강하게 부정했다. 자의식이 강한 탓인지, 옛날부터 다른 사람들과 다 같이 행동하는 게 싫었다.

"그럼, 자의식과잉인가?"

이라부가 기가 막히게 알아맞혔다. 옆에서 마사루가 "선생님, 그건 무슨 뜻이에요?"라고 물었다.

"자기가 늘 주목받고 있다고 착각하는 타입."

"예-이. 착각남, 착각남!"

"시끄러워. 네가 왜 내 진찰에 끼어들어! 넌 상관없잖아."

유야는 아무래도 화가 나서 거친 목소리로 받아쳤다.

"기타노 씨, 화내지 마. 그룹 세션 동지잖아."

동지라는 말에 더더욱 불쾌해졌다. 마사루도 같은 심정인지, "웩" 하는 소리를 내며 얼굴을 찡그렸다.

"자 그럼, 행동요법을 시작해볼까. 오늘은 모스크 바자회가 열리니까 거기서 이슬람교도들과 친목을 도모해보자. 그리고 그 전에 일단 주사부터. 어-이, 마유미 짱."

이라부가 이름을 부르자, 간호사 마유미가 카트를 밀며 등장했다. 차례로 으레 그랬듯 주사를 맞았다.

"마유미 씨, 남자 친구 있어요?"

마사루가 시건방진 말을 하자, 마유미는 아무런 대꾸도 없이 마사루의 코를 꼬집더니 있는 힘껏 비틀었다. "아야야야!" 마사루가 울상을 지으며 몸부림을 쳤다.

이라부가 운전하는 차를 타고, 병원 근처에 있는 모스크로 향했다. 소프트아이스크림 같은 지붕이 얹힌 이슬람교 사원이다. 여하튼 이슬람교도가 아니면 들어갈 일이 없는 장소다.

"선생님, 잘 오셨습니다."

마중을 나온 사람은 재일(在日) 이란인 협회의 회장인가 뭐라는데, 이라부와는 오래전부터 알고 지낸 사이처럼 보였다.

"회장님, 이 두 사람, 자유롭게 써도 돼요."

"그럼, 큰 도움이 되죠. 다들 너무 바쁘고 일손이 부족해서 곤란하던 참이에요."

"그 대신 페르시아 카펫 할인 좀 부탁해요."

"오케이- 오케이-. 선생님한테 할인해드린 몫은 다른 일본 손님에게 올려 받으면 되니까. 아하하하."

이라부와 회장이 웃으며 악수를 주고받았다. 유야는 어안이 벙벙해서 그 모습을 지켜보았다. 페르시아 카펫? 할인? 안 좋은 예감만 부풀어갔다.

다른 이란인이 나타나서 유야와 마사루를 데리고 갔다. 따라간 곳은 주방이었다.

"난을 구울 거니까 그 반죽을 해야 해요. 힘을 줘서 반죽할 것. 자자, 얼른 시작하세요."

눈앞에 밀가루와 물 등이 든 커다란 병들이 준비되어 있었다. 이란인의 지도를 받으며 손으로 반죽을 치댔다. 양이 많아서 상당한 중노동이었다. 금세 구슬 같은 땀방울이 솟았다.

"우리 지금 뭐 하는 거지?" 유야가 물었다.

"자원봉사 아닌가? 이라부 선생님이 그러시던데." 마사루가 대답했다.

"너는 납득하고 하는 거야?"

"납득은 안 되지만, 난 이라부 선생님한테 오면 부모님이 매번 1000엔씩 주거든-. 중요한 건 돈이지. 헤헤."

그렇게 말하며 못된 척했지만, 마사루에게는 병원이 학교 대신이겠지.

반죽 치대기는 한 시간 정도 걸렸다. 팔근육이 뻣뻣해져서 스마트폰도 들 수 없었다. 아까 그 이란인이 손짓하며 부르더니, 이번에는 뒤쪽으로 끌고 갔다. 거기에는 장작이 수북이 쌓여 있었다.

"난을 굽는 가마의 불은 장작불이어야 해. 그러니 장작을 팰 것!"

이란인이 고용인에게 명령하듯 말했다. 도무지 납득이 안 됐지만, 거스를 수도 없어서 둘이서 장작을 패기 시작했다. 이제는 땀범벅이었다.

"이건 자원봉사 착취잖아." 유야가 말했다.

"뭔데, 착취가?" 마사루가 물었다.

"사전에서 찾아봐."

"에이. 대학생이면서 설명도 못 하네."

마사루가 내뱉는 밉살스러운 말은 이제 기본값이다.

결국 두 시간 가까이 육체노동에 시달리다 녹초가 돼서 예배당으로 돌아갔다. 그곳에는 전통 공예품과 의류가 진열된 행사장이 펼쳐져 있었다. 내부는 중동계 사람들로 북적댔다.

이라부를 찾아보니, 아랍 민속 의상을 입고 램프를 팔고 있었다. 쇼와 시대 애니메이션에 나오는 재채기 대마왕 같았다.

"선생님, 지금 뭐 해요?" 유야가 물었다.

"뭐긴 뭐야, 자선 바자회잖아"라고 대답하는 이라부.

자선 바자회가 정말 맞느냐고 받아치고 싶었지만, 애써 말을 삼켰다.

"반죽이랑 장작 패기 끝냈는데요."

"그럼 다음은 바자회지. 모스크 앞에서 가두판매를 하는 중이니까, 거기서 지나가는 사람들한테 상품을 팔아."

"선생님, 이거 정말 치료 맞아요?"

"어라? 지금 의심하는 거야?"

"아니, 그렇잖아요, 의미를 모르겠다고 할까……."

"잘 들어, 사회불안장애는 커뮤니케이션이 제일 중요해. 낯선 통행자에게 말을 걸고 상품을 판매한다. 가장 효과적인 행동요법이잖아. 이건 소셜 스킬 트레이닝, 즉 사회 기술 훈련이라고 부르는데, 의학계에서도 인정받은 치료법이야."

"그럼, 육체노동은 뭐죠?"

"아 글쎄, 그건 자율신경을 안정시킨다니까. 전에도 말했잖아. 아무튼 혼자 있으면 안 돼. 일단은 집 밖으로 나온다. 그리고 땀을 흘린다. 아주 중요한 거야."

이라부는 더할 나위 없이 진지한 표정이었다. 다만, 옆구리라도 살짝 찌르면 바로 웃음이 터질 것 같은 분위기도 없지는 않았다.

여전히 납득하지 못한 채 예배당에서 나오자, 길가에 설치된 텐트가 보였고, 가판대가 몇 개나 늘어서 있었다. 여기에도 사람들이 무리 지어 있었고, 손님의 절반은 길을 지나가는 일본인이었다.

일본인 눈에는 비슷한 얼굴로 보이는 또 다른 이란인 스태프의 지시에 따라, 향을 판매하는 가판대 하나를 맡게 되었다. "할당량은 5만 엔이야. 달성할 때까지 못 가." 이번에도 고압적인 태도로 명령했다.

"저기, 이라부 선생님과는 어떤 관계이신가요?"

유야가 머뭇머뭇 물었다.

"저 선생님, 우리 무역회사에서 페르시아 카펫을 많이 사준 건 좋은데, 아직까지 돈을 안 냈어. 그러니 이런저런 도움을 받는 건 당연해."

스태프가 침을 튀겨가며 위세 좋게 떠들어댔다. 유야는 힘이 쭉 빠졌다. 자원봉사 좋아하네.

하는 수 없이 가판대 옆에 서서 영업을 시작했다.

"구경하고 가세요-. 아랍 향이 아주 쌉니다-."

손님을 부르려고 고함을 치는 사람은 마사루였다. 은둔형 외톨이 중학생인 주제에 주눅이 안 드는 게 신기했다.

"나만 하는 거야? 기타노 군도 해야지."

마사루가 몰아붙여서 유야도 소리를 내보려 했다. 하지만 입을 열어도 성대가 사라져버린 것처럼 소리가 나오지 않았다.

"한심한 대학생이네-. 예-이, 커뮤니케이션 장애, 커뮤니케이션 장애."

마사루가 또다시 신이 나서 놀려댔다.

"시끄러워! 적당히 해. 중학생 녀석이 어른 놀리는 거 아니야!"

자기도 모르게 목소리가 거칠어졌다. 그런데 마사루를 상대로는 어떻게 큰소리를 칠 수 있는지 스스로도 설명할 수 없었다.

한동안 서 있으니, 이란인 남자 손님이 왔다. 얼마냐고 물어서 손가락으로 가격표를 가리키자, 남자가 코웃음을 치며 "얼마면 사는데?"라고 다시 물었다.

"전 모릅니다." 유야가 솔직하게 대답했다.

"그럼, 아는 사람을 데려와."

남자가 거만하게 명령해서 본부 텐트로 물으러 달려가자,

주최자의 대답은 "노 디스카운트"였다. 가판대로 돌아온 유야가 그 뜻을 전했다.

"그럴 리가 없어, 다시 한번 물어보고 와."

남자는 들으려고도 하지 않고, 다시 깎아달라고 요구했다.

유야는 다시 본부 텐트로 달려갔다. 그러나 주최자는 "노 디스카운트"라고 되풀이할 뿐이었다.

"죄송합니다. 역시 깎아드릴 수 없나 봅니다."

다시 전달하자, 손님은 한층 더 거칠어진 말투로 "이란인을 불러와"라며 당장이라도 멱살을 잡을 듯이 호통을 쳤다.

또다시 텐트로 갔다. 똑같은 대답이 돌아왔다. 가판대로 돌아와서 전했다. 손님은 얼굴이 시뻘게져서 아우성을 쳤다. 그런 과정을 몇 차례나 되풀이하는 중에 이라부가 찾아왔다.

"기타노 씨, 뭐 하고 있어?"

"아니, 이 손님이 자꾸 깎아달라고 화를 내서……."

유야가 사정을 설명하자, 이라부가 "기타노 씨는 너무 고지식해-"라며 미간을 찡그리더니, 손님인 이란인과 흥정을 시작했다.

"열 개 사면 한 개 공짜로 드릴게."

"열 개씩이나 필요 없어. 다섯 개면 돼. 그리고 한 개는 공짜로 줘."

“이웃 사람들한테 나눠주면 좋잖아요. 고마워할 텐데.”

“이웃에 사는 일본인은 전혀 몰라.”

“그러니까 이걸 계기로 이웃과 사귀면 되겠네.”

“일본인은 냉정해. 우리랑 눈도 안 마주쳐.”

“부끄러워서 그래요. 향을 나눠주고 일본과 이란의 국제 교류를 도모하면 좋잖아요.”

“그럼, 여섯 개.”

“여덟 개.”

“일곱 개.”

“어쩔 수 없네. 일곱 개에 한 개 공짜. 그 대신 안에서 케밥 먹고 가요. 난도 구워놨으니까. 부탁합니다-.”

이라부가 한발 양보하자, 남자도 납득했는지 지갑을 꺼냈다. 둘이서 웃는 얼굴로 악수를 주고받았다.

“선생님, 대박-!”

마사루가 존경스러워하는 눈빛으로 이라부를 바라보았다.

“괜찮아요? 우리 마음대로 깎아줘도?” 유야가 걱정하며 물었다.

“이거 봐, 이들의 장사는 처음에 터무니없이 높은 값을 부르는 게 통상적이야. 가격 흥정은 커뮤니케이션이지. 응하지 않으면 대화 거부로 받아들인다고.”

"아니, 그래도 가격 흥정까지는……. 다른 무엇보다, 여쭤보러 갔더니 노 디스카운트라고 했다니까요."

"그건 그냥 원칙상 하는 말이니까 신경 쓰지 마. 너희는 어차피 공짜로 부리는……, 그게 아니라 자원봉사자니까 그렇게까지 책임감 느낄 필요는 없어."

"하아……."

"아무튼 대화가 중요해. 어차피 두 번 다시 만날 사람도 아니니 부끄러워할 필요도 없어. 게다가 절반은 외국인이야. 기타노 씨가 여기서 응가를 싼대도 코를 움켜쥘 뿐 내일이면 까맣게 잊어버린다고."

"응가라니……."

하지만 그런 말을 들으니, 마음은 조금 가벼워졌다. 그 말대로 앞으로 두 번 다시 안 만난다 생각하면, 수치를 당해도 아무렇지 않다.

"어서 오세요~. 지나가시는 분들, 구경하고 가세요."

유야는 시험 삼아 소리를 내보았다. 오오, 나왔다. 일 보 전진이다.

"이란 향, 필요하지 않나요? 이렇게 하란 말이지?"

일본어를 알아듣는 이란인이 큰 소리로 웃었다. 자기 농담에 다른 사람이 웃는 건 도쿄에서는 처음 있는 일이었다. 점점 더 기분이 고양되었다.

“나한테 맡겨.” 마사루도 지지 않고, 소리를 높이기 시작했다. “거기 아주머님들, 이란 향 어때요? 싸게 드릴게요.”

“아주머니가 뭐니? 아직 30대인데.”

일본인 주부들이 야단을 쳤다. 그러나 중학생이라는 사실을 재미있어하며 향을 사주었다.

그럭저럭 하는 사이, 바자회의 매상은 순조롭게 올라갔다. 눈에 보이는 성과를 얻는 것은 오랜만이라 유야는 기분이 좋아졌다. 학교에 가서도 적극적으로 행동할 수 있을지 없을지 아직 자신은 없지만, 어렴풋이 실마리를 찾아낸 기분이었다.

바로 그때 학교를 마치고 귀가하는 중학생 아이들이 다가왔다. 아랍의 공예품이 신기한지, 흥미진진해하는 눈빛으로 둘러보았다. 여학생 그룹도 나타났다. 그 아이들은 민속 의상을 입어보고, 스마트폰으로 사진도 찍으며 한껏 신이 났다. 바자회가 갑자기 떠들썩해졌다.

어쩌다 마사루를 힐끗 보니, 갑자기 입을 다물고 창백해진 얼굴로 고개를 숙이고 있었다.

“왜 그래? 같은 중학생이잖아. 뭐든 좀 팔아봐.”

유야가 재촉했다. 마사루는 몸이 잔뜩 굳은 채로 대답도 하지 않았다. 그리고 눈을 마주치지 않은 채, 뒤로 돌아 뛰기 시작했다.

"마사루, 어디 가?"

등에 대고 소리쳤지만, 돌아보지도 않았다. 마사루는 쏜살같이 모스크 안으로 달려갔다. 대체 이 아이에게 무슨 일이 있었던 걸까. 유야는 옆에 있는 이란인에게 가판대를 봐달라고 부탁하고, 마사루를 쫓아갔다. 사람들을 헤치며 모스크 안을 찾아다녔다. 마사루는 예배당 구석에서 다리를 후들후들 떨며 서 있었다. 아무것도 안 보이는 것처럼 눈의 초점조차 맞지 않는 그 모습은 잔뜩 겁에 질린 작은 동물 같았다.

유야는 그 원인이 조금 전의 중학생 그룹이라고 직감했다. 자기가 다니는 중학교 동급생들인지 아니면 그저 우연히 지나가던 낯선 중학생들인지는 알 수 없지만, 마사루는 중학생 일행을 보고 공황 상태에 빠졌고, 그 자리에서 도망쳤다. 그렇게 생각할 수밖에 없었다.

못 본 척 내버려둘 수도 없어서 가까이 다가가 말을 건넸다.

"속이 안 좋기라도 하니?"

"아무것도 아니야. 현기증이 났을 뿐이야."

마사루가 눈도 마주치지 않고 대답했다.

"현기증 난 사람치고는 너무 잘 뛰던데."

"아무렴 어때. 기타노 군이랑은 상관없잖아."

마사루가 강한 척 허세를 부리며 말했다. 그러나 목소리는 떨렸다.

더 이상 물어봐야 역효과일 것 같아서 유야는 가만 내버려 두기로 했다. 게다가 다른 생각이 떠올라서 캐묻기가 망설여졌다. 또래인 중학생을 두려워하는 그의 모습은 도쿄 생활에 위축된 자신의 모습과 너무나 똑같았다―.

유야는 이라부가 있는 곳으로 가서, 방금 목격한 마사루 이야기를 전했다. 그러자 이라부가 양쪽 눈썹을 축 늘어뜨리며, "그래. 중학생들이 왔구나"라고 중얼거렸다.

"혼자 놔둬도 괜찮아요?"라고 유야가 물었다.

"괜찮아, 무엇보다 사회불안장애에 각성제 같은 건 없는걸 뭐."

이라부가 어깨를 으쓱하며 말했다.

"사회불안장애라니, 그럼 저랑 같은 병이었네요."

"맞아. 그래서 두 사람을 그룹 세션으로 묶은 거야. 서로의 모습을 보면 자기 병을 객관화할 수 있잖아?"

유야는 이라부의 말에 고개를 끄덕였다. 나도 중학생이었다면, 마사루와 똑같이 센 척했겠지. 무엇보다 유야 자신이 고향의 가족이나 친구에게 떠들어대는 도시의 생활상은 모조리 거짓이었다.

"마사루는 외국에서 살다 왔어, 싱가포르에서 국제 학교에 다녔는데, 백인 학생 그룹에도 중국계 그룹에도 섞이지 못했던 모양이야. 그게 트라우마가 되어 귀국한 후로는 허세만 부렸지. 다시 말해 우습게 보이고 싶지 않은 마음이 다른 사람보다 열 배는 강해서 일상의 모든 면에서 기를 쓴다는 거지. 실패가 두려워서 동아리에도 안 들고, 아무것에도 도전하지 않아. 난 마음만 먹으면 대단하다는 핑계만 대지. 한번 창피를 당하면 편해진다고 알려주고 싶지만, 중학생한테는 아직 어렵겠지."

이라부의 이야기를 듣고, 유야는 모든 게 이해가 갔다. 마사루가 틈만 나면 유야를 커뮤니케이션 장애라고 놀리는 것은 사실은 자기야말로 커뮤니케이션 장애라 그걸 들킬까 봐 두려워서다. 난폭한 언동은 나약한 마음을 필사적으로 감추고 싶어서다.

그렇게 생각하니 갑자기 동정심이 일었다. 학교에 못 가는 중학생의 괴로움은 대학생과는 비교도 안 되겠지. 의무교육이기 때문에 체면치레도 어렵다.

"오늘은 이제 손님 대응은 힘들겠네. 말을 못 하게 됐으니 말이야. 그럼, 둘이 다시 난 반죽을 부탁해."

"넷? 난요?"

"그래. 마침 잘됐어. 난이 다 팔렸거든."

"선생님, 그건 엄청난 중노동인데……."

유야가 불만을 감추지 않고 말했다. 팔의 피로는 아직도 풀리지 않았다.

"아 글쎄, 치료라고 몇 번을 말해. 단순노동은 자율신경 안정에 최고라니까."

이라부가 배를 쑥 내밀고 항변했다. 그때 주방에서 이란인이 와서 말했다.

"선생님, 빨리 누구든 좀 보내줘요. 안 그러면 밀린 페르시아 카펫 청구액, 할인 못 해줘요."

"크허허허헉."

이라부가 부자연스러운 기침을 해댔다.

"선생님, 나중에 아르바이트비 청구할 겁니다."

유야가 실눈을 뜨며 말하자, 이라부가 아랫입술을 내밀며 "으윽" 하고 신음을 흘렸다.

마사루는 부끄러운 모습을 보인 게 마음에 걸렸는지, 의기소침한 분위기였다. 유야와는 눈도 안 마주치고, 입을 다문 채 난 반죽을 치댔다. 유야는 이 중학생을 구원해주고 싶어졌다. 그러나 자기도 똑같은 처지에 놓인 신세였다.

4

새로운 주가 시작되었고, 유야는 큰맘 먹고 세미나 현장조사에 참석했다. 메일 교환으로도 거의 충분하지만, 계속 그러면 점점 더 사람을 만나기가 두려워져서 발표회 때 도망쳐버릴 듯한 기분이 들어서다. 집합 장소인 카페로 가자, 조원들은 유야가 왔다는 사실에 놀라서 표정이 어색하긴 했어도 겉으로는 환영해주었다. 조장인 사사키가 "기타노가 실재하는 인물이었네"라는 농담을 던져서 모두 함께 웃었다. 유야도 웃음으로 답하고 싶었지만, 막상 또래 남녀와 대면하자, 얼굴이 굳으며 땀이 확 솟구쳤다.

그날은 지요다 구의 반초 지역으로 조사를 나갔다. 에도 시대에는 하타모토(旗本, 장군에게 직속된 고위급 가신단) 저택이 늘어서 있었고, 메이지 이후에는 정치가나 군인이 사는 유서 깊은 주택가였다. 지금은 맨션이 늘어서 있지만, 지역의 브랜드 힘은 도쿄 제일이었다.

구청에서 입수한 옛 지도를 바탕으로 2인 1조로 편성해 마을을 돌아봤다. 옛날 저택이 어떤 건물로 바뀌었는지 사진을 찍으며 돌아보고, 백지도(각종 정보를 기입하기 위한 작업용 기본도)에 써넣는 작업이었다.

“기타노 군, 메모 부탁해. 욘반초의 도고도리 서측, 옛 야마모토 저택, 현재는 메종××, 하이츠×× 외에 공동주택 4동으로 바뀜.”

짝이 된 여학생이 조사 결과를 읽었고, 유야는 태블릿을 들고 메모를 입력했다. 그런데 손이 자꾸 떨려서 제대로 입력할 수가 없었다. 틀렸어. 난 변하지 않았어. 눈앞이 캄캄해졌다.

“기타노 군, 왜 그래?”

“미, 미안, 타이핑을 못 하겠어.”

유야가 솔직하게 말했다. 이젠 감추는 게 무리였기 때문이다.

“무슨 소리야?”

“나, 나, 병이야. 사, 사, 사회불안장애. 예전에 대인공포증이라고 불렸던 병인데, 병, 병원도 다녀.”

유야가 말을 더듬거리면서도 자신의 괴로움을 호소했다. 목소리가 떨리고 얼굴이 뜨거워졌다. 여학생은 잠시 생각에 잠겼다가 “알았어”라고 말했다.

“난 신경 안 써. 아마 다들 신경 안 쓸 거야. 그러니까 할 수 있는 것만 해. 메모는 내가 할게.”

여학생이 유야에게서 태블릿을 가져가며 살짝 미소 지었다.

“다른 사람한테 말 안 하는 게 좋아? 하는 게 좋아?”

"얘, 얘, 얘기해도 돼."

유야가 안간힘을 쓰며 대답했다. 마음속에 떠오른 사람은 마사루였다. 둘 다 이 강을 건너지 못하면, 앞으로의 인생을 살아갈 수 없다. 그렇다면 먼저 건너야 하는 사람은 나다. 내가 극복하지 못하면, 마사루도 도울 수 없다.

"사실은 우리 세미나 교수님한테 들었어. 기타노 군에게 마음의 병이 있는 것 같으니까 다 같이 서포트해주랬어."

"그, 그랬구나."

유야는 가슴이 뜨거워졌다. 자기 혼자 거리를 뒀을 뿐, 걱정해주는 사람들이 엄연히 있었던 것이다.

"그러니까 무리하지 마. 쉬고 싶을 때는 쉬면 돼."

"고, 고마워."

유야는 눈물이 날 것 같았다. 다만, 감정 표현이 잘 안 되기 때문에 울지 않고 넘길 수 있었다.

"여름이 오-면 떠오르네-. 머나먼 오제, 드높은 하늘."

"기타노, 왜 갑자기 노래를 불러?"

"아 그게, 노래는 부를 수 있을 것 같아서."

"독특하네. 하하하."

여학생이 재미있다는 듯이 웃었다. 또래 여자에게 웃음을 이끌어낸 것은 상경한 후로 처음이었다. 그런 생각을 하니 유야는 점점 더 가슴이 뜨거워졌다.

다음 날, 이라부의 병원으로 가자, 변함없이 마사루가 진찰실에 죽치고 앉아 플레이스테이션으로 놀고 있었다.

"어서 와-. 오늘은 무슨 육체노동에 힘을 써볼까. 우리 병원 창고 정리 프로그램도 있는데."

이라부도 같이 게임을 하면서 말했다.

"거절하겠습니다."

유야가 의연하게 거부했다.

"그런 거 말고, 좀 더 즉효성이 있는 행동요법을 희망합니다."

"오호-. 이젠 말 좀 하네. 스스로 고칠 마음이 들었군. 그건 감동이야." 이라부가 유야를 바라보며 말했다. "하지만 그러려면 충격요법이 제일인데."

"상관없습니다."

유야가 대답하자, 이라부가 잠깐 생각에 잠긴 후, 기분 나쁘게 배시시 표정을 풀더니, "사실은 시도해보고 싶은 행동요법이 있긴 하지. 그걸 한번 해보자"라고 말했다.

"크흐흐흐흐." 기묘한 소리까지 내며 웃었다.

불길한 예감이 들었지만, 이쪽에서 희망했기 때문에 물러설 수 없었다. 지금 유야는 한 번쯤 자기를 깨보고 싶은 기분이었다.

행동요법 실행일로 지정된 것은 10월 말의 일요일이었다. 일요일? 유야는 조금 의아했지만, 따를 수밖에 없었다. 게다가 병원이 아니라 시부야로 오라고 했다. 시키는 대로 전철을 갈아타며 가보니, 하치코 광장은 사람들로 넘쳐나서 교차점 건너편이 안 보일 정도였다. 그리고 눈으로 날아든 광경은 컬러풀한 의상과 메이크업으로 치장한 젊은이들이었다. 유야는 그제야 오늘이 핼러윈이라는 사실을 떠올렸다. 얼마쯤 지나 이라부가 문자를 보냈다. '시부야 고엔도리에 스쿨버스가 서 있으니 찾아와'라는 내용이었다. 인파를 헤치며 걸어가자, 화려한 노란색 버스가 갓길에 서 있었고, 창으로 안을 들여다보니 마사루를 포함한 소년들 몇 명이 의자에 앉아 있었다.

"기타노 씨, 얼른 타."

이라부가 신이 나서 손짓을 했다. 차 안으로 들어가자, 각종 의상이 산더미처럼 쌓여 있었다. 유야는 아무래도 오늘 시부야에서 늘 열려온 핼러윈 코스튬 파티에 참가할 모양이라고 파악했다.

"오늘은 우리 병원에서 통원 치료를 받는 등교 거부 남자

중고생들을 모아 왔어. 어차피 시간은 남아도니 다 함께 코스튬 퍼레이드에 참가하자는 취지지. 기타노 씨도 잘 부탁해."

"네? 하지만 뭣 때문에……?" 유야가 물었다.

"그야 당연히 치료지. 수줍음을 떨쳐내는 연습. 사회불안장애의 가장 큰 요인은 창피를 당하는 데 대한 공포심이니까, 일단 그것부터 극복해야 해."

이라부가 그럴듯한 말을 했다.

"선생님, 진짜 할 거예요? 난 열라 귀찮은데."

마사루가 긴 좌석에 드러누워서 말했다.

"안 돼, 안 돼. 전원, 팬티 한 장만 남기고 다 벗어-!"

이라부가 손에 든 죽도로 좌석을 내리치며 큰 소리로 외쳤다. 모두 마지못해 옷을 벗었다.

"좋아-, 그럼, 의상을 나눠주겠다. 다들 제대로 입어!"

이라부가 종이봉투에 분류해둔 의상을 나눠주었다. 유야도 봉투를 건네받고, 안에 든 의상을 꺼내보니, 미니스커트 메이드 복장이었다. 프릴이 많이 달려 있었다.

"선생님, 이, 이건……?" 화들짝 놀란 유야가 입을 떡 벌리고 물었다.

"메이드 카페 코스튬이잖아. 아키하바라에서 인기 많은."

"이걸 진짜 입어요?"

"그럼. 입어야지. 치료니까." 이라부가 명령조로 말했다.
"선생님, 좀 봐주세요. 괴수 복장이면 또 몰라도 남자가 이걸 입으면 완전 변태잖아요."
마사루가 투덜거리며 따졌다.
"말대꾸하지 마-! 빨리 갈아입어-!"
이라부가 체육 선생님처럼 죽도로 좌석을 탕탕 내리쳤다. 유야와 중고생들은 할 수 없이 메이드 복장을 입었다. 거울이 준비되어 있어서 비춰보니, 유야 자신이 보기에도 기분이 나빴다. 마사루가 유야를 보고, "웩-" 하며 토하는 시늉을 했다.
"너도 거울 한번 봐."
유야가 받아쳤다. 다른 소년들도 모두 잔뜩 찡그린 얼굴이었다.
"좋아-, 이제 버스에서 내려. 버스는 도겐자카 쪽에 먼저 가 있을 테니, 거기까지 다 함께 행진할 것!"
"선생님은 같이 안 가요?"라고 유야가 물었다.
"난 버스를 운전해야 해서 동행할 수 없어. 기타노 군이 제일 형이니까 리더로 지명할게. 모두 한 팀이야. 동생들 잘 보살펴! 자, 얼른 내려, 얼른!"
강제로 버스에서 떠밀려서 고엔도리 인도에 섰다. 떠나가는 스쿨버스를 배웅하는 총 일곱 명. 등교 거부 소년들뿐이라

당연히 텐션이 낮았고, 굳은 표정으로 오리 새끼처럼 옹기종기 모여 있었다. 이 집단은 핼러윈으로 흥청대는 거리 분위기에서도 겉돌다 보니, 코스튬 차림의 다른 젊은이들이 기묘한 시선을 던졌다. 다만, 그들이 웃는 표정인 것은 오늘이 코스튬 파티를 하는 날이기 때문이다.

“좋아, 자 가자! 어차피 오늘은 관종들뿐이야. 다들 주눅 들지 말고 당당하게 걸어가자.”

유야가 거짓 용기를 쥐어짜내며 선두에서 걸음을 내디뎠다.

“기타노 군, 잠깐만 기다려. 다리가 얼어붙어서 못 움직이는 녀석이 있어.”

출발하자마자 마사루가 옆으로 와서 말했다.

“누구야?”

“같은 학년인 고타로라는 녀석. 등교 거부 3년째라 나보다 오래됐어.”

“어쩔 수 없군.”

유야가 고타로가 있는 곳까지 가서 같이 걸어가자고 설득했다.

“아무도 신경 안 써. 저기 봐, 저쪽 여자애들 그룹 좀 보라고. 온몸에 알루미늄포일을 휘감고 전구 장식을 달고 가잖아. 인간 네온이야. 완전 미쳤지. 저거에 비하면 우리는 아무것도 아니야."

"알았어."

고타로가 눈을 내리뜬 채 말했다.

"야, 힘내. 너, 가와사키에서 왔지? 어차피 아는 사람도 없어."

마사루도 거들며 용기를 북돋아주었다.

골목길을 벗어나 센터가이로 들어서자, 이젠 똑바로 걸어갈 수도 없을 정도로 사람들로 넘쳐났다. 대부분이 코스튬 차림의 젊은이였고, 여기저기서 소리를 질러대며 한껏 들떠 있었다. 메이드 카페의 코스튬을 입은 유야 일행은 그중에서도 상당히 어린 팀이라 그런지, 젊은이들이 무척 신기해했다. 남녀 구별 없이 "예-이" "유-훗!" 하고 환호성을 보냈다.

알루미늄 복장 여자애들이 기념 촬영을 요청하며 다 함께 스마트폰 렌즈에 담았다. 다른 사람들도 말을 건넸다. "너희 몇 살이야?" "어디서 왔어?" 유야는 새로운 기분에 휩싸였다. 타인과의 이런 교류는 상경한 후로 처음이었다. 팀의 다른 아이들도 마찬가지겠지. 타인을 두려워하며 줄곧 방에 틀어박혀 있었는데, 밖으로 나와보니 유야 자신이 인기 있는 사람이었다—.

그럭저럭 걷다 보니, 다들 차츰 긴장이 풀려갔다. 겁을 먹고 주뼛거리던 고타로는 하얀 이를 드러냈고, 마사루는 얼굴이 발갛게 달아올라 깡충거리며 걸어갔다. 유야는 행동요법이라고 했던 이라부의 말이 믿을 만하다는 생각을 했다. 과연, 사람들 사이로 뛰어들기에는 핼러윈이 최고였다.

결국 도겐자카까지 가는 데 30분이 넘게 걸렸다. 수많은 사람이 불러 세워서 기념 촬영을 하고, 대화를 주고받았기 때문이다. 이곳에 좀 더 있고 싶다. 그런 기분이 들었다.

갓길에 서 있는 스쿨버스를 찾아내 올라타자, 이라부가 기상천외한 의상을 차려입고 기다리고 있었다. 황금빛 훈도시(남성의 음부를 가리기 위한 폭이 좁고 긴 천)에 황금빛 망토. 머리에는 화려한 왕관을 쓰고 있었다.

"선생님, 그 차림은……?" 유야가 눈썹을 찡그리며 물었다.

"하와이의 카메하메하 대왕을 흉내 낸 건데."

이라부가 대답하고 씩 웃더니, "자, 너희도 옷 갈아입어. 퍼레이드 제2막이다. 이번에는 나도 참가할 거야"라고 말했다.

건네받은 의상을 본 모두가 소스라치게 놀랐다. 남쪽 섬의 민속 의상 같은 허리 장식과 훈도시, 그리고 짧은 조끼였다.

"선생님, 난 싫어요. 거의 알몸이잖아요." 마사루가 큰 소리로 외쳤다.

"나도 창피해-." 다른 아이들도 소리쳤다. 그러나 완전히 거절하는 느낌은 아니었다. 모두 제발 좀 봐달라는 심정이면서도 은근히 재미있어했다.

"안 돼, 안 돼. 이건 치료야. 모두 오늘을 끝으로 학교로 돌아간다-. 이번 퍼레이드는 그러기 위한 의식이야."

이라부가 이번에는 모조품 칼을 휘두르며 말했다. 하는 수 없이 모두 민속 의상으로 갈아입고 버스에서 내리자, 거기에는 어느새 신위를 모시는 가마가 와 있었다. 지금 막 트럭이 배달하고 간 듯했다. 가마 위에는 의자가 있었다. 유야는 불길한 예감이 들었다.

"선생님, 이건?"

"빌렸어. 일본은 정말 뭐든 다 있다니까."

"선생님, 혹시 선생님이 여기 타고, 우리가 메나요?"

"역시 대학생은 달라." 이라부가 눈썹을 위아래로 실룩거리며 말했다.

"지금 장난해요! 이건 환자 학대예요."

마사루가 어른스러운 대사를 날리며 항의했다.

이라부는 그런 말에는 아랑곳도 않고 의자에 앉았다. 과연, 풍채가 좋다 보니 카메하메하 대왕으로 보이기도 했다.

"자, 다들 가마를 메-!"

이라부가 호령했고, 유야 일행은 마지못해 가마를 멨다. 일곱 명이나 같이 메니 그리 대단한 무게는 아니었다. 도겐자카를 내려가 또다시 센터가이를 천천히 행진했다. 이라부가 탄 가마를 본 여기저기에서 "우아-" 하고 함성을 질렀다. 일제히 스마트폰 렌즈를 들이댔다. 이라부가 왕처럼 손을 흔들었다.

"선생님, 사실은 자기가 하고 싶었던 것뿐이네." 마사루가 불평을 쏟아냈다.

"치료, 치료." 이라부는 전혀 아랑곳하지 않았다.

그러는 중에도 사람들이 점점 더 몰려와서 정말로 퍼레이드 같은 분위기로 변했다. 축제다 보니 다들 호응이 좋았다. 어디선가 꽃보라가 흩날렸다. 언뜻 옆을 보니, 간호사 마유미가 SM 여왕 스타일로 서 있었다. 팔짱을 끼고, 비슷한 차림을 한 동료들과 웃으며 바라보고 있었다.

"좋았어-! 이대로 곧장 스크램블교차점으로 돌입한다-!" 라고 소리치는 이라부.

"선생님, 그건 위험해요. 경찰한테 제지당할걸요."

"치료야, 치료!"

망했다. 이 의사는 완전 미쳤다—. 유야는 그제야 깨달았다. 이라부는 원래부터 사고 회로가 이상한 것이다.

그러나 이라부의 진찰실에 다니면서 자기가 변하기 시작했다는 사실도 느꼈다. 다른 사람과 접촉하는 게 이제는 그렇게 고통스럽지 않았다.

이미 사람들 흐름을 거스를 수 없게 된 이라부를 태운 가마는 스크램블교차점 앞까지 접어들었다. 신호가 초록색으로 바뀌었다. "영차-! 영차-!" 가마를 둘러싼 사람들이 다 함께 소리 높여 외쳤다.

"거기, 가마 그룹! 위험하니까 멈춰요!"

경찰차 지붕 밖으로 몸을 내민 경찰이 마이크로 빽빽 고함을 쳐댔다. 그런데도 가마는 멈추지 않았다.

"교차점으로 들어가지 마세요! 무허가로 노상으로 나가면, 도로교통법 위반이야!"

"가, 그냥 가-!" 주위에서 부채질을 했다. 뒤에서 떠미는 형국이라 유야 일행도 걸음을 멈출 수가 없었다.

에이, 됐어. 그냥 가버리자—.

"아자, 아자!"

유야는 시부야 스크램블교차점 한가운데서 우렁찬 고함을 질렀다.

발표 지면

해설자	〈올요미모노〉 2021년 9/10월 호
라디오체조 2	〈올요미모노〉 2022년 7월 호
어쩌다 억만장자	〈올요미모노〉 2007년 1월 호
피아노 레슨	〈올요미모노〉 2022년 9/10월 호
퍼레이드	〈올요미모노〉 2022년 11월 호

옮긴이의 말

이라부, 그가 돌아왔다. 무려 17년이라는 긴 침묵을 깨고.

《인 더 풀》, 《공중그네》(나오키상 수상작), 《면장 선거》로 이어지는 '공중그네 시리즈'는 누적 판매량이 290만 부에 달하는 엄청난 히트작이었다. 그런데 저자 오쿠다 히데오는 "사실 저는 이라부를 봉인한 지 오랩니다. 아무리 집필 요청이 와도 일관되게 쓰지 않기로 다짐했죠. 틀에 박힌 루틴을 좋아하지 않기도 하지만, 작가로서 히트작은 버리는 게 낫다고 생각하기 때문"이라며 거듭되는 속편 의뢰를 고사해왔다.

성공한 작품은 '양날의 칼'이라 자칫하면 자기모방(自己模倣)이나 축소재생산의 늪에 빠져버린다는 이유에서였다. 그랬던 그가 호리병 속에 갇힌 지니를 불러내듯 봉인을 해제했다. 그러니 귀환한 이라부에게는 그럴 만한 이유가 있었을 것이다. 특히 어디로 튈지 짐작조차 할 수 없는, 일본 문학사상 최강의 캐릭터 중 하나로 손꼽히는 괴짜 정신과 의사와 간호사의 컴백은 더욱 호기심을 불러일으킨다. 그들이 우리 앞에 다시 나타난 이유는 대체 무엇일까?

저자는 인류 초유의 팬데믹 사태를 겪으면서 '이라부라면 과연 어떻게 반응할까?' 하는 장난기 어린 호기심이 발동했다고 한다. 난데없이 들이닥친 코로나는 가뜩이나 고단한 현대인들에게 갑옷과 족쇄까지 채워 옴짝달싹 못 하게 만들었다. 더불어 사는 속성을 가진 사람들을(심지어 가족까지도) 뿔뿔이 흩어놓았다. 이러한 강제적 격리는 현대인의 고독을 심각하게 가중시켰고, 심리적 고립으로 인한 스트레스는 폭발 직전까지 치달았다. 이렇듯 코로나로 인해 알게 모르게 입었을 우리의 깊은 내상을 작가는 모른 척하기 힘들었을 것이다. 그리고 그 어떤 긴박한 상황에서도 자유로운 영혼으로 흔들림 없이 마이 웨이를 걸어가는 이라부야말로 이 시대에 가장 필요한 인물이었을지 모른다.

이 책《라디오 체조》는 마음의 병에 걸린 환자들이 지푸라기라도 잡으려는 심정으로 정신과를 찾고, 괴짜 의사에게 황당하고 비상식적인 치료를 받으면서 기상천외한 사건들이 연속되는 기본 틀에서는 변함이 없다. 전작들과 마찬가지로 현대사회를 살아가는 다양한 분야의 인간들이 안고 있는 정신적인 문제와 심리적 갈등을 엉뚱하고도 기발한 방법으로 치유해나간다. 또한 무겁고 진지한 문제를 가볍고 유머러스한 터치로 풀어나가는 방식도 변함없이 맥을 잇는다.

이번에는 코로나 대란 상황에서 TV 시청률 의존증에 걸린 프로듀서, 타인의 규칙 위반에 대한 분노를 억누르다 과호흡 발작까지 일으키는 회사원, 인터넷 주식 투자로 벼락부자가 됐지만 컴퓨터 앞만 벗어나면 불안감에 실신해버리는 데이트레이더, 과도한 책임감 때문에 광장공포증에 시달리는 피아니스트, 계속된 원격 수업으로 사회불안장애에 걸린 대학생이 등장한다. 정교하면서도 빠른 템포로 위기에 봉착한 시대에서 좌충우돌 살아가는 인간들의 단면을 짚어내며 가슴이 뻥 뚫리는 후련한 웃음을 선사한다. 그리고 우리와 동시대를 살아가는 그들의 모습은 순간순간 나를 비추는 거울이 되어 보편성을 담보해낸다. 낯설고 황당해 보이는 이라부의 치료가 사실은 핵심을 제대로 짚어냈기 때문이다.

때로 진실은 진지함보다 웃음 속에 있다. 상승 욕구, 치열한 경쟁, 자의식과잉, 가면 속 자신과의 불일치에서 오는 혼란 속에 허덕이다 터지기 일보 직전까지 내몰린 우리에게 이라부는 살며시 숨구멍을 열어준다. 죽고 사는 문제가 아닌 한, 적당히 힘을 빼고 훌훌 털어내라며 넓은 품으로 감싸주고 토닥여준다. 무거움과 가벼움의 균형이 깨질 때 모든 문제가 발생한다. 그리고 덜어내야 비로소 새로운 것을 채울 수 있다.

어떤 선입견도 없기에 고압적이지 않고, 타인의 삶에 깊이 개입하지도 않는 이라부를 다시 만나 작업하면서 늘 그 자리에서 기다려주는 오랜 친구를 재회한 반가움과 안도감을 느꼈다. 이 책은 오늘날을 살아가는 우리에게 이라부가 선사하는 최고의 처방전이다. 앞으로도 나는 벽에 부딪칠 때마다 그의 진료실 문을 두드릴 것 같은 예감이 든다. 그럴 때마다 짧은 다리를 무리하게 꼬고 앉은 이라부는 이렇게 말하겠지. "괜찮아, 괜찮아."

2023년 11월

이영미

오쿠다 히데오 奥田英朗 본격 문학과 대중 문학을 아우르는 일본의 대표적인 작가. 전전긍긍하는 소시민의 삶을 유머러스하고 따뜻한 필체로 그려낸 군상극부터 현대사회의 부조리를 적나라하게 고발하는 범죄소설까지 끊임없이 변화를 시도해왔다. 1997년《팝스타 존의 수상한 휴가》로 마흔의 나이에 소설가로 데뷔했으며, 2002년 괴상한 정신과 의사 '이라부'를 주인공으로 한 소설《인더 풀》로 나오키상 후보에 올랐다. 2004년 다시금 같은 주인공을 내세운 소설《공중그네》가 나오키상을 수상하며, 이른바 '공중그네 시리즈'로 대중적인 인기를 확고히 했다. 이후 2006년《남쪽으로 튀어!》로 일본 서점대상 2위에 올랐으며, 2007년《오 해피 데이》로 시바타렌자부로상을, 2009년《양들의 테러리스트》로 요시카와에이지 문학상을 수상하는 등 평단과 독자로부터 지속적인 지지를 받아왔다. 그 외 주요 작품으로《면장 선거》《죄의 궤적》《꿈의 도시》《무코다 이발소》등이 있다.

옮긴이 이영미 일본문학 전문 번역가. 아주대학교 국문과를 졸업하고, 일본 와세다대학교 대학원 문학연구과 석사 과정을 수료했다. 2009년 요시다 슈이치의《악인》과《캐러멜 팝콘》으로 일본국제교류기금이 주관하는 보라나비 저작·번역상의 첫 번역상을 수상했다. 옮긴 책으로 오쿠다 히데오의《공중그네》《면장 선거》, 무라카미 하루키의《라오스에 대체 뭐가 있는데요?》《무라카미 하루키 잡문집》, 미야베 미유키의《화차》《솔로몬의 위증》, 이마미치 도모노부의《단테 신곡 강의》등이 있다.

라디오 체조

1판 1쇄 발행 2023년 11월 28일
1판 3쇄 발행 2023년 12월 18일

지은이 · 오쿠다 히데오
옮긴이 · 이영미
펴낸이 · 주연선

(주)은행나무
04035 서울특별시 마포구 양화로11길 54
전화 · 02)3143-0651~3 | 팩스 · 02)3143-0654
신고번호 · 제 1997—000168호(1997. 12. 12)
www.ehbook.co.kr
ehbook@ehbook.co.kr

ISBN 979-11-6737-372-4 03830